Tomates verdes fritos
no Café da Parada do Apito

Fannie Flagg

Tomates verdes fritos
no Café da Parada do Apito

Tradução de Vera Caputo

GLOBOLIVROS

Copyright © 1987 by Fannie Flagg
Copyright da tradução © 1993 by Editora Globo S.A.

Sinceros agradecimentos aos que seguem pela permissão de reimprimir material previamente publicado:
Lewis Music Publishing Co., Inc.: excertos da letra de "Tuxedo Junction", de Erskine Hawkins,
William Johnson e Julian Dash. Letra de Buddy Feyne.
Copyright © 1939 por Lewis Music Publishing Co., Inc. Copyright renovado. Todos os direitos reservados.
Music Sales Corporation: excertos da letra de "Smoke Rings", de Ned Washington, música de H. E. Gifford.
Copyright © 1932 por Dorsey Bros. Music, uma divisão da Music Sales Corporation (ASCAP) e da Academy of Music.
Copyright renovado. Todos os direitos reservados. Utilizado sob permissão.
Exército da Salvação: excertos do *Salvation Army Songbook*.
Copyright pelo Exército da Salvação, Nova York, EUA. Utilizado sob permissão.

Todos os direitos reservados. Nenhuma parte desta edição
pode ser utilizada ou reproduzida – em qualquer meio ou forma,
seja mecânico ou eletrônico, fotocópia, gravação etc. –
nem apropriada ou estocada em sistema de banco de dados,
sem a expressa autorização da editora.

Texto fixado conforme as regras do Acordo Ortográfico de Língua Portuguesa (Decreto Legislativo nº 54, de 1995).

Título original: *Fried Green Tomatoes at the Whistle Stop Cafe*

Editora responsável: Erika Nogueira Vieira
Editora assistente: Luisa Tieppo
Preparação: Rebeca Michelotti
Diagramação: Ilustrarte Design e Produção Editorial
Revisão: Julia Barreto e Luara França
Capa: Tereza Bettinardi
Imagens de capa: Shutterstock

2ª edição, revista, 2018 - 2ª reimpressão, 2022

CIP-BRASIL. CATALOGAÇÃO NA PUBLICAÇÃO
SINDICATO NACIONAL DOS EDITORES DE LIVROS, RJ

F595t
    Flagg, Fannie, 1944-
    Tomates verdes fritos no café da Parada do Apito/ Fannie Flagg ;
tradução Vera Caputo. - [2. ed.]. - Rio de Janeiro : Globo, 2018.
    434 p. ; 23 cm.

    Tradução de: Fried Green Tomatoes at the Whistle Stop Cafe
    ISBN 9788525065292

    1. Romance americano. I. Caputo, Vera. II. Título.

18-49527   CDD: 813
                                             CDU: 82-31(73)

Direitos exclusivos de edição em língua portuguesa
para o Brasil adquiridos por Editora Globo S.A.
Rua Marquês de Pombal, 25
20.230-240 – Rio de Janeiro – RJ
www.globolivros.com.br

Para Tommy Thompson

Posso estar aqui na casa de repouso Rose Terrace, mas por dentro estou no Café da Parada do Apito, comendo um belo prato de tomates verdes fritos.

SRA. CLEO THREADGOODE
JUNHO DE 1986

O Semanário Weems
Parada do Apito, Boletim semanal do Alabama
12 de junho de 1929

Inauguração do Café

O Café da Parada do Apito foi inaugurado na semana passada, bem aqui, vizinho ao correio, e as proprietárias Idgie Threadgoode e Ruth Jamison disseram que desde então os negócios vão muito bem. Idgie garante que os conhecidos não precisam ter medo de ser envenenados porque não é ela quem cozinha. Toda a comida está sendo preparada por duas mulheres negras, Sipsey e Onzell, e o churrasco é preparado por Big George, marido de Onzell.

Para quem ainda não esteve lá, Idgie informa que o café da manhã vai das cinco e meia às sete e meia, e é possível comer ovos, canjica, pãezinhos, bacon, salsicha, presunto e molho *red-eye*, além de café, tudo por vinte e cinco centavos.

Para o almoço e o jantar é possível pedir: frango frito, costeletas de porco ao molho, bagre, frango com bolinho cozido ou uma porção de churrasco; e ainda escolher entre três tipos de legumes, pãozinho ou pão de milho, além de bebida e sobremesa — por trinta e cinco centavos.

Ela disse que os legumes são: creme de milho, tomates verdes fritos, quiabo frito, folhas de couve ou nabo, feijão-fradinho, inhame caramelizado, feijão-manteiga ou feijão-de-lima.

E torta para a sobremesa.

Meu cara-metade, Wilbur, e eu comemos lá outra noite, e foi tão bom que ele disse que nunca mais comerá em casa. Ha! Ha! Quem me dera fosse verdade. Passo todo o meu tempo cozinhando para aquele trouxa, e ainda não consigo deixá-lo satisfeito.

A propósito, Idgie diz que uma de suas galinhas botou um ovo com uma nota de dez dólares dentro.

... Dot Weems...

Casa de repouso Rose Terrace
Old Montgomery Highway,
Birmingham, Alabama
15 de dezembro de 1985

Evelyn Couch chegara há pouco a Rose Terrace com o marido, Ed, que estava visitando a mãe, Big Momma, contrariada e nova no local. Evelyn acabara de escapar dos dois e tinha ido para a sala de visitas que ficava nos fundos, onde poderia degustar seu doce em paz e em silêncio. Mas assim que se sentou, a senhora ao seu lado começou a falar...

"Bom, se você quiser saber em que ano alguém se casou... Ou quem se casou com quem... Ou o que a mãe da noiva estava vestindo, nove de dez vezes vou saber responder, mas juro pela minha vida, não sei dizer quando fiquei tão velha. Foi meio como se a velhice tivesse passado por cima de mim. A primeira vez que percebi foi em junho deste ano, quando fui parar no hospital por causa da minha vesícula, que eles ainda têm, ou talvez agora já tenham jogado fora... Quem sabe? Aquela enfermeira parruda tinha acabado de me dar outro daqueles laxantes de que gostam tanto lá, quando percebi o que tinham colocado no meu braço. Era uma pulseira branca que dizia: *sra. Cleo Threadgoode... Uma mulher de oitenta e seis anos de idade*. Imagine só!

"Quando voltei para casa, disse para a minha amiga, a sra. Otis, acho que a única coisa que resta é a gente se sentar e se preparar para bater as botas... Ela disse que preferia o termo 'passar para o lado de lá'. Coitada, não tive coragem de dizer para ela que não importa como a gente diga, todo mundo vai bater as botas do mesmo jeito...

"Engraçado, quando a gente é criança, pensa que o tempo nunca vai passar, mas quando chega lá pelos vinte, o tempo passa como se a gente estivesse no expresso para Memphis. Acho que a vida passa para todo mundo. Com certeza passou para mim. Um dia eu era uma menininha e no outro já era mulher feita, com peitos e pelos nas partes íntimas. Perdi a coisa toda. Mas até aí, nunca fui lá muito boa na escola ou em qualquer outra coisa...

"A sra. Otis e eu somos da Parada do Apito, uma cidadezinha a cerca de quinze quilômetros daqui, indo de trem... Ela morou na mesma rua que eu por mais ou menos trinta anos e, depois que o marido morreu, seu filho e a nora arranjaram para ela se mudar para esta casa de repouso e pediram que eu viesse junto. Eu disse que ficaria um tempo — ela ainda não sabe, mas vou voltar para casa assim que ela estiver acostumada de vez.

"Não é tão ruim aqui. Outro dia, todos nós ganhamos guirlandinhas de Natal para usar no casaco. A minha tinha bolinhas vermelhas brilhantes e a da sra. Otis, uma carinha de Papai Noel. Mesmo assim fiquei triste por ter abandonado minha gatinha.

"Eles não deixam a gente ter bichos aqui, e eu sinto falta dela. Sempre tive um ou dois gatos, a minha vida toda. Dei ela para uma garotinha que mora ao lado da minha casa, a que anda regando os meus gerânios. Tenho quatro floreiras de cerâmica na varanda, cheias de gerânios.

"Minha amiga, a sra. Otis, tem só setenta e oito anos e é muito gentil, mas é do tipo nervosa. Eu guardava as pedras da minha vesícula num pote ao lado da cama, e ela me pediu para tirá-las de vista. Disse que aquilo a deixava deprimida. A sra. Otis é uma coisinha miudinha, e eu, como pode ver, sou grandalhona. Ossos grandes e tudo mais.

"Mas nunca guiei um carro... Fiquei estagnada a maior parte da vida. Sempre perto de casa. Sempre precisei esperar alguém para me levar a uma loja ou a um médico ou à igreja. Anos atrás, podíamos tomar uma jardineira para Birmingham, mas elas pararam de rodar faz muito tempo. A única coisa que eu faria de diferente, se pudesse voltar atrás, seria tirar minha carteira de motorista.

"Sabe, é engraçado do que a gente sente falta quando está longe de casa. Eu, no caso, sinto falta do cheiro de café... E do bacon fritando de manhã. Não dá pra sentir o cheiro de nada do que eles cozinham aqui e a gente nunca come fritura. Tudo tem que ser cozido, sem nem uma pitada de sal! Não dou um tostão furado para qualquer coisa que seja cozida, você dá?"

A velha senhora não esperou pela resposta. "Eu adorava meus biscoitos com leitelho, ou leitelho e pão de milho, à tarde. Gostava de esfarelar tudo no copo e comer com a colher, mas não dá para comer em público do jeito que a gente come em casa... Você consegue? Também sinto falta de *madeira*.

"Minha casa não passa de um velho barracãozinho na estrada de ferro, com uma sala, um quarto e uma cozinha. Mas é de madeira, com revestimento de pinho. É disso que eu gosto. Não gosto de paredes de reboco. Parecem... Ah, não sei, meio frias e ásperas.

"Trouxe comigo um quadro que tinha em casa, de uma menina num balanço, com um castelo e lindas bolhinhas azuis ao fundo, que ficava pendurado no meu quarto, mas aquela enfermeira disse que a menina estava nua da cintura para cima e que não era apropriado. Sabe, faz cinquenta anos que tenho esse quadro e nunca percebi que ela estava nua. Quer saber, não acho que os velhos que estão aqui enxerguem tão bem para notar que ela esteja sem blusa. Mas esta é uma casa metodista, então o quadro está no armário junto das pedras da minha vesícula.

"Vou ficar feliz de ir para casa... É claro, deve estar a maior bagunça. Faz tempo que não varro o lugar. Um dia, atirei a vassoura num par de gaios velhos e barulhentos que brigavam lá fora e, você nem imagina, minha vassoura enroscou na árvore. Vou ter que pedir para alguém tirar de lá quando voltar.

"Pois bem, numa noite dessas, quando o filho da sra. Otis nos levou para casa depois do chá de Natal que serviram na igreja, ele passou de carro pelo caminho da estrada de ferro, lá onde ficava o Café, e depois entramos na 1st Street, onde ficava a velha casa dos Threadgoode. É claro, a maior parte da casa está remendada e caindo aos pedaços agora, mas, quando a gente entrou na rua, os faróis iluminaram as janelas de um jeito que, só por um minuto, me fez lembrar de como ela era em tantas daquelas noites, há uns setenta anos, toda iluminada e cheia de diversão e barulho. Pude ouvir as pessoas rindo e Essie Rue martelando "Buffalo Gal", "Won't You Come Out Tonight" ou "The Big Rock Candy Mountain" no piano que ficava na sala de visitas, e quase pude ver Idgie Threadgoode sentada no alto do cinamomo, uivando como um cachorro toda vez que Essie Rue ameaçava cantar.

Ela sempre dizia que Essie Rue cantava tão bem quanto uma vaca dançava. Acho que, ao passar de carro por aquela casa, e tendo tanta saudade da minha, eu me lembrei...

"Eu me lembro como se fosse ontem, mas até aí, não acho que exista algo sobre a família Threadgoode de que eu tenha me esquecido. Meu Deus, morei ao lado da casa deles desde quando nasci, e me casei com um dos rapazes.

"Eram nove filhos, e três das meninas, Essie Rue e as gêmeas, eram mais ou menos da minha idade, e eu estava sempre por lá brincando ou em festas do pijama. Minha mãe morreu de tuberculose quando eu tinha quatro anos, e quando meu pai morreu, em Nashville, foi lá que acabei ficando. Acho que dá para dizer que as festas do pijama nunca mais acabaram..."

O Semanário Weems
Parada do Apito, Boletim semanal do Alabama
8 de outubro de 1929

Meteorito atinge residência da Parada do Apito

A sra. Biddie Louise Otis, que mora na 1st Street, 401, relatou que na quinta-feira à noite um meteorito de um quilo atravessou o telhado de sua casa e por pouco não a atingiu, mas acertou o rádio que ela ouvia na ocasião. Ela disse que estava no sofá porque o cachorro estava na cadeira, e que tinha acabado de mudar para a *Hora do fermento Fleischmann* quando aconteceu. Disse também que ele abriu um buraco de um metro no teto e partiu o rádio ao meio.

Bertha e Harold Vick comemoraram o aniversário de casamento no gramado da frente, para que todos os vizinhos pudessem ver. E parabéns ao sr. Earl Adcock, executivo da Ferrovia L&N, que acaba de ser nomeado Augusto Governante da Benevolente e Protetora Ordem dos Elks, Ordem nº 37, da qual meu cara-metade é membro.

A propósito, Idgie disse que quem quiser churrasco, é só levar a carne ao Café que Big George irá preparar. Frangos por dez centavos e leitões do tamanho que você quiser.

... Dot Weems...

Casa de repouso Rose Terrace
Old Montgomery Highway,
Birmingham, Alabama
15 de dezembro de 1985

Uma hora depois, a sra. Threadgoode ainda falava. Evelyn Couch já tinha comido três Milky Ways e desembrulhava o segundo Butterfinger, questionando-se se aquela senhora iria se calar em algum momento.

"Sabe, é uma pena que a casa dos Threadgoode tenha ficado tão abandonada. Tanta coisa aconteceu ali, tantas crianças nasceram, fizemos tanta coisa boa... Era uma grande casa de dois andares pintada de branco, com um amplo terraço na frente e nas laterais... E todos os quartos tinham papel de parede com estampas de rosas, que ficavam lindas com as luzes acesas à noite.

"Os trilhos da estrada de ferro passavam pelo quintal da casa, que nas noites de verão ficava cheio de vaga-lumes, com madressilvas perfumando todo o caminho ao longo dos trilhos. Poppa plantara figueiras e macieiras no quintal e construíra para Momma a mais linda pérgula para videira, que ficava carregada de cachos de uva roxa... E delicadas rosinhas cresciam por ali. Ah, você tinha que ver...

"Momma e Poppa me criaram como se eu fosse uma filha, e eu gostava de todos os Threadgoode. Principalmente de Buddy. Mas me casei com Cleo, seu irmão mais velho, o quiroprático, e, quem diria, mais tarde comecei a sentir umas dores nas costas, o que veio a calhar.

"Então perceba que acabei ficando com Idgie e os Threadgoode a vida inteira. E vou dizer, foi melhor que num filme... Ah, se foi! Mas então, sempre fui muito maria vai com as outras. Acredite ou não, mal abri a boca até os cinquenta anos, e depois não fechei mais. Uma vez Cleo me disse: 'Ninny' — meu nome é Virginia, mas todos me chamavam de Ninny —, 'só ouço você dizer que Idgie fez isso, Idgie fez aquilo. Você não tem nada para fazer além de ficar naquele Café o dia inteiro?'

"Pensei e respondi: 'Não, não tenho...'. E não foi para contrariar Cleo, de jeito nenhum, era a pura verdade.

"Em fevereiro fez trinta e um anos que enterrei Cleo, e sempre me pergunto se o magoei quando disse aquilo, mas acho que não, porque, apesar de tudo, ele amava Idgie como todos nós e se divertia muito com algumas coisas que ela fazia. Idgie era sua irmã caçula e uma verdadeira palhaça. Ela e Ruth eram as donas do Café da Parada do Apito.

"Idgie fazia todo tipo de maluquices só para arrancar uma risada. Uma vez, pôs fichas de pôquer na cesta de doações da Igreja Batista. Ela tinha um excelente caráter, e não entendo como alguém pode pensar que ela matou aquele homem."

Pela primeira vez, Evelyn parou de comer e ergueu os olhos para aquela senhora de olhar doce que usava vestido azul-claro florido, tinha cabelos grisalhos ondulados e que não deixava passar nenhum detalhe.

"Alguns achavam que tudo tinha começado quando ela conheceu Ruth, mas, para mim, foi num jantar de domingo, em 1º de abril de 1919, o mesmo ano em que Leona se casou com John Justice. Tenho certeza de que era 1º de abril porque Idgie chegou à mesa naquele dia e mostrou a todo mundo uma caixinha branca com um dedo humano dentro, pousado sobre um chumaço de algodão. Ela disse que o tinha encontrado no quintal. Mas era, na verdade, seu próprio dedo que estava enfiado num buraco no fundo da caixa. PRIMEIRO DE ABRIL!

"Todos riram, menos Leona. Ela era a mais velha e a mais bonita das irmãs, e Poppa Threadgoode a mimava muito... Todo mundo, eu acho.

"Idgie tinha dez ou onze anos na época e estava usando um vestido novinho de organdi branco, que todos achavam que lhe caía muito bem. Estava tudo ótimo, e já íamos começar a comer a torta de mirtilo quando, de repente, assim, do nada, Idgie se levantou e anunciou em voz alta... 'Nunca mais na vida vou usar vestido!'. E com isso, meu bem, ela subiu as escadas e vestiu uma calça e uma camisa que eram de Buddy. Até hoje não sei o que deu nela. Ninguém sabe.

"Mas Leona, que sabia que Idgie nunca dizia algo que não fosse a sério, começou a choramingar. Ela disse: 'Ah, Poppa, eu sei que Idgie vai estragar meu casamento, eu sei!'.

"E Poppa respondeu: 'Não, meu bem, não diga uma coisa dessas. Você vai ser a noiva mais linda de todo o estado do Alabama'.

"Poppa tinha um bigode grande com pontas para cima... Então olhou para nós e disse: 'Não é mesmo, crianças?'... E todos dissemos que sim para que ela se sentisse melhor e parasse de reclamar. Todos, menos Buddy, que continuou com aquela risadinha. Idgie era a sua queridinha, e ele concordava com tudo o que ela fazia.

"Então, Leona estava acabando de comer sua torta e, quando achamos que tudo havia se acalmado, ela começou a gritar tão alto que Sipsey, a negra, deixou cair alguma coisa na cozinha. 'Ah, Poppa', disse ela, 'o que vai acontecer se um de nós morrer?'

"Bem, era uma possibilidade, não?

"Nós olhamos para Momma, que tinha acabado de descansar o garfo na mesa. 'Bem, crianças, tenho certeza de que a irmã de vocês fará uma pequena concessão e usará um vestido apropriado, caso isso venha a acontecer. Afinal, ela é teimosa, mas não é insensata.'

"Então, algumas semanas depois, ouvi Momma dizer a Ida Simms, a costureira do casamento, que ia precisar de um terno de veludo verde e um gravata-borboleta para Idgie.

"Ida olhou-a espantada e perguntou: 'Um terno?'. E Momma disse: 'Ah, eu sei, Ida, eu sei. Tentei de tudo para convencê-la a usar algo mais adequado a um casamento, mas aquela menina sabe o que quer'.

"E sabia, mesmo naquela idade. Para mim, ela queria ser como Buddy... Ah, aqueles dois eram unha e carne."

A velha senhora começou a rir.

"Uma vez, eles tinham um guaxinim chamado Cookie, e eu ficava horas vendo o bichinho tentando lavar um biscoito. Eles punham uma vasilha de água no quintal e davam um biscoito a ele. O bichinho lavava biscoito atrás de biscoito e não entendia o que acontecia quando ele derretia na água.

A cada vez, olhava para as mãozinhas vazias e não entendia nada. Nunca entendia para onde iam os biscoitos. Ele passou boa parte da vida lavando biscoitos. Lavava bolachas recheadas também, mas não era tão engraçado... Uma vez lavou uma casquinha de sorvete...

"Ah, é melhor eu parar de falar no guaxinim ou vão pensar que enlouqueci como a sra. Philbeam, no fim do corredor. Que Deus a abençoe, mas ela pensa que está no Barco do Amor, indo para o Alasca. Muitas dessas pobres almas não sabem mais quem são."

O marido de Evelyn, Ed, surgiu na porta do saguão e acenou. Evelyn recolheu as embalagens de doce, colocou-as na bolsa e se levantou.

"Com licença, meu marido chegou. Preciso ir embora."

A sra. Threadgoode olhou-a surpresa e disse: "Ah, já vai?".

"Sim, está na hora. Ele já está pronto."

"Gostei muito de conversar com você... Como é seu nome, meu bem?"

"Evelyn."

"Bem, volte para me ver, ouviu? Gostei muito de conversar com você... Até logo." Ela acenou para Evelyn e esperou por outro visitante.

O Semanário Weems
Parada do Apito, Boletim semanal do Alabama
15 de outubro de 1929

Questionada a propriedade do meteorito

A sra. Vesta Adcock e seu filho, Earl Jr., dizem-se proprietários com plenos direitos sobre o meteorito, já que, segundo ela, os Otis alugaram dela a casa onde o meteorito caiu e, portanto, a casa e o meteorito lhe pertencem.

A sra. Biddie Louise Otis foi consultada sobre o assunto e reclama para si a propriedade do meteorito porque o rádio atingido lhe pertence. Seu marido, Roy, que trabalha nos trilhos da ferrovia, trabalhou até mais tarde e não estava em casa quando tudo aconteceu, mas disse que não foi nada incomum pois em 1833 caíram dez mil meteoritos numa noite e agora, um só, portanto não há motivo para tanta confusão.

Seja como for, Biddie disse que pensou em guardá-lo como lembrança.

A propósito, estou imaginando coisas ou os tempos atuais estão mais difíceis? Meu cara-metade disse que mais cinco sem-teto apareceram na semana passada no Café atrás de algo para comer.

... Dot Weems...

O Semanário Weems
Parada do Apito, Boletim semanal do Alabama
15 de outubro de 1929

Questionada a propriedade do meteorito

A sra. Vesta Adcock e seu filho, Earl Jr., dizem-se proprietários com plenos direitos sobre o meteorito, já que, segundo ela, os Otis alugaram dela a casa onde o meteorito caiu e, portanto, a casa e o meteorito lhe pertencem.

A sra. Biddie Louise Otis foi consultada sobre o assunto e reclama para si a propriedade do meteorito porque o rádio atingido lhe pertencia. Seu marido, Roy, que trabalha nos trilhos da ferrovia, trabalhou até mais tarde e não estava em casa quando tudo aconteceu, mas disse que não foi nada incomum pois em 1833 caíram dez mil meteoritos numa noite e agora, um só, portanto não há motivo para tanta confusão.

Seja como for, Biddie disse que pensou em guardá-lo como lembrança.

A propósito, estou imaginando coisas ou os tempos atuais estão mais difíceis? Meu cara-metade disse que mais cinco sem-teto apareceram na semana passada no Café atrás de algo para comer.

... Dot Weems...

Davenport, Iowa
Acampamento dos sem-teto
15 de outubro de 1929

Cinco homens se aqueciam em torno de uma pequena fogueira; sombras alaranjadas e negras dançavam em seus rostos enquanto eles bebiam café fraco em canecas feitas com lata: Jim Smokey Phillips, Elmo Inky Williams, BoWeevil Jake, Crackshot Sackett e Chattanooga Red Barker — cinco dos cerca de duzentos mil homens e meninos que vagavam pelo interior naquele ano.

Smokey Phillips ergueu o rosto, mas não disse nada; os outros fizeram o mesmo. Estavam cansados e abatidos naquela noite, pois o ar gelado anunciava outro inverno rigoroso e cruel, e Smokey achava que deviam seguir para o Sul, com o bando de gansos, como ele fazia havia tantos anos.

Ele nascera em uma manhã gelada, lá nas Smoky Mountains, no Tennessee. Seu pai, um homem com um toco de perna, da segunda geração de uma família de destiladores clandestinos que se apaixonaram por seu próprio produto, cometeu o erro fatal de se casar com uma "boa mulher", autêntica moça do campo, cuja vida girava em torno da Igreja Batista do Livre-Arbítrio de Pine Grove.

Smokey passou a maior parte da infância sentado em bancos duros de madeira por horas, ao lado de sua irmãzinha, Bernice, em corais e lava-pés que duravam o dia todo.

Nos serviços regulares da igreja, sua mãe era uma dessas mulheres que de vez em quando se levantam e, fora de si, começam a balbuciar em uma língua desconhecida.

Por fim, à medida que ela ia sendo cada vez mais tomada pelo Espírito, o pai ia sendo cada vez menos, até que parou de frequentar de vez a igreja. "Acredito em Deus, mas não acho que seja preciso enlouquecer para provar isso", disse ele aos filhos.

Então, na primavera em que Smokey fez oito anos, as coisas pioraram. A mãe disse que o Senhor lhe soprara ao ouvido que o marido era mau e estava possuído pelo demônio, e ela o denunciou aos inspetores da Receita.

Smokey ainda se lembrava do dia em que tiraram o pai do alambique com um revólver nas costas. Ao passar meio atordoado pela esposa, olhou para ela e disse: "Mulher, não percebe o que acabou de fazer? Acabou de tirar o pão de sua própria boca".

Foi a última vez que Smokey o viu.

Depois da partida do pai, a mãe enlouqueceu de vez e envolveu-se com um grupo de caipiras fanáticos que manuseavam cobras. Uma noite, depois de sacudir e bater na Bíblia por uma hora, o pregador de cabelos revoltos e rosto vermelho deixou sua congregação de pés-rapados completamente excitada. Todos cantavam e batiam os pés no chão quando de repente o pastor enfiou a mão em um saco de batatas, tirou duas horríveis cascavéis e começou a girá-las no ar, tomado pelo Espírito.

Smokey ficou petrificado em sua cadeira e apertou a mão da irmã. O pregador dançava e exortava os crentes a pegar as serpentes e purificar a alma na fé de Abraão quando sua mãe se levantou e arrancou uma das víboras da mão dele, olhando-a dentro dos olhos. Ela desandou a balbuciar na língua desconhecida, sempre olhando a serpente nos olhos. Todos começaram a balançar e a gemer. Ela ia andando com a cobra e as pessoas caíam no chão e se contorciam, gritando e rolando por baixo dos bancos e pelos corredores. O lugar estava em frenesi, e ela balbuciando: "Hossa... Helamna... Hessamia".

Antes que Smokey se desse conta, sua irmãzinha, Bernice, soltou-se dele e correu até a mãe, puxando-a pela barra do vestido.

"Mamãe, não!"

Ainda com os olhos arregalados pelo transe, ela voltou-se para a filha por uma fração de segundo, e foi nesse segundo que a cascavel deu um bote e atingiu a mulher no rosto. Ela olhou de volta para a cobra, assustada, e foi atingida outra vez, agora mais rápida e profundamente no pescoço, as presas cravaram-lhe a jugular. Ela soltou a irada serpente, que, depois do baque, saiu deslizando pelo corredor.

A mãe de Smokey olhou em volta; o silêncio era mortal. Com um olhar estatelado de surpresa, foi caindo lentamente no chão. Morreu em menos de um minuto.

Naquele momento, o tio de Smokey pegou-o pela mão e tirou-o dali. Bernice foi morar com uma vizinha, e Smokey ficou na casa desse tio. Então, quando fez treze anos, tomou os trilhos da ferrovia em direção a lugar nenhum e nunca mais voltou.

A única coisa que levou foi uma fotografia dele e da irmã. De vez em quando a olhava. Ali naquela foto desbotada estavam os dois, com os lábios e o rosto pintados de rosa: uma menininha rechonchuda de franja e fita cor-de-rosa na cabeça, um fino cordão de pérolas no pescoço; e ele sentado logo atrás, os cabelos castanhos lisos sobre as orelhas, o rosto encostado no dela.

Smokey sempre pensava em como Bernice estaria e tinha planos de procurar por ela um dia, se melhorasse de vida.

Por volta dos vinte anos, perdeu a foto quando um guarda da ferrovia o chutou de um vagão de carga para dentro de um rio gelado e pardacento da Georgia. Desde então, raramente pensava nela; a não ser quando acontecia de estar à noite em um trem, passando pelas Smoky Mountains, a caminho de lugar nenhum...

Naquela manhã, Smokey Phillips estava em um trem misto que ia da Georgia para a Flórida. Havia dois dias que não comia. Lembrou-se de que Elmo Williams lhe falara sobre duas mulheres que tinham um Café lá pelos lados de Birmingham e que sempre garantiam uma ou duas refeições. No caminho, ele já vira o nome do Café escrito em vários vagões de carga, e ao avistar a placa PARADA DO APITO, ALABAMA, saltou.

O lugar ficava do outro lado dos trilhos, como Elmo dissera. Era uma pequena casa pintada de verde com toldo branco e verde sob um anúncio da Coca-Cola em que se lia: CAFÉ DA PARADA DO APITO. Ele deu a volta pelos fundos e bateu na porta de tela. Uma mulherzinha negra estava ocupada fritando frango e fatiando tomates verdes. Olhou para ele e chamou: "Dona Idgie!".

Logo, uma bela moça loira e alta, de sardas e cabelos cacheados, apareceu na porta, usando uma camisa branca e limpa e calças masculinas. Parecia ter pouco mais de vinte anos.

Ele tirou o chapéu. "Desculpa, dona, mas a senhora tem aí um trabalho ou um bico pra eu fazer? Não ando tendo muita sorte nos últimos tempos."

Idgie olhou o homem metido naquele paletó surrado, a camisa dura de sujeira, os sapatos rasgados e sem cadarços, e soube que ele mentia.

Abriu a porta e disse: "Entre, companheiro. Acho que tem alguma coisa, sim".

Idgie perguntou o nome dele.

"Smokey, dona."

Ela se virou para a mulher atrás do balcão. Smokey não via uma mulher limpa e arrumada havia meses, e aquela era a mais bonita que já vira em toda a vida. Usava um vestido de organdi suíço de bolinhas e os cabelos castanho-avermelhados presos com uma fita vermelha.

"Ruth, este é Smokey. Ele vai fazer uns serviços para nós."

Ruth olhou para ele e sorriu. "Ótimo. Prazer em conhecê-lo."

Idgie apontou para o banheiro masculino. "Por que não vai lá se lavar e depois vem comer alguma coisa."

"Sim, dona."

O banheiro era grande e tinha uma lâmpada que pendia do teto. Ele acendeu a luz e viu no canto uma tina de madeira com um tampão de borracha preta preso a uma corrente e, na pia, uma navalha aberta e um frasco com sabão de barbear e um pincel.

Olhou-se no espelho e sentiu vergonha por ter sido visto tão sujo, mas havia algum tempo que sua familiaridade com um sabão não ia além de saber que existia. Com a grande barra marrom de sabão Oxydol, tentou remover a fuligem do rosto e das mãos. Havia vinte e quatro horas que não bebia um trago, e as mãos tremiam tanto que foi quase impossível se barbear, mas fez o que pôde. Depois se lambuzou com a loção pós-barba Old Spice e ajeitou os cabelos com um pente de bolso que encontrou na prateleira sobre a pia. Então voltou para o salão do Café.

Idgie e Ruth tinham posto um lugar em uma mesa para ele. Sentou-se diante de um prato de frango frito, feijão-fradinho, folhas de nabo, tomates verdes fritos, pão de milho e um chá gelado.

Pegou o garfo e tentou comer. As mãos ainda tremiam, e não conseguiu levar a comida à boca. Derrubou chá na camisa.

Esperou que elas não tivessem visto, mas logo em seguida a loira disse: "Smokey, venha, vamos dar uma volta lá fora".

Ele passou o guardanapo na boca e pegou o chapéu, pensando que estava sendo expulso. "*Tá* bem, dona."

Saíram pelos fundos do Café, onde havia um descampado.

"Você é um companheiro nervoso, não é mesmo?"

"Desculpa por ter espalhado toda a comida, dona, mas juro por Deus que... Bom... Já vou indo. Obrigado, de qualquer maneira..."

Idgie enfiou a mão no bolso do avental e deu a ele meia garrafa de uísque Old Joe.

Smokey ficou extremamente agradecido. "Que Deus e todos os santos a abençoem, dona", ele disse. E sentaram-se num tronco ao lado do barracão.

Enquanto Smokey se acalmava, ela começou a contar:

"Está vendo ali aquele pedaço de terra vazio?"

Ele se voltou. "*Tô*, dona."

"Há muitos anos, ficava ali o lago mais lindo da Parada do Apito... No verão, nós íamos nadar e pescar, e dava até para dar uma volta de barco se quiséssemos." Ela balançou a cabeça com tristeza. "Sinto muita saudade, ah, como sinto."

Smokey olhou para o espaço vazio.

"E o que aconteceu com ele? Secou?"

Ela acendeu um cigarro para Smokey. "Não, foi muito pior. Era novembro, e um grande bando de patos, ah, uns quarenta ou mais, pousou bem no meio do lago. Naquela tarde, enquanto eles estavam lá, aconteceu uma coisa estranha. A temperatura caiu tão de repente que o lago todo congelou, ficou sólido como uma rocha em questão de três segundos. Assim: um, dois, três."

Smokey pasmou. "É sério?"

"É."

"Bom, então deve ter matado todos os patos."

"O quê, claro que não. Levantaram voo e levaram o lago com eles. Dizem que até hoje ele está lá na Georgia..."

Smokey olhou para ela e percebeu que estava tirando sarro dele; seus olhos azuis brilharam e ele começou a rir e a tossir ao mesmo tempo, e Idgie precisou bater em suas costas.

Ele ainda estava limpando os olhos quando voltaram ao Café, onde o almoço o esperava. Sentou-se, e a comida estava quente. Alguém guardara o prato no forno para ele.

> *Oh, where is my wondering boy tonight*
> *The boy of his mother's pride...*
> *Oh, he's counting the ties*
> *With a bed on his back*
> *Or else he's dinging a ride...*
> *Oh, where is my boy tonight?*[*]

---

[*] Em tradução livre: "Ah, onde está meu menino fujão esta noite/ O menino que é o orgulho da mamãe.../ Ah, ele está contando os dormentes/ Com a cama nas costas/ Ou quem sabe saiu por aí.../ Ah, onde está meu menino esta noite?". (N. T.)

O Semanário Weems
Parada do Apito, Boletim semanal do Alabama
22 de outubro de 1929

Meteorito em exibição no Café

A sra. Biddie Louise Otis anunciou hoje que levaria o meteorito que atravessou seu telhado na semana passada para o Café, de modo que as pessoas parem de bater em sua porta para perguntar a respeito, porque ela anda muito ocupada. Disse que não passa de uma grande pedra cinzenta, mas quem quiser, que vá lá ver.

Idgie disse que quem quiser, pode ir ao Café à vontade, pois ela estará no balcão.

Desculpem não ter mais novidades esta semana, mas é que meu cara-metade, Wilbur, pegou um resfriado, e tive de cuidar dele o tempo todo.

Existe algo pior que um homem doente?

Lamentamos noticiar que nossa querida Bessie Vick, sogra de Bertha, faleceu ontem aos noventa e oito anos, acredita-se que de idade avançada.

... Dot Weems...

Casa de repouso Rose Terrace
Old Montgomery Highway,
Birmingham, Alabama
22 de dezembro de 1985

No DOMINGO SEGUINTE, quando Evelyn voltou à sala de visitas, a sra. Threadgoode estava sentada na mesma cadeira, com o mesmo vestido, esperando por ela.

Feliz como uma andorinha, ela continuou a falar sobre o lar dos Threadgoode como se não tivesse parado, e Evelyn nada pôde fazer além de desembrulhar sua barra de Almond Joy e ouvir.

"No jardim em frente à casa havia um grande cinamomo. Lembro-me que durante o ano todo ele dava aquelas frutinhas, e no Natal nós as amarrávamos num cordão e as enrolávamos na árvore, de alto a baixo. Momma vivia dizendo para não as enfiarmos no nariz, e é claro que a primeira coisa que Idgie fez assim que aprendeu a andar foi sair para o jardim e enfiar as bolinhas no nariz e nas orelhas. Foi preciso chamar o dr. Hadley! Ele disse a Momma: 'Sra. Threadgoode, acho que a senhora tem aqui uma pilantrinha'.

"É claro que Buddy adorava ouvir isso. Ele vivia incentivando Idgie a aprontar. Mas é assim mesmo nas grandes famílias. Todos têm seus preferidos. O verdadeiro nome dela era Imogene, e foi Buddy quem começou a chamá-la de Idgie. Buddy tinha oito anos quando ela nasceu. Ele a carregava por toda a cidade, como se fosse uma boneca. Quando ela começou a andar, vivia em volta dele como um patinho, levando um galo de madeira por um cordão.

"Aquele Buddy tinha uma personalidade de ouro, olhos negros e dentes muito brancos... Encantava quem quisesse sem muito esforço. Não me lembro de nenhuma garota da Parada do Apito que em algum momento da vida não tenha se apaixonado por ele.

"Dizem que a gente nunca esquece a festa de debutante, e é verdade. Ainda me lembro do bolo branco e cor-de-rosa com um carrossel no topo e do ponche de limão que Momma serviu na poncheira de cristal. E de todas aquelas lanternas de papel coloridas penduradas pelo jardim. Mas o que não me sai mesmo da cabeça é o beijo que Buddy me roubou atrás da videira. Ah, que beijo! Mas fui só uma entre muitas...

"Idgie passava noite e dia ocupada entregando bilhetinhos apaixonados para e de Buddy. Começamos até a chamá-la de Cupido. Idgie tinha cabelos loiros, quase brancos, curtos e encaracolados. Tinha olhos azuis e sardas. Puxou a família de Momma. O nome de solteira de Momma era Alice Lee Cloud. Ela sempre dizia: 'Eu era graciosa como uma nuvem antes de me casar'. Ela era a coisa mais doce do mundo. Quase todos naquela família tinham olhos azuis, menos Buddy e a pobre Essie Rue, que tinha um olho azul e outro castanho. Momma dizia que essa era a razão para o grande talento musical dela. Ela era o tipo de mulher que via o lado bom de tudo. Uma vez, Idgie e Buddy roubaram quatro melancias enormes do velho Sockwell e as esconderam na plantação de amoras da mãe. Juro, meu bem, que na manhã seguinte, antes de eles voltarem lá para pegá-las, Momma as encontrou e estava convencida de que tinham nascido durante a noite. Cleo disse que todos os anos ela ficava desapontada por não nascerem outras. Ninguém teve coragem de contar que as melancias eram roubadas.

"Momma era da Igreja Batista e Poppa, da Metodista. Ele dizia ter aversão a que o mergulhassem na água. Então, aos domingos, Poppa seguia para a esquerda em direção à Primeira Igreja Metodista e o resto de nós pegava a direita, para a Igreja Batista. De vez em quando, Buddy ia com Poppa, mas logo parou. Dizia que as garotas da Batista eram mais bonitas.

"Todo mundo se hospedava na casa dos Threadgoode. Certo verão, Momma convidou um pastor gordo da Igreja Batista, que estava na cidade para um encontro de fiéis, para ficar na casa, e um dia, quando ele estava fora, as gêmeas entraram em seu quarto e pegaram uma de suas calças para brincar. Patsy Ruth enfiou-se em uma perna e Mildred em outra. Elas estavam na maior farra quando o ouviram subindo a escada... Ficaram com tanto medo que Mildred saiu correndo para um lado e Patsy para o outro. Rasgaram a calça ao meio. Momma disse que o único motivo pelo qual Poppa não deu a elas uma bela lição foi porque o pastor era da Igreja Batista. Mas isso nunca chegou a causar rusgas sérias, porque depois do culto todo mundo se encontrava em casa para um bom jantar de domingo.

"Poppa Threadgoode não era rico, mas na época achávamos que era. Ele era dono da única loja da cidade. Comprava-se de tudo lá, de esfregadeiras da National a cadarços, de espartilhos a picles em conserva a granel.

"Buddy costumava ajudar na parte da conveniência. Eu daria todo o chá da China pelas vacas-pretas de morango que Buddy sabia fazer. Todo mundo da Parada do Apito comprava lá. Por isso ficamos tão espantados quando a loja fechou em 1922.

"Cleo disse que o motivo de a loja não ter ido adiante foi porque Poppa não sabia negar nada a ninguém, fosse branco ou negro. Tudo o que as pessoas quisessem ou precisassem ele logo punha no saco e dava fiado. Cleo disse que a fortuna de Poppa saiu pela porta da loja, dentro daqueles sacos de papel. Nenhum dos Threadgoode sabia dizer não. Meu bem, eles lhe dariam a camisa que estivessem usando, se você pedisse. E Cleo não era diferente. Nós dois nunca tivemos muita coisa, mas o bom Deus nunca deixou que nos faltasse nada. Acho que os pobres são gente boa, menos os mesquinhos... Que seriam iguais se fossem ricos. A maioria das pessoas que mora aqui em Rose Terrace é pobre. Tem apenas o seguro social e depende do seguro de saúde."

Ela se voltou para Evelyn.

"Meu bem, há uma coisa que você deve ter, e se ainda não tem precisa providenciar. É o seu seguro de saúde. Não queira ficar doente sem ele.

"Há algumas ricaças aqui. Há poucas semanas, a sra. Vesta Adcock, uma mulherzinha com peito de pomba que eu conheço da Parada do Apito, chegou aqui com peles de raposa no pescoço e anéis de diamantes nos dedos. É uma das ricas. Mas elas não me parecem felizes. E vou dizer mais: os filhos delas não as visitam mais que os das outras.

"Norris e Francis, o filho e a nora da sra. Otis, vêm visitá-la toda semana, faça chuva ou faça sol. É por isso que venho para cá aos domingos, para deixá-los mais à vontade... Mas, ah, é de cortar o coração ver toda aquela gente esperando por visitas. Elas arrumam os cabelos todos os sábados, e no domingo de manhã se vestem e se enfeitam, e depois de tudo isso, não aparece ninguém. Fico me sentindo muito mal, mas o que posso fazer? Ter filhos não é garantia de que se terá visitas... Não, não é mesmo."

O Semanário Weems
Parada do Apito, Boletim semanal do Alabama
12 de julho de 1930

Parada do Apito cresce a olhos vistos

Opal Threadgoode, esposa de Julian, alugou uma casa, duas portas depois do correio, e vai abrir um salão de beleza. Ela vinha arrumando os cabelos das pessoas em sua cozinha, mas Julian lhe disse para não fazer mais isso porque é um entra e sai o dia inteiro pela porta dos fundos e, por isso, as galinhas pararam de botar.

Opal informou que os preços não mudaram: lavagem e penteado por cinquenta centavos e permanente por um dólar e cinquenta centavos.

Da minha parte, estou muito satisfeita com o novo acréscimo a nossa rua de comércio. Imagine, agora você pode postar uma carta, fazer uma refeição e arrumar os cabelos, tudo na mesma quadra. Só precisamos de alguém para abrir um cinema, e então ninguém mais precisará ir a Birmingham.

O sr. e a sra. Roy Glass fizeram a reunião anual da família Glass no quintal, veio gente de todo o estado, e Wilma disse que o bolo estava melhor do que parecia.

A propósito, outro dia meu cara-metade fisgou o próprio dedo numa pescaria, por isso está em casa novamente, gemendo e reclamando.

... Dot Weems...

Café da Parada do Apito
Parada do Apito, Alabama
18 de novembro de 1931

Agora já se lia o nome do Café nas paredes de centenas de vagões de carga, de Seattle à Flórida. Splinter Belly Jones disse ter visto até no Canadá.

As coisas estavam especialmente ruins naquele ano. À noite, as matas ao redor da Parada do Apito brilhavam com as fogueiras dos acampamentos dos sem-tetos, e não havia neles um só homem que Idgie e Ruth não tivessem alimentado vez ou outra.

Cleo, irmão de Idgie, preocupava-se com isso. Ele fora ao Café para buscar a esposa, Ninny, e o filho deles, Albert. Estavam tomando café e comendo amendoins.

"Idgie, ouça o que estou dizendo: você não tem que dar comida a todo mundo que aparece na sua porta. Tem um negócio para tocar. Julian me contou que veio aqui outro dia e havia uns sete ou oito deles comendo. Disse que você até abandonaria Ruth e o bebê para alimentar esses vagabundos."

Idgie afastou essa ideia. "Ah, Cleo, o que é que Julian sabe? Ele morreria de fome se Opal não tivesse aquele salão. A troco de que você ouve o que ele diz? Ele não tem um pingo de juízo."

Cleo concordou nesse ponto.

"Bem, não é apenas Julian, meu bem. É com você que me preocupo."

"Eu sei."

"Só espero que você não seja boba e gaste tudo o que ganha dando de comer a essa gente."

Idgie sorriu para ele. "Cleo, eu sei muito bem que metade das pessoas da cidade não lhe paga há cinco anos. E não o vejo botando-as porta afora."

Ninny, geralmente quieta, manifestou-se: "Ela está certa, Cleo".

Cleo comeu um amendoim. Idgie levantou-se e, brincando, agarrou-o pelo pescoço.

"Ouça, seu brutamontes, você nunca expulsou um homem faminto de sua casa."

"Nunca mesmo. Venham todos aqui", disse ele, limpando a garganta. "Agora, falando sério, Idgie, não quero me meter no seu negócio nem nada disso, mas quero ter certeza de que está guardando algum dinheiro."

"Para quê?", disse Idgie. "O dinheiro acaba com a gente, você sabe disso. Hoje mesmo veio um homem aqui e me contou sobre um tio que ganhava um bom dinheiro trabalhando no Tesouro de Kentucky, e tudo ia muito bem até que um dia ele puxou a alavanca errada e morreu esmagado por quase uma tonelada de moedas de dez centavos."

Ninny ficou horrorizada. "Nossa, que coisa terrível!"

Cleo olhou para a esposa como se estivesse louca. "Céus, mulher, você acredita em tudo que esta minha irmã doida diz."

"Poderia ter acontecido, não poderia? Ele foi morto mesmo pelas moedas de dez centavos, Idgie?"

"Claro que foi. Ou foram dez centavos ou centenas de moedas de vinte e cinco centavos, não me lembro bem, mas, seja como for, ele morreu."

Cleo balançou a cabeça para Idgie e começou a rir.

CASA DE REPOUSO ROSE TERRACE
OLD MONTGOMERY HIGHWAY,
BIRMINGHAM, ALABAMA
29 DE JANEIRO DE 1986

TODO DOMINGO, dia de visitas, Ed Couch e sua mãe, Big Momma, não faziam nada além de ficar naquele quartinho espremido olhando para a televisão. Evelyn sentia que, se não saísse logo dali, começaria a gritar. Então, pediu licença para ir ao banheiro no saguão. Pensava em esperar dentro do carro, mas lembrou que Ed estava com a chave; logo, lá estava ela... Novamente... Na sala com a sra. Threadgoode, abrindo a embalagem de seu Sno Ball de coco com marshmallow da marca Hostess, ouvindo a sra. Threadgoode contar-lhe sobre o jantar da noite anterior em Rose Terrace.

"E lá estava ela, meu bem, sentada à cabeceira da mesa... Toda enfeitada, toda se gabando."

"Quem?"

"A sra. Adcock."

"Sra. Adcock?"

"Ela mesmo! Não lembra? A da pele de raposa, a sra. Adcock!"

Evelyn pensou um pouco. "Ah, a ricaça."

"Exato. A sra. Adcock, aquela cheia de anéis."

"Certo."

Evelyn ofereceu-lhe os doces.

"Ah, obrigada. Adoro Sno Balls." Ela pegou um e continuou: "Evelyn, você não gostaria de uma Coca-cola para ajudar isso a descer? Tenho uns trocados lá no quarto e, se quiser, vou buscar um refrigerante. Tem uma máquina lá embaixo."

"Não, sra. Threadgoode, para mim está ótimo. E a senhora, gostaria de um?"

"Ah, não, meu bem. Em geral eu bebo, mas hoje estou com um pouco de gases. Aceito um copo de água, se você não se importar."

Evelyn foi até o bebedouro e encheu dois copos de plástico com água gelada.

"Muito obrigada."

"E a sra. Adcock?"

A sra. Threadgoode olhou-a.

"Sra. Adcock? Você a conhece?"

"Não, não conheço. Mas a senhora estava dizendo que ela ficava se gabando não sei de quê."

"Ah, é mesmo... Bem, a sra. Adcock disse para todo mundo no jantar, ontem à noite, que tudo o que existe na casa dela são antiguidades autênticas... Com mais de cinquenta anos... Que valem um bocado de dinheiro. Eu disse à sra. Otis 'E eu que entrei na vida sem valer quase nada e de repente me transformei numa antiguidade de valor inestimável. Devo custar uma fortuna no mercado!'." Ela riu e pensou um pouco.

"Fico me perguntando o que pode ter acontecido com aqueles pratinhos de porcelana e com a carrocinha puxada pelo bode com que a gente brincava.

"Aos sábados, nós, as meninas, saíamos para passear em um carrocinha que meu pai tinha feito, e que, para nós, era melhor que uma viagem a Paris. Não me espantaria se soubesse que aquele velho bode ainda vive. Ele se chamava Harry... Harry, o bode! Comia qualquer coisa!" Ela riu. "Uma vez, Idgie deu a ele um tubo de desodorante Mum, de Leona, e ele lambia como se fosse sorvete...

"A gente brincava muito, mas ninguém gostava mais de se fantasiar que os Threadgoode. Uma vez, Momma fantasiou as quatro meninas, inclusive eu, de naipes do baralho, para o concurso da festa da igreja. Eu era paus; as gêmeas; copas e ouros, e Essie Rue era espadas. E logo atrás de nós vinha Idgie, de curinga. Ficamos em primeiro lugar!

"Lembro-me de um feriado de Quatro de Julho, todas nós com vestidos de estrelas e listras e coroa de papel. Estávamos no quintal, tomando sorvete caseiro e esperando pelos fogos de artifício, quando veio Buddy Threadgoode pela escada dos fundos, usando um vestido midi de Leona e um grande laço amarrado na cabeça, gesticulando e requebrando. Ele estava imitando Leona, percebe? Então, para piorar as coisas, não sei se Edward ou Julian levou a vitrola para o pátio e pôs para tocar aquele jazz, "The Sheik of Araby", enquanto Buddy saracoteava pelo pátio. Nós rimos até não poder mais. Depois, Buddy deu um beijo em Leona. A gente perdoava Buddy por qualquer coisa.

"Depois que escureceu, Poppa contratou especialistas em fogos de artifício e ofereceu um espetáculo para toda a cidade... Vieram todos os negros de Troutville. Que coisa linda! Os rojões explodiam e iluminavam todo o céu. Os meninos pareciam loucos com aquelas bombinhas. Quando tudo terminou, fomos para a sala ouvir Essie Rue martelar o piano. Ela tocou 'Listen to the Mockingbird', 'Nola' e outras canções da moda naquele ano... Enquanto Idgie ficava berrando com ela lá de cima daquela árvore.

"Parecia que Idgie estava sempre descalça e de macacão. Mas isso era bom. Ela acabaria com qualquer vestido subindo e descendo das árvores como costumava fazer, pescando ou caçando com Buddy e os irmãos. Buddy dizia que ela atirava tão bem quanto um menino. Era uma coisinha linda, menos quando Buddy cortou todo o cabelo dela. Dava para jurar que Idgie era um garotinho.

"Mas todas as meninas da família eram bonitas. Ah, e o que elas não faziam para isso! Principalmente Leona. Era a mais vaidosa de todas, e não achava graça nenhuma nisso.

"Eu via tudo de cima porque sempre fui muito alta. Até me curvava um pouco, mas Momma Threadgoode costumava dizer 'Ninny, o bom Deus a fez assim para que você fique mais perto do céu...' Hoje já não sou mais tão alta. A gente encolhe quando envelhece.

"Cabelo é uma coisa engraçada, não é? As pessoas são loucas por ele. Acho até natural. O cabelo é mencionado em quase toda a Bíblia: Sansão e aquela mulher, Dalila, e a moça que enxuga os pés de Jesus com seus cabelos... Não é estranho que os negros queiram ter cabelos lisos e nós vivemos enrolando os nossos? Já tive cabelos castanhos, mas hoje uso Silk & Silver nº 15... Já usei a nº 16, mas escureceu demais e ficava com cara de tingido.

"Naquela época, eu torcia os cabelos num coque e ia cuidar das minhas coisas. Mas a srta. Leona, não. Seus cabelos eram um eterno ponto de atrito entre ela e Idgie. Acho que Idgie devia ter uns nove ou dez anos quando chegou de Troutville, onde estivera brincando com as crianças de lá, e trouxe piolhos para casa. Todo mundo teve que lavar a cabeça com uma mistura de enxofre, querosene e banha de porco. Nunca ouvi tanto choro e lamúria. Leona parecia estar indo para a fogueira. Ela ficou sem falar com a pobre Idgie depois disso.

"Um dia, Buddy chegou da escola e encontrou Idgie um pouco triste. Ele tinha um jogo de futebol para ir e, à noite, quando já estava de saída, disse: 'Vamos, Pedacinho'. Ele a levou para o futebol e a pôs sentada no banco dos jogadores. O Buddy era assim com as pessoas...

"Acho que Leona só perdoou Idgie depois que se casou. Ela continuou vaidosa até morrer. Uma vez, leu na revista *McCall's* que a raiva e o ódio davam rugas. Então, sempre ameaçava Idgie dizendo que a mataria, mas mantinha um sorriso no rosto.

"É claro, Leona arrumou o marido mais rico, e seu casamento foi requintado. Ela tinha muito medo de que Idgie estragasse tudo, mas não houve razão para isso, porque Idgie ficou o tempo todo com a família do noivo e deixou-os tão encantados que, no fim, acharam que ela era a melhor da família. Já naquela idade, ela tinha o charme dos Threadgoode. Mas ninguém no mundo tinha o charme de Buddy Threadgoode."

A sra. Threadgoode parou um pouco para beber um gole de água e refletiu: "Sabe, este docinho de coco me faz lembrar do piquenique, aquele dia terrível.

"Eu já estava noiva de Cleo, portanto devia ter uns dezessete anos. Era um sábado de junho, à tarde, e estávamos nos divertindo muito no piquenique da igreja. Muitos jovens da Igreja Batista Andalusia tinham vindo de trem, e Momma e Sipsey tinham feito cerca de dez bolos de coco para a ocasião. Os meninos estavam usando o terno branco de verão e Cleo tinha acabado de comprar um chapéu de palha novinho na loja de Poppa, e não sei por que Buddy pediu para usá-lo naquele dia.

"Depois do piquenique, Essie Rue e eu levamos os pratos de bolo para casa, e os rapazes da família foram à estação se despedir do grupo de Andalusia, como sempre faziam. Momma estava no quintal apanhando figos, e eu estava com ela quando aconteceu...

"Ouvimos o trem dar a partida e, assim que começou a andar, o apito soou. Ouvimos o guincho das rodas nos trilhos e um solavanco. No mesmo instante as meninas começaram a gritar.

"Olhei para Momma, que apertou as mãos contra o coração e caiu de joelhos gritando 'Não, meus filhos, não! Meu Deus, eles não!'

"Poppa Threadgoode ouviu tudo da loja e correu para a estação. Momma e eu estávamos na varanda quando eles chegaram. Quando vi o chapéu de palha na mão de Edward, sabia que tinha sido Buddy.

"Ele estava flertando com uma menina bonita chamada Marie Miller e, quando o trem deu a partida, ele subiu no trilho, deu um toque no chapéu e lançou um sorriso encantador para a sua escolhida; foi quando o apito soou. Dizem que ele não ouviu o trem que estava vindo logo atrás. Ah, como eu até hoje gostaria que Cleo jamais tivesse emprestado aquele chapéu de palha!"

Ela balançou a cabeça. "Todos nós morremos um pouco. Mas a pior foi Idgie. Ela devia ter uns doze ou treze anos na época e estava jogando bola em Troutville quando aconteceu. Cleo foi até lá buscá-la.

"Nunca vi alguém sofrer tanto. Achei que ela também fosse morrer. Era de partir o coração. Ela desapareceu no dia do enterro. Não conseguiu suportar. E, quando voltou para casa, subiu a escada e ficou lá no quarto de Buddy por horas, no escuro. Quando não aguentou mais ficar lá dentro, saiu correndo para a casa de Sipsey em Troutville... Mas nunca derramou uma única lágrima. Sofria demais para chorar... Sabe, o coração continua a bater igual, mesmo que esteja partido.

"Momma Threadgoode ficou morrendo de preocupação com ela, mas Poppa disse para deixá-la fazer o que quisesse. É claro que ela nunca mais foi a mesma pessoa, até conhecer Ruth. Foi quando começou a se recuperar. Mas tenho certeza de que nunca se esqueceu de Buddy... Nenhum de nós conseguiu.

"Mas não quero me prender às coisas tristes. Isso não é certo. Além disso, como Idgie conheceu Ruth, Deus nunca fecha uma porta sem abrir outra em seguida, e acredito que Ele deva ter mandado Ruth naquele verão para a nossa casa por essa razão... *'His eye is on the sparrow, so I know He watches me'*."*

---

* Em tradução livre: "Seu olhar está no pardal, então eu sei que Ele está olhando por mim". (N. T.)

O Semanário Weems
Parada do Apito, Boletim semanal do Alabama
1º de dezembro de 1931

Estrela da rádio na Parada do Apito

Hollywood que se cuide. A nossa Essie Rue Limeway, organista da Igreja Batista e integrante do Quarteto de Senhoras da Barbearia Jolly Belles, pode ser ouvida toda manhã às seis e meia, durante este mês, na *Hora dos Biscoitos King,* na rádio w.a.p.i., tocando piano num comercial que ela fez para a Companhia de Órgãos e Pianos Stanley Charles. Quando o sr. Charles diz: "E lembrem-se, amigos, vou guardar o seu órgão ou seu piano até o Natal", é Essie Rue tocando "Jingle Bells" ao fundo. Confira.

Essie me contou que Stanley Charles tem um grande estoque de pianos e órgãos para este ano e precisa vendê-los depressa. Disse também que, se você mencionar o nome dela, ele lhe dará um desconto. A loja fica no centro de Birmingham, perto da parada do bonde, bem em frente ao Cachorro-quente do Gus.

A propósito, caiu o "O" da placa "Salão de Beleza Opal" e por pouco não acertou Biddie Louise Otis na cabeça. Opal disse que felizmente ela não se machucou, mas não é uma coincidência o nome da sra. Otis também começar com O? Julian garantiu que vai consertar ainda esta semana, mas Biddie disse que de agora em diante vai entrar pelos fundos.

... Dot Weems...

P.S.: Opal informou que consignou uns apliques naturais cacheados... Portanto, se por acaso precisar de mais cabelo em algum lugar... Vá até lá...

Rhodes Circle, 212
Birmingham, Alabama
5 de janeiro de 1986

Evelyn Couch se fechou na sala de costura e já estava no segundo pote de sorvete com gotas de chocolate da Baskin-Robbins; olhava a pilha alta de moldes da Butterick sobre a mesa, os quais nunca havia tocado, mas que foram comprados com a melhor das intenções. Ed estava lá em seu canto, assistindo ao futebol, o que para ela era ótimo, já que, ultimamente, quando ele via que ela estava comendo algo que engordasse ele perguntava com falsa surpresa: "Isso faz parte do regime?".

Ela mentira ao balconista da Baskin-Robbins. Dissera-lhe que o sorvete era para a festa dos netos. Ela nem sequer tinha netos.

Evelyn estava com quarenta e oito anos e se perdera em algum ponto do caminho.

As coisas tinham mudado tão depressa. Enquanto ela educava os dois filhos obrigatórios — "um menino para ele e uma menina para mim" —, o mundo havia se tornado um lugar diferente, que ela não conhecia mais.

Não entendia mais as piadas. Todas pareciam malvadas, e o linguajar também a chocava. Chegara a esta idade sem nunca ter pronunciado aquela palavra que começa com F. Quase sempre assistia a filmes antigos e revia *The Lucy Show*. Durante a guerra do Vietnã, acreditara em Ed, que dizia ser uma guerra boa e necessária e que aqueles contrários eram comunistas. Mas depois, bem depois, quando por fim chegou à conclusão de que não era uma guerra tão boa assim, Jane Fonda já estava ensinando seus exercícios e ninguém se importava com o que Evelyn pensava. Até hoje nutre certa antipatia por Jane Fonda: queria que ela sumisse da tevê e parasse de esticar aquelas pernas magras o tempo todo.

Não é que Evelyn não tenha tentado. Ela tentou criar o filho como uma pessoa sensível, mas Ed amedrontou-a tanto, dizendo que isso faria dele um afeminado, que ela recuou e acabou perdendo o contato com ele. Até hoje, o filho lhe parece um estranho.

Os dois filhos a tinham ultrapassado. Sua filha Janice sabia mais sobre sexo aos quinze anos do que Evelyn naquele exato momento. Alguma coisa estava errada.

Na época do ensino médio tudo era bem mais simples. Havia as meninas boas e as más, e todo mundo sabia quem era quem. Ou se pertencia à turma dos populares ou não. Evelyn fazia parte da panelinha, era uma líder de torcida. Não sabia o nome de ninguém que estivesse na banda da escola ou daqueles rapazes que usavam calça folgada e de suas namoradas com blusas de náilon transparente e tornozeleiras. Sua turma eram os meninos de cabelo curto, camisa xadrez e calças cáqui de brim e as meninas de blusas com botõezinhos redondos da Ship'n Shore. Ela e suas amigas fumavam um cigarro Kent nas reuniões da fraternidade, e nas festas do pijama bebiam no máximo uma cerveja, e isso era tudo. Nada de carícias para baixo do pescoço.

Tempos depois, ela se sentiu uma tola ao acompanhar a filha ao médico para colocar um diafragma. Evelyn esperara até a noite do casamento.

E que choque. Ninguém havia lhe contado quanto doía. Ela ainda não gostava de sexo. Sempre que começava a relaxar, a imagem da menina malfalada vinha-lhe à cabeça.

Era uma boa moça, sempre se comportou como uma dama, nunca ergueu a voz, concordava com tudo e com todos. Ela pensava que em algum ponto do caminho haveria uma recompensa, um prêmio. Mas, quando a filha lhe perguntou se ela fizera sexo com mais alguém além do marido e ela respondeu: "Não, é claro que não!", a reação foi: "Puxa, mãe, que besteira! Como você pode saber se ele é bom ou não? Que horror!".

Era verdade. Ela não sabia mesmo.

No fim das contas, pouco importa se você foi boa ou não. As garotas do ensino médio que "faziam de tudo" não terminaram, como ela pensara, cheias de vergonha e desgraça por terem se desviado; estavam todas casadas, felizes ou infelizes, como todo mundo. E todo o esforço para se manter pura, o medo de ser tocada, de deixar um rapaz louco de paixão com um simples gesto, além do pior de todos os medos — engravidar —, fora perda de tempo e energia. Hoje, as estrelas do cinema têm filhos aos montes fora do casamento, e os chamam de Luz da Lua ou Raio de Sol.

E qual foi a recompensa por ficar sóbria? Ela sempre ouviu dizer que não havia nada pior que uma mulher embriagada e nunca se permitira ir além de um *whiskey sour*. Agora, as melhores pessoas estavam no centro de reabilitação Betty Ford, sendo fotografadas e ovacionadas ao receberem alta. Evelyn perguntava-se com frequência se Betty aceitaria gente que precisasse perder dez quilos.

Sua filha lhe oferecera uma vez um baseado, mas, depois que experimentou e viu o balcão se movendo em sua direção, ficou assustada e nunca mais quis. Narcóticos, portanto, estavam fora de questão.

Evelyn perguntava-se qual seria sua turma, onde ela se encaixava...

Há cerca de dez anos, Ed havia começado a sair com uma moça de seu trabalho na companhia de seguros, e Evelyn passou a frequentar um grupo chamado Mulher Completa, para tentar salvar o casamento. Não tinha certeza se amava Ed tanto assim, mas gostava o suficiente para não querer perdê-lo. Além disso, o que mais poderia fazer? Vivera com ele o mesmo tempo que com seus pais. O grupo acreditava que as mulheres encontrariam a felicidade completa se dedicassem a vida à felicidade dos maridos.

A líder as informara de que todas as mulheres ricas e bem-sucedidas profissionalmente que pareciam tão satisfeitas com a vida eram, na realidade, terrivelmente solitárias e invejavam em segredo o feliz lar cristão que elas possuíam.

Era muito difícil imaginar que Barbara Walters pudesse abandonar tudo por Ed Couch, mas mesmo assim Evelyn se esforçou. Mesmo não sendo uma pessoa religiosa, era conveniente achar que a Bíblia respaldava sua vida de capacho. Não foi o apóstolo Paulo que disse às mulheres que não usurpassem o poder dos homens, mas se mantivessem em silêncio?

Então, esperando estar no caminho certo, deu o primeiro passo dos *Dez degraus para a completa felicidade.* Tentou subir o número um e receber Ed à porta completamente nua, envolvida em papel celofane. Mas Ed ficou horrorizado. Pulou para dentro de casa e bateu a porta. "Deus do céu, Evelyn! E se fosse o jornaleiro? Você ficou maluca?"

Por isso nem tentou o passo número dois: ir ao escritório dele vestida como uma prostituta.

Mas logo a líder do grupo, Nadine Fingerhutt, se divorciou e teve que arrumar um emprego. Então o grupo se dispersou. Depois de um tempo, Ed parou de sair com a moça, e tudo se assentou.

Mais tarde, ainda procurando se encontrar, ela tentou se envolver com o Centro Comunitário Feminino. Gostava do que se propunha lá, mas secretamente preferia que usassem um pouquinho de batom e depilassem as pernas. Ela era a única que se maquiava, usava meia-calça e brincos. Gostaria muito de encaixar-se, mas, quando alguém sugeriu que na semana seguinte elas levassem um espelho para poder examinar a própria vagina, nunca mais voltou.

Ed dizia que aquelas mulheres não passavam de um bando de velhas frustradas e feias demais para conseguir um homem. Então, lá estava ela, entediada demais para as reuniões da Tupperware e assustada demais para olhar a própria vagina.

Na noite em que ela e Ed foram à trigésima reunião anual da turma do ensino médio, Evelyn esperava encontrar alguém com quem pudesse conversar sobre o que sentia. Mas todas as mulheres presentes pareciam tão confusas quanto ela e se agarravam aos maridos e aos drinques para evitar desaparecer. Sua geração parecia estar em cima do muro, sem saber para qual lado saltar.

Depois da reunião, ela ficou olhando as fotos da época da escola por horas e viajando várias vezes pelos lugares onde já vivera...

Ed não ajudava. Ultimamente se comportava cada vez mais como seu pai, tentando ser o que acreditava que era o "homem da casa". Os anos foram passando e ele se tornou mais fechado; aos sábados ficava andando sozinho pelo Centro de Melhoria do Lar, durante horas e horas. Procurando, sem saber o quê. Caçava, pescava e assistia a seus jogos de futebol como qualquer outro homem, e Evelyn começou a desconfiar que ele também apenas desempenhava um papel.

Evelyn encarava a embalagem vazia do sorvete, perguntando-se para onde teria ido aquela colegial sorridente das fotos.

O SEMANÁRIO WEEMS
PARADA DO APITO, BOLETIM SEMANAL DO ALABAMA
2 DE NOVEMBRO DE 1932

INAUGURADO O CLUBE DO PORCO DA PARADA DO APITO

GRAÇAS AO INCENTIVO DO SERVIÇO DE EXTENSÃO DO ALABAMA, foi formado um Clube do Porco na comunidade. Quem quiser informações deve procurar a sra. Bertha Vick em casa. Bertha disse que uma tal srta. Zula Hight, de Kittrel, Carolina do Norte, ganhou um Porco da China registrado puro-sangue em apenas sete dias. Bertha disse também que qualquer um pode conseguir a mesma coisa, se realmente quiser. Ela garantiu que possuir um porco puro-sangue é uma marca de distinção para si e para a comunidade, e que é o primeiro passo para a prosperidade. Significa também criar a base para uma boa renda pelo resto da vida, principalmente na velhice.

Idgie conseguiu um rádio Philco novinho em folha para o Café e disse que quem quiser ouvir *Amos 'n' Andy* ou qualquer outro programa será bem recebido, sem precisar pedir nada para comer. Ela avisou que à noite o rádio pega melhor.

A propósito, alguém sabe como se livrar das marcas de patas de cachorro no cimento? Quem souber, por favor, me avise ou me procure no correio para contar.

... Dot Weems...

Casa de repouso Rose Terrace
Old Montgomery Highway,
Birmingham, Alabama
12 de janeiro de 1986

Evelyn abriu a bolsa e ofereceu à sra. Threadgoode um dos sanduíches de patê de pimentão com queijo que trouxera de casa, embrulhados em papel-manteiga.

A sra. Threadgoode ficou encantada. "Ah, muito obrigada! Adoro um bom sanduíche de pimentão com queijo. Na verdade, gosto de comer qualquer coisa que seja colorida. Não acha que este patê tem uma cor bonita? É tão alegre! Gosto também de pimentão vermelho, e gostava muito de maçãs-do-amor, mas não posso mais comê-las por causa dos dentes. Pensando bem, gosto de qualquer coisa vermelha." Ela refletiu por um minuto.

"Tínhamos uma galinha vermelha chamada Sister, e sempre que eu ia ao quintal dizia: 'Sister, não venha bicar meu pé, garota, ou eu como você com bolinhos'. Ela erguia a cabeça e ia para longe. Sister bicava todo mundo, menos a mim e a meu filho, Albert. Nunca comemos aquela galinha, nem durante a Depressão. Morreu de velhice. Quando eu for para o céu, onde está toda a minha gente, espero encontrar Sister e Cookie, o guaxinim. Sei que Sipsey também vai estar lá.

"Não sei de onde Sipsey era... Nunca se sabe de onde são os negros. Ela tinha dez ou onze anos quando começou a trabalhar na casa de Momma Threadgoode. Tinha vindo de Troutville, o bairro dos negros que ficava do outro lado dos trilhos, e disse que se chamava Sipsey Peavey e que precisava trabalhar. Momma ficou com ela. Sipsey ajudou a criar todas as crianças da casa.

"Sipsey era uma criatura miudinha e muito engraçada. Tinha todas aquelas superstições antigas dos negros. Sua mãe fora escrava, e ela morria de medo de bruxarias... Contou a Momma que sua vizinha em Troutville punha um talco amarelo enfeitiçado no sapato do marido todas as noites, e ele acabou perdendo toda a potência. Mas o que ela mais temia eram cabeças de animais. Se alguém aparecesse com uma galinha ou um peixe, ou se Big George matasse um porco, ela não punha a mão na carne até enterrar a cabeça no jardim. Dizia que se a gente não enterrasse a cabeça, o espírito do bicho entraria no corpo e enlouqueceria a pessoa. Uma vez, Poppa se esqueceu e levou para casa um patê cabeça de xara, e Sipsey saiu correndo, gritando como uma doida, e não voltou até que um amigo dela benzesse a casa. Ela deve ter enterrado centenas de cabeças no jardim. E, sabe, nós tínhamos os maiores tomates, quiabos e abóboras da cidade por causa disso!" Ela riu. "Buddy dizia que ali era o jardim das cabeças de peixe.

"Mas, apesar de todo esse seu jeito estranho, não havia melhor cozinheira no estado do Alabama. Com apenas onze anos, diziam que ela já cozinhava deliciosos biscoitos e molhos, tortas de frutas, frango frito, folhas de nabo e feijões. E seus bolinhos cozidos eram tão leves que flutuavam, e você tinha que pegá-los no ar para poder comer. Todas as receitas servidas no Café eram dela. Foi ela quem ensinou a Idgie e Ruth tudo o que sabiam sobre cozinha.

"Não sei por que Sipsey nunca teve filhos. Jamais vi alguém que gostasse tanto de bebês. Todas as negras de Troutville deixavam os filhos com ela quando saíam à noite para se divertir. Sabiam que ela cuidaria bem deles. Sipsey dizia que não havia nada que a fizesse mais feliz do que ter uma criança para embalar. Ela as balançava e ninava a noite toda, às vezes duas crianças ao mesmo tempo, e a única coisa que pensava era em ter um filho só seu.

"Numa noite de novembro, perto do Dia de Ação de Graças — Momma dizia que lá fora fazia muito frio e as árvores estavam peladas —, Sipsey estava arrumando as camas no andar de cima quando uma amiga da igreja dos negros chamou-a no quintal. Animada, a mulher lhe disse que uma moça de Birmingham, lá na estação, estava dando um bebê e que Sipsey teria que ir logo porque o trem já estava partindo.

"Sipsey desceu correndo a escada, usando apenas um vestido leve e seu avental. Ao vê-la sair pela porta dos fundos, Momma Threadgoode ainda gritou para que vestisse um casaco, mas ela respondeu: 'Não dá, dona Threadgoode. Tenho que ir buscar aquele bebê'. E partiu como um raio. Momma ficou esperando na porta, e tão logo o trem deu a partida lá veio Sipsey, com um sorriso que ia de uma orelha à outra, as pernas arranhadas e sangrando da corrida pelas urzes, trazendo um negrinho gorducho embrulhado numa toalha em que se lia HOTEL DIXIE, MEMPHIS, TENNESSEE. Sipsey contou que a moça estava voltando para casa e não tinha coragem de aparecer lá com o bebê, porque seu marido estava na cadeia havia três anos.

"Por isso nunca soubemos qual era o verdadeiro nome do menino. Sipsey disse que, como ele viera com o trem, iria chamá-lo de George Pullman Peavey, por causa do homem que inventara o vagão pullman. Mas quem quer que fosse o pai dele, devia ser um homem grande, porque George acabou ficando com quase dois metros de altura e pesando mais de noventa quilos.

"Quando ele ainda era um menino, Poppa levou-o para a loja e ensinou-lhe a profissão de açougueiro. Ele já descarnava porcos aos dez anos, e Sipsey ficava toda orgulhosa... Ela não o amaria mais se tivesse nascido dela. Abraçava-o e dizia: 'Meu bem, não é porque a gente não tem o mesmo sangue que você não é meu'.

"Mais tarde, quando Big George foi a julgamento, ela se arrumava e ia ao tribunal... Já devia ter quase noventa anos. Bom, nunca se sabe ao certo a idade dos negros.

"Sipsey vivia cantando suas canções gospel... 'In the Baggage Car Ahead' ou 'I'm Going Home on the Morning Train'... Sempre sobre trens. Na noite anterior a sua morte, ela contou a George que Jesus lhe aparecera em sonho, todo vestido de branco. Ele era o maquinista de um trem fantasma e tinha ido buscá-la para levá-la para o céu.

"Mas eu me arrisco a dizer que ela cozinhou no Café até depois dos oitenta anos. Por isso tanta gente ia lá, por causa da comida. Certamente não era pela aparência do lugar. Quando Idgie e Ruth o compraram, não passava de um salão velho. Ficava na rua em frente aos trilhos do trem, um pouco depois do correio, onde trabalhava Dot Weems.

"Lembro do dia em que elas se mudaram. Nós todos fomos ajudar. Sipsey limpava o chão quando percebeu que Ruth pendurava um quadro da Santa Ceia. Ela parou de varrer por um instante e ficou olhando para o quadro. Então perguntou: 'Dona Ruth, quem *tá* sentado ali na mesa com o senhor Jesus?'.

"Ruth, tentando ser delicada, respondeu: 'Ora, Sipsey, ele está com seus irmãos'. Sipsey ficou olhou para ela e disse: 'Nossa! Pensei que dona Maria só tivesse tido um menino', e continuou a varrer. Nós quase morremos de tanto rir. Sipsey sabia muito bem quem eram aqueles no quadro. Ela gostava muito de brincar com as pessoas.

"Julian e Cleo construíram quatro divisórias de madeira e um cômodo nos fundos para Idgie e Ruth morarem. A parte do Café tinha paredes nodosas de pinho da Georgia e piso antigo de madeira.

"Ruth até que tentou ajeitar o lugar. Quis pendurar um quadro de um navio ao luar, mas Idgie veio logo atrás e substituiu-o por outro com um bando de cães sentados ao redor de uma mesa de jogo, fumando charutos e jogando pôquer. Ela escreveu embaixo: 'Clube do Picles'. Esse era o nome do clube maluco que ela e seu amigo Grady Kilgore fundaram. Havia também uma decoração de Natal que elas fizeram no primeiro ano e que Idgie nunca quis tirar e um velho calendário da ferrovia. Só isso.

"Eram só quatro mesas e várias cadeiras duvidosas." Ela riu. "A gente nunca sabia se iam ou não aguentar alguém sentado. E nunca existiu uma caixa registradora. Elas guardavam o dinheiro numa caixa de charutos Roy Tan e era ali que faziam o troco. Havia uma vitrine no balcão com batatas fritas e torresmo, pentes e fumo de rolo, linhas de pesca e pequenos cachimbos de sabugo de milho.

"Idgie abria o Café bem cedo e não fechava até que, segundo ela, 'o último cão ainda resistisse'.

"O grande pátio de manobras da L&N ficava duas quadras adiante, e todo o pessoal da ferrovia ia comer no Café, fossem negros ou brancos. Os negros eram servidos nos fundos. É claro que muita gente não gostava que ela vendesse comida para negros, e houve até alguns problemas por isso, mas

Idgie não permitia que lhe dissessem o que podia ou não fazer. Cleo disse que ela enfrentou sozinha a Ku Klux Klan e nunca deixou que a impedissem de qualquer coisa. Apesar de ser muito boa, Idgie ficava realmente brava quando se via pressionada..."

Café da Parada do Apito
Parada do Apito, Alabama
22 de março de 1933

Idgie tomava café e dava um dedo de prosa com Smokey, seu amigo sem-teto. Lá atrás, na cozinha, Sipsey e Onzell estavam ocupadas, fritando tomates verdes para o almoço, que seria por volta das onze e meia, ouvindo o programa gospel *Asas sobre o Jordão*, pela rádio w.a.p.i., quando Ocie Smith bateu à porta da cozinha.

Sipsey entrou no salão, enxugando as mãos no avental. "Dona Idgie, tem um negrinho querendo falar com a senhora."

Idgie foi até a porta de tela e logo reconheceu Ocie Smith, um amigo seu de Troutville que trabalhava no pátio da ferrovia.

"Oi, Ocie. Como vai?"

"Bem, dona Idgie."

"Em que posso ajudar?"

"Dona Idgie, tem um bando de gente que trabalha lá no pátio que fica sentindo o cheiro do churrasco o dia inteiro já faz uns dois meses, e isso *tá* deixando a gente louco. A gente quer saber se a senhora não quer vender uns sanduíches dessa carne. Tenho dinheiro aqui."

Idgie deu um suspiro, balançando a cabeça. "Vou lhe dizer uma coisa, Ocie. Você sabe que, se dependesse de mim, vocês entrariam pela porta da frente e comeriam aqui dentro, mas não posso fazer isso."

"Sei, sim, senhora."

"Tem gente nesta cidade que queimaria tudo aqui em um minuto. E eu preciso disto para viver."

"É, sim, dona. Também sei disso."

"Mas quero que vá lá e diga a seus amigos que, sempre que quiserem alguma coisa, é só pedir aqui na porta de trás."

Ele riu. "Sim, senhora."

"Diga a Sipsey o que quer, e ela prepara para você."

"Tá bom. Obrigado, dona."

"Sipsey, dê-lhe churrasco, e o que mais ele quiser. Dê um pedaço de torta também."

Sipsey resmungou em voz baixa: "A senhora vai acabar arrumando uma boa encrenca com aquela gente da Ku Klux, e eu vou me mandar daqui. A senhora não vai me ver nunca mais, ah, garanto que não."

Mas ela fez os sanduíches, pôs suco de uva e torta num saco de papel com guardanapos e deu a Ocie.

Três dias depois, Grady Kilgore, o xerife do lugar e guarda da ferrovia nas horas vagas, chegou todo cheio de si. Era um homem grandalhão e fora amigo de Buddy, irmão de Idgie.

Pendurou o chapéu no mancebo, como sempre fazia, e disse a Idgie que precisavam ter uma conversa séria. Ela serviu café para ele e se sentou. Grady debruçou-se sobre a mesa e começou sua tarefa desagradável.

"Idgie, você não pode vender comida para esses negros, sabe muito bem disso. Tem uns rapazes na cidade que não estão nada satisfeitos com isso. Ninguém quer comer no mesmo lugar que os negros. Não está certo e você não pode continuar fazendo isso."

Idgie pensou um pouco e aquiesceu:

"Tem razão, Grady, sei muito bem que não devo fazer isso."

Grady recostou-se e pareceu satisfeito.

Mas ela continuou: "Sabe, Grady, é engraçado como as pessoas fazem coisas que não devem. Veja você, por exemplo. Aposto que muita gente acha que não devia sair da igreja aos domingos e ir até o rio se encontrar com Eva Bates. Garanto que Gladys acha que você não deveria fazer isso."

Grady, que naquela época era diácono da Igreja Batista e casado com Gladys Moats, famosa por seu temperamento, enrubesceu.

"O que é isso, Idgie? Não tem graça nenhuma."

"Pois eu acho que tem. Assim como também é engraçado um bando de homens feitos se embebedar e cobrir a cabeça com um monte de lençóis. É mesmo bem engraçado."

Grady chamou Ruth, que estava atrás do balcão. "Ruth, será que você consegue pôr um pouco de juízo na cabeça desta aqui? Ela não me ouve. Só estou tentando livrá-la de problemas, só isso. Não vou dizer quem, mas há pessoas na cidade que não gostam que ela venda para os negros."

Idgie acendeu um Camel e sorriu. "Olha só, Grady, vou lhe falar uma coisa. A próxima vez que 'algumas pessoas' entrarem aqui, como Jack Butts, Wilbur Weems e Pete Tidwell, vou dizer para eles que, se não quiserem ser reconhecidos marchando naqueles desfiles estúpidos que vocês costumam fazer, tenham o bom senso de pelo menos trocar de sapatos."

"Espere aí, Idgie..."

"Que diabos, Grady, vocês não enganam ninguém. Eu reconheceria esses botinões que vocês usam em qualquer lugar."

Grady olhou para os pés. Ele estava perdendo a batalha rapidamente.

"Ouça, Idgie, preciso dar uma resposta a eles. Vai ou não parar com isso? Ruth, por favor, me ajude a convencer esta mula teimosa."

Ruth se aproximou da mesa. "Ah, Grady, que mal há em vender alguns sanduíches na porta dos fundos? Eles não entram e se sentam aqui."

"Não sei, Ruth... Preciso falar com os rapazes."

"Eles não estão fazendo mal a ninguém, Grady."

Ele pensou um pouco. "Bem... Está certo. Por enquanto, eu acho." E apontou o dedo para Idgie. "Mas trate de mantê-los lá atrás, ouviu?"

Ele se levantou para sair e pegou o chapéu. Antes, voltou-se mais urna vez para Idgie.

"Ainda vamos jogar pôquer na sexta?"

"Claro que sim! Às oito horas. E traga bastante dinheiro que eu ando com sorte."

"Vou falar com Jack e com os outros... Até logo, Ruth."

"Até, Grady."

Idgie balançou a cabeça e seguiu-o com o olhar pela rua.

"Ruth, você tinha que ter visto esse bezerrão lá no rio, durante três dias, caindo de bêbado e chorando como uma criança, porque Joe, o velho negro que o criou, tinha morrido. Juro que não sei o que essa gente tem na cabeça. Imagine aqueles rapazes: ficam apavorados de comer ao lado de um negro, mas comem o ovo que sai direto da bunda de uma galinha."

"Ah, Idgie!"

Ela riu. "Desculpe, é que às vezes eles me tiram do sério."

"Eu sei, mas você não deve ficar tão nervosa. As pessoas são assim mesmo e não há nada que se possa fazer para mudá-las. É como as coisas são."

Idgie sorriu e pensou o que seria de sua vida se não tivesse Ruth para desabafar. Ruth sorriu de volta.

As duas sabiam que deviam pensar em uma solução. E pensaram. Desse dia em diante, a única coisa que mudou foi o cardápio que ficava pendurado na porta de trás. Tudo custava um pouquinho mais barato. O que é justo é justo...

O Semanário Weems
Parada do Apito, Boletim semanal do Alabama
6 de abril de 1933

Mudança no cardápio do Café

Os fregueses do Café ficaram surpresos ao ler o cardápio da semana passada, que oferecia, entre outras coisas, filé de gambá... Costela de furão... Fígado de bode acebolado... Chouriço de sapo-boi e tripa de peru à moda.

Um casal desavisado que viera de Gate City para jantar leu o cardápio e já estava no meio do quarteirão quando Idgie surgiu na porta gritando "primeiro de abril!".

O casal de Gate City pediu, então, do cardápio normal e ganhou um pedaço de torta cremosa de coco.

A propósito, meu cara-metade deixou entrar em casa um de seus velhos cães de caça, que trouxe junto um osso enorme. Vocês acreditam que eu tropecei no tal osso e quebrei o dedo do pé? O dr. Hadley o enfaixou, mas estou usando chinelos para trabalhar e por isso não posso ir atrás das notícias como gostaria. Se você souber de alguma, por favor, traga-a aqui no correio para mim.

... Dot Weems...

Rhodes Circle, 212
Birmingham, Alabama
19 de janeiro de 1986

Era domingo novamente. Evelyn e Ed Couch preparavam-se para ir à casa de repouso. Ela desligou a cafeteira e, no fundo, gostaria de não ter que acompanhar o marido. Mas Ed era tão sensível no que se referia a sua mãe que ela não ousaria não dizer ao menos um alô para a sogra rabugenta e mandona. Ir lá era uma tortura; Evelyn odiava o cheiro de desinfetante e de morte. Eles lembravam-na da mãe, de médicos e de hospitais.

Evelyn tinha quarenta anos quando a mãe morreu. Foi quando o medo começou. Agora, ao abrir o jornal, ia direto para o obituário, antes mesmo de ler o horóscopo. Ficava satisfeita se o morto tivesse setenta ou oitenta anos e simplesmente adorava se o ente querido se fora por volta dos noventa; de certa maneira isso lhe dava segurança. Mas, se lia que tinham morrido aos quarenta ou cinquenta, ficava perturbada durante todo o dia, especialmente se, no final do obituário, a família pedisse uma doação a um hospital de câncer. E era ainda pior se não publicavam a causa da morte.

Que doença breve?
Morreu subitamente de quê?
Que tipo de acidente?
Queria todos os detalhes, tim-tim por tim-tim. Nada de suposições. Era abominável quando a família pedia doações à Sociedade Protetora dos Animais. O que significava isso? Raiva... Mordida de cachorro... Febre de arranhadura?

Ultimamente o que mais pediam eram doações para entidades de combate ao câncer. Evelyn gostaria de saber por que tinha que viver em um corpo que iria envelhecer, enfraquecer e sentir dor. Por que não podia existir dentro de uma mesa, uma mesa sólida e resistente? Ou em um fogão? Ou em uma máquina de lavar? No máximo, teria necessidade de um técnico qualquer, como um eletricista ou encanador, em vez de médicos. Lembrava-se de que, quando estava no ápice das dores do parto, o dr. Clyde, seu obstetra, mentira na sua cara: "Senhora Couch, vai esquecer tudo isso assim que vir o seu bebezinho. Faça um pouco mais de força. Agora empurre. A senhora vai esquecer tudo isso, acredite".

Errado! Ela se lembrava de cada contração, exatamente como tinha sido, e não teria o segundo filho se Ed não tivesse insistido em tentar um menino... Outro mito desmentido: o segundo dói tanto quanto o primeiro, ou até mais, talvez porque ela já sabia o que a esperava. Ficou muito brava com Ed durante os nove meses e agradeceu a Deus por ter vindo Tommy, porque era isso aí da parte dela.

Durante toda a vida Evelyn morrera de medo de médicos. Antes, desconfiava deles, mas agora os odiava, abominava, desprezava. Desde que aquele médico arrogante entrara no quarto de sua mãe naquele dia...

Aquele prepotentezinho de avental de poliéster e sapato barato. Todo emproado, todo importante, as enfermeiras flutuando em torno dele como um bando de gueixas. E nem era o médico de sua mãe; estava apenas substituindo outro naquela manhã. Evelyn estava ali, de mão dada com ela. Quando ele entrou, nem se deu ao trabalho de se apresentar.

"Bom dia, doutor, sou Evelyn Couch, a filha dela."

Sem tirar os olhos da prancheta, ele disse em voz alta: "Sua mãe tem um câncer que progride rapidamente no pulmão e já se espalhou para o fígado, pâncreas e baço, com indicações de invasão na medula óssea".

Até aquele momento, a mãe nem sequer sabia que estava com câncer. Evelyn não queria que soubesse porque ela sempre teve muito medo. Lembraria para sempre do olhar aterrorizado no rosto da mãe e do médico, seguindo pelo corredor com sua comitiva.

Dois dias depois, a mãe entrou em coma.

Evelyn jamais se esqueceria daquela sala de espera cinzenta, gelada e asséptica da ala de tratamento intensivo, onde ficou durante todas aquelas semanas, assustada e confusa, como todos os outros que estavam lá, sabendo que seus entes queridos jaziam pouco mais adiante, em uma sala fria e escura, esperando a morte.

Eles ficavam ali, eram estranhos em um pequeno espaço, partilhando o que provavelmente seria o momento mais íntimo e doloroso de suas vidas, sem saber o que fazer ou o que falar. Não havia regras de etiqueta. Ninguém os preparara para aquilo. Pobre gente, tão aterrorizada quanto ela, tentando ser forte, falando qualquer coisa sobre o dia a dia, em estado de choque, fingindo estar tudo bem.

Uma família estava tão apavorada que não era capaz de aceitar o fato de que a mulher que estava lá dentro, morrendo, era a mãe deles. Referiam-se a ela como "a nossa paciente" e perguntavam a Evelyn como estava "a paciente dela", para que a verdade ficasse o mais distante possível e a dor pudesse ser aliviada.

Diariamente estavam juntos, sabendo que o momento chegaria, aquele momento terrível em que seriam chamados para tomar "a decisão": desligar ou não os aparelhos...

"Vai ser para o bem dela."

"Ela vai estar melhor."

"É o que ela gostaria que fosse feito."

"O médico disse que ela já se foi."

"Só está fisicamente aqui."

Fisicamente?

Eram conversas calmas, coisas de adulto. Na verdade, o que ela queria era gritar por sua mãe, sua doce mãezinha, a pessoa que a amara mais que qualquer outra neste mundo.

Naquele sábado, o médico entrou na sala de espera e deu uma espiada. Todos os olhares se voltaram para ele e a conversa cessou. Ele deu mais uma olhada pela sala.

"Sra. Couch, pode vir ao meu consultório, por favor?"

Ela pegou a bolsa com as mãos trêmulas e o coração batendo forte, e os outros a olharam com compaixão. Uma mulher tocou-lhe o braço. Mas estavam todos secretamente aliviados por não serem eles.

Evelyn se sentia em um sonho ouvindo com atenção o que o médico lhe dizia. Ele fazia tudo parecer muito simples e natural. "Não há razão para prolongar isso..."

Fazia sentido. Ela se levantou como um zumbi e voltou para casa. Achava que estava pronta para aceitar, para deixar a mãe ir.

Mas acontece que ninguém está preparado para desligar os aparelhos da própria mãe, não importa o que se pense; desligar a luz da infância e partir, como se apagasse uma lâmpada ao sair do quarto.

Evelyn jamais se perdoou por não ter tido a coragem de voltar naquele hospital e ficar ao lado da mãe. Ainda acordava chorando, torturada pela culpa, e nada no mundo era capaz de aliviá-la.

Talvez o fato de ter passado por tudo isso fosse a causa do medo que sentia por qualquer coisa que lhe lembrasse médicos e hospitais. Ela não estava bem certa; o que sabia era que só de pensar em procurar um médico já começava a suar frio e a tremer inteira. E bastava ouvir a palavra "câncer" para ficar toda arrepiada. Parara definitivamente de tocar os seios porque uma vez sentira um pequeno nódulo e quase desmaiara. Felizmente era apenas um pedaço de lenço de papel que grudara no sutiã ao lavá-lo. Tinha consciência de que seu medo era irracional e que deveria fazer um check-up. Dizem que eles devem ser feitos anualmente. Ela sabia que devia fazer, não só por ela, mas pelos filhos. Ainda assim nada mudava. Nos momentos de coragem marcava a consulta, mas na última hora sempre cancelava.

A última vez que estivera num médico fora há seis anos, devido a uma infecção na bexiga. Só queria que o médico receitasse um antibiótico por telefone, mas ele a fez ir ao consultório e insistiu em fazer um exame pélvico. Ali deitada com as pernas erguidas, ela se perguntava se existiria algo pior que ter um homem desconhecido mexendo dentro de você, procurando coisas, como se você fosse um saco de lixo.

O médico quis saber há quanto tempo ela fizera o último exame de mamas. Evelyn mentiu: "Três meses".

"Bem, já que está aqui, gostaria de fazer outro", insistiu ele.

Ela falou sem parar durante a eternidade daquele minuto para tentar distraí-lo, mas no meio do exame ele a interrompeu: "Opa, não gostei de sentir isso aqui!".

Os dias que antecederam o resultado do exame foram insuportáveis. Ela andava pela rua como se estivesse no meio de um pesadelo, rezando e negociando com um deus no qual não sabia se acreditava. Prometeu, se ao menos não fosse câncer, que nunca mais se queixaria de nada. Passaria o resto da vida feliz por estar viva, trabalhando para os pobres, indo à igreja diariamente.

Mas quando soube que estava tudo bem e que não iria morrer logo, como pensara, voltou a ser exatamente o que era. Só que agora, depois do susto, estava convencida de que toda dor era câncer e que, se fosse ao médico para ter certeza, não só teria a confirmação como ele escutaria seu coração com um estetoscópio e a mandaria imediatamente para uma cirurgia, antes que ela pudesse escapar. Evelyn vivia com um pé na cova. Sempre que olhava a palma da mão, tinha certeza de que a linha da vida encurtara um pouco.

Ela sabia que nunca mais poderia viver aqueles dias de espera por um resultado de exame, por isso decidiu que não queria mais saber se havia alguma coisa errada. Era melhor cair morta sem saber a verdade.

Naquela manhã, ao seguirem pela estrada em direção à casa de repouso, ela se deu conta de que sua vida estava se tornando insuportável. Todas as manhãs levantava-se e tentava se enganar para poder suportar o resto do dia. Jurava que algo maravilhoso aconteceria naquele dia... Que na próxima vez que o telefone tocasse uma ótima notícia mudaria toda a sua vida... Ou que chegaria uma surpresa pelo correio. Mas não havia nada na caixa além de contas e propaganda, ou uma ligação errada, ou um vizinho pedindo alguma coisa.

A histeria silenciosa e o terrível desespero começaram quando, por fim, ela entendeu que nada nunca mudaria, que não apareceria ninguém para alterar seu caminho pela vida. Começou a se sentir no fundo do poço, gritando, sem ninguém para ouvir.

Ultimamente vivia um longo cortejo de noites escuras e dias cinzentos. A sensação de fracasso caíra sobre ela como uma onda de quinhentos quilos, e a assustara. Mas não era a morte que ela temia. Já olhara bem dentro dela e queria saltar em sua direção, de uma vez por todas. Na verdade, a ideia de morrer se tornava cada vez mais atraente.

Sabia até como se mataria. Seria com uma bala de prata. Redonda e suave como uma pedra de gelo dentro de um Blue Martini. Deixaria o revólver no congelador por umas horas, de modo que ele estivesse gelado no contato com a cabeça. Podia até sentir o projétil atravessando o cérebro atormentado, congelando a dor. O som do disparo seria o último que ouviria. E depois... Nada. Talvez apenas o silêncio que um pássaro ouve ao voar pelo ar limpo e frio no alto do céu. O doce ar puro da liberdade.

Não, não era a morte o que temia. Era a sua vida, que cada vez mais a fazia lembrar da sala de espera cinzenta do hospital.

O SEMANÁRIO WEEMS
PARADA DO APITO, BOLETIM SEMANAL DO ALABAMA
16 DE MAIO DE 1934

MORDIDA DE RATO

SEGUNDO BERTHA VICK, sexta-feira à noite, por volta das duas horas da madrugada, ela foi ao banheiro e levou uma mordida de um rato que veio pelo cano da privada. Foi correndo acordar Harold, que não acreditou nela, mas assim mesmo foi olhar, e é claro que viu o bicho ainda nadando lá dentro.

Meu cara-metade disse que talvez as inundações tenham sido a causa de o rato ter subido pelo cano. Bertha disse que pouco importa a causa, mas de agora em diante ela vai olhar antes de se sentar em qualquer lugar.

Harold está empalhando o rato.

A sua conta de luz também veio muito alta este mês? A minha foi demais, o que acho estranho, porque meu cara-metade ficou fora durante uma semana, pescando com seu irmão Alton, e é ele quem sempre deixa as luzes acesas. Vou esperar a resposta.

A propósito, Essie Rue arrumou um trabalho em Birmingham, tocando o piano da Vida Protegida para o *Show de rádio da Companhia de Seguros Vida Protegida*, na W.A.P.I. Não deixe de ouvir.

                                                    ... Dot Weems...

Casa de repouso Rose Terrace
Old Montgomery Highway,
Birmingham, Alabama
19 de janeiro de 1986

A sra. Threadgoode achava que Evelyn não iria à casa de repouso no domingo e caminhava pelo corredor lateral, onde mantinham os andadores e as cadeiras de rodas. Ao fazer a curva, lá estava Evelyn, sozinha sentada em uma cadeira de rodas, comendo uma barra de Baby Ruth, com lágrimas escorrendo pelo rosto. A sra. Threadgoode foi até ela.

"Meu bem, o que aconteceu?"

Evelyn ergueu o olhar para a sra. Threadgoode e disse: "Não sei". E continuou a chorar e a comer.

"O que é isso, benzinho? Pegue sua bolsa e vamos andar um pouco." A sra. Threadgoode segurou a mão de Evelyn e tirou-a da cadeira. Saíram andando pelo corredor.

"Agora me diga, o que foi que aconteceu? Por que está tão triste?"

Evelyn respondeu: "Eu não sei". E explodiu em lágrimas novamente.

"Ah, benzinho, as coisas não podem ser tão ruins assim. Vamos começar de novo e você me conta tudo o que vem te aborrecendo."

"Bem... É que... Parece que desde que meus filhos saíram de casa eu não sirvo para mais nada."

"É perfeitamente compreensível", disse a sra. Threadgoode. "Todo mundo passa por isso."

Evelyn continuou: "E... Simplesmente não consigo parar de comer. Eu tento... Tento muito... Todos os dias me levanto da cama e juro que vou começar a dieta, mas nunca consigo. Escondo doces por toda a casa, até na garagem. Não sei o que acontece comigo".

"Bem... Um docinho não vai lhe fazer mal."

"Se fosse só um, mas são seis, oito... Gostaria de ter coragem de ser realmente gorda e acabar de vez com isso. Ou ter força de vontade para emagrecer e ser logo magra. Eu me sinto presa... Sem saída... O feminismo chegou tarde demais para mim... Já estava casada, com dois filhos, quando descobri que não precisava casar. Até então eu achava que era preciso. O que é que eu sabia antes? E agora é muito tarde para mudar... Sinto que a vida está passando..." Ela se voltou para a sra. Threadgoode, as lágrimas ainda escorrendo pelo rosto. "Ah, sra. Threadgoode, sou muito nova para ser velha e velha demais para ser jovem. Não me encaixo em lugar algum. Tenho vontade de me matar, mas não tenho coragem nem para isso."

A sra. Threadgoode estava abismada. "Evelyn Couch, nem pense numa coisa dessas! É o mesmo que cravar uma espada no peito de Jesus! Quanta besteira você está dizendo, meu bem. O que você tem que fazer é se recompor e abrir seu coraçao ao Senhor. Ele vai ajudá-la. Quero perguntar uma coisa: seus seios doem?"

Evelyn olhou para ela. "Às vezes."

"As costas e as pernas doem?"

"Sim. Como sabe?"

"Simples, meu bem. É apenas uma onda grave de menopausa, é isso o que está acontecendo com você. Só precisa tomar hormônios, sair todos os dias, caminhar ao ar livre e cuidar de si mesma. Foi o que fiz quando tive isso. Se eu estava comendo um bife, começava a chorar só em pensar na pobre vaca. Quase deixei Cleo maluco com aquele choro que não parava nunca, achando que ninguém me amava. E sempre que eu começava, Cleo dizia: 'Ninny, é hora de tomar sua dose de B-12'. E me aplicava uma injeção de B-12 no traseiro.

"Eu saía de casa e ia andar pelos trilhos, o dia inteiro, para lá e para cá, como estamos fazendo agora. E logo comecei a melhorar e voltei ao normal."

"Mas eu achei que ainda estava muito nova para isso", constatou Evelyn. "Acabei de fazer quarenta e oito anos."

"Ah, não, benzinho, há mulheres que passam por isso cedo. Sabe, teve uma lá na Georgia que estava só com trinta e seis anos, e um dia ela pegou o carro e subiu a escada do fórum do condado com ele, abriu a janela e atirou a cabeça da mãe, que ela mesma tinha cortado com um facão em sua cozinha, em cima de um policial que passava e gritou: 'Ei, tome o que você queria!'. Depois desceu a escada com o carro. Veja o que uma menopausa prematura pode fazer se você não se cuidar."

"Acha mesmo que é isso o que está acontecendo comigo? É por isso que ando tão irritada?"

"Claro que sim. É pior que uma montanha-russa... Sobe e desce, sobe e desce... E, quanto a seu peso, você não quer ser magra. Dê só uma olhada em todos estes velhos que estão aqui, a maioria é só pele e ossos. Ou então vá ao Hospital Batista e visite a ala de pacientes com câncer. Eles dariam tudo por uns quilinhos a mais. Os coitados lutam para manter o pouco peso que têm. Então, pare de se preocupar com isso e agradeça pela sua saúde! O que você precisa fazer é ler toda manhã as Palavras Sagradas, junto do Salmo 90, e isso vai ajudá-la tanto quanto ajudou a mim."

Evelyn perguntou à sra. Threadgoode se ela costumava ficar deprimida.

A senhora respondeu com toda a sinceridade: "Não, meu bem, não posso dizer que ultimamente isso tenha me acontecido. Ando muito ocupada agradecendo pelas bênçãos do Senhor, porque são tantas que recebo que nem sei dizer. Mas não me entenda mal. Todo mundo tem suas dores, alguns mais que os outros".

"É que a senhora me parece tão feliz, como se nada no mundo a perturbasse."

A sra. Threadgoode riu e pensou um pouco. "Ah, meu bem, eu já tive minha cota, e cada uma doeu mais que a anterior. Houve momentos em que me perguntei por que o bom Deus me dava uma carga tão pesada, achava que não poderia aguentar nem mais um dia. Mas Ele só dá aquilo que se pode suportar e nada mais... Ouça o que vou lhe dizer: não se deve prolongar o sofrimento, porque isso é pior que qualquer outra coisa."

"A senhora está certa. Está certa mesmo. Ed acha que talvez eu deva procurar um psiquiatra ou algo do tipo."

"Benzinho, você não precisa disso. Sempre que quiser falar com alguém, venha me visitar. Gosto de conversar com você. E fico mais feliz ainda por ter companhia."

"Obrigada, sra. Threadgoode, vou fazer isso." Evelyn olhou o relógio. "É hora de ir. Ed vai ficar bravo comigo."

Ela tirou da bolsa um lenço de papel, que antes embrulhava um punhado de amendoins cobertos com chocolate, e assoou o nariz. "Sabe, estou me sentindo bem melhor. Estou mesmo!"

"Fico contente. Vou rezar pelos seus nervos, meu bem. Vá à igreja e peça a Deus que alivie seu sofrimento e olhe por você nesta fase ruim. Como Ele fez comigo tantas vezes."

Evelyn agradeceu: "Obrigada... Vejo você na semana que vem". E se dirigiu para o saguão.

A sra. Threadgoode chamou-a de longe.

"Enquanto isso, vá tomando pílulas contra estresse número 10!"

"Número 10!"

"Isso! Número 10."

O Semanário Weems
Parada do Apito, Boletim semanal do Alabama
8 de junho de 1935

Clube de Teatro faz sucesso

O Clube de Teatro da Parada do Apito apresentou sua peça anual na última sexta-feira. Bom trabalho, meninas! O nome da peça era *Hamlet*, do dramaturgo inglês William Shakespeare, que não é estranho aqui na Parada do Apito porque também escreveu a peça do ano passado.

Hamlet foi protagonizado por Earl Adcock Jr., e o papel de sua bem-amada ficou para a sobrinha do dr. Hadley, Mary Bess, que esteve aqui nos visitando. Se tiver perdido a apresentação, ela se mata no final. Sinto dizer que tive dificuldades para ouvi-la; mas até aí, acho que ela é ainda muito criança até para viajar.

Os papéis da mãe e do pai de Hamlet foram representados pelo reverendo Scroggins e Vesta Adcock, que é presidenta do Clube de Teatro e, como sabemos, mãe de Earl Jr. na vida real.

A música da produção ficou a cargo da nossa Essie Rue Limeway, que tornou a cena da luta de espadas ainda mais emocionante.

A propósito, Vesta disse que no ano que vem vai ser apresentada uma alegoria que ela própria está escrevendo, chamada *A história da Parada do Apito*. Portanto, se alguém conhecer alguma, mande para ela.

... Dot Weems...

Casa de repouso Rose Terrace
Old Montgomery Highway,
Birmingham, Alabama
26 de janeiro de 1986

Evelyn parou só o tempo necessário para dizer um rápido bom-dia a sua sogra e dirigiu-se ao salão, onde sua amiga a esperava.

"Como está se sentindo hoje, benzinho?"

"Muito bem, sra. Threadgoode. E a senhora?"

"Eu vou bem. Tomou as pílulas contra estresse que lhe recomendei?"

"Claro que sim."

"E elas ajudaram?"

"Sabe, sra. Threadgoode, eu acho que sim."

"Bom, fico contente."

Evelyn procurou algo dentro da bolsa.

"E o que é que temos aí hoje?"

"Três caixas de Raisinettes, se eu conseguir encontrá-las."

"Raisinettes? Hum... Isso me parece bom."

Ela observava Evelyn procurar. "Meu bem, você não tem medo de que sua bolsa se encha de formigas, levando todos esses doces e balas aí dentro?"

"Nunca pensei nisso", disse Evelyn, encontrando o que procurava, e mais uma caixa de Junior Mints.

"Obrigada, meu bem, eu simplesmente adoro balas. Gostava muito de Tootsie Rolls, mas, sabe, essas coisas acabam com os dentes se a gente não tomar cuidado; um Bit-O-Honey tem o mesmo efeito!"

Uma enfermeira negra chamada Geneene entrou, procurando o sr. Dunaway para lhe dar uns calmantes, mas, como sempre, só estavam as duas sentadas ali.

Assim que ela saiu, a sra. Threadgoode disse que achava muito peculiar os negros terem tantas tonalidades de pele.

"Veja Onzell, a mulher de Big George... Sua pele era da cor de uma noz-pecã, os cabelos eram vermelhos e ela tinha sardas. Dizia que sua mãe quase morreu quando ela se casou com Big George, por ele ser tão escuro. Mas o que fazer se ela gostava tanto de negros grandes, e Big George era sem dúvida o maior e o mais negro que já vira. Onzell teve gêmeos. Jasper era claro como ela e Artis, tão negro que suas gengivas eram azuladas. Onzell nem acreditava que uma coisinha tão negra pudesse ter vindo dela."

"Gengivas azuladas?"

"Ah, sim, meu bem, e não há nada mais negro que isso! E depois veio Willie Boy, clarinho como ela, de olhos verdes. Bom, o verdadeiro nome dele era Maravilhoso Conselheiro, um nome tirado da Bíblia, mas todos nós o chamávamos de Willie Boy."

"Maravilhoso Conselheiro? Não me lembro de ter visto esse nome. Tem certeza de que está na Bíblia?"

"Tenho... Está lá, sim. Onzell mostrou-me o trecho: 'E ele deve ser chamado de maravilhoso conselheiro'. Onzell era uma pessoa muito religiosa. Dizia que, se alguma coisa a deixava triste, só precisava pensar em seu querido Jesus que seu espírito crescia, como aqueles biscoitinhos amanteigados que ela sabia fazer. Depois veio Passarinho Sapeca, escura como o pai, com os mesmos cabelos espetados, mas as gengivas não eram azuis..."

"Não vá me dizer que *esse* nome também está na Bíblia!"

A sra. Threadgoode riu. "Oh, Deus, é claro que não, meu bem. Foi Sipsey quem disse que ela se parecia com um passarinhozinho. Quando ela era pequenininha, corria na cozinha para roubar os biscoitos amanteigados que a mãe fazia e entrava correndo no Café para comê-los. Por isso Sipsey começou a chamá-la de Passarinho Sapeca. Pensando bem, ela parecia mesmo um pequeno melro... Mas eles eram assim: dois negros e dois claros, na mesma família.

"Engraçado, agora é que estou notando que não tem nenhum negro aqui em Rose Terrace, a não ser os faxineiros e algumas enfermeiras... E uma delas, que é bem esperta, toda empertigada, é enfermeira de formação. Ela chama-se Geneene, é uma coisinha danada de atrevida e fala pelos cotovelos. Me faz lembrar um pouco de Sipsey, uma pessoa muito independente.

"A velha Sipsey viveu sozinha em sua casa até o dia de sua morte. É isso o que quero para mim: morrer em minha própria casa. Nunca vou querer voltar a um hospital. Quando se tem a minha idade, sempre que se entra num deles, nunca se sabe se vai sair. E não acho que os hospitais sejam seguros.

"Minha vizinha, a sra. Hartman, contou que tinha um primo num hospital lá em Atlanta que lhe disse que uma paciente saiu do quarto para tomar um pouco de ar e só a encontraram seis meses depois, trancada no sótão do sexto andar. Disse que, quando a acharam, não tinha sobrado nada além de um esqueleto de camisola. E o sr. Dunaway me contou que, quando foi internado, roubaram sua dentadura de dentro do copo enquanto era operado. Que tipo de gente roubaria a dentadura de um velho?"

"Eu não sei", disse Evelyn.

"É... Eu também não."

Troutville, Alabama
2 de junho de 1917

Quando Sipsey mostrou a Onzell os gêmeos que tinham acabado de nascer, ela não acreditou. O que nasceu primeiro, chamado Jasper, era da cor da espuma de café e o outro, Artis, era negro como carvão.

Ao vê-los, Big George morreu de rir.

Sipsey olhava dentro da boca de Artis. "Óia, George, esse menino tem gengiva azul", disse, balançando a cabeça, desanimada. "Deus me livre!"

Mas Big George, que não era supersticioso, continuou rindo...

Dez anos depois, não achou mais tanta graça. Foi com o coração partido que ele precisou dar umas chicotadas em Artis por ter espetado o irmão Jasper com um canivete. Artis espetou-o cinco vezes no braço, até que um menino mais velho o empurrou e o jogou no chão.

Jasper entrou correndo no Café, segurando o braço que sangrava e gritando pela mãe. Big George, que estava do lado de fora fazendo o churrasco, viu-o primeiro e o levou direto ao médico.

O dr. Hadley limpou os ferimentos e enfaixou o braço. E, quando Jasper contou ao médico que tinha sido o irmão o responsável por aquilo, Big George se sentiu humilhado.

Naquela noite, os irmãos estavam doloridos e não conseguiram dormir. Deitados na cama, olhavam a lua cheia pela janela e ouviam os sons noturnos dos sapos e das cigarras.

Artis virou-se para o irmão, que ficava quase branco à luz do luar. "Eu não devia ter feito o que fiz... Mas era tão bom que não conseguia parar."

O Semanário Weems
Parada do Apito, Boletim semanal do Alabama
1º de julho de 1935

Encontro do grupo de estudos bíblicos

O grupo de estudos bíblicos feminino da Igreja Batista da Parada do Apito reuniu-se na semana passada, na quarta-feira de manhã, na casa da sra. Vesta Adcock para discutir a melhor maneira de estudar a Bíblia e tornar mais fácil sua compreensão. "A Arca de Noé e por que Noé deixou entrar duas cobras na arca se tinha a chance de livrar-se delas de uma vez por todas?" foi o tópico. Se alguém souber explicar isso, pede-se que procure por Vesta.

No sábado, Ruth e Idgie deram uma festa de aniversário para o menino delas. Todos os convidados se divertiram muito brincando de espetar o rabo no burro, comendo bolo e sorvete, e todo mundo ganhou locomotivas de vidro cheias de balinhas.

Idgie avisa a quem quiser acompanhá-las que irão novamente ao cinema na próxima sexta-feira.

E, por falar em cinema, outra noite cheguei em casa depois de fechar a agência do correio e encontrei meu cara-metade com tanta pressa de ir a Birmingham para assistir a um filme antes que os preços aumentassem, que ele passou a mão no casaco e me empurrou pela porta. Ao chegarmos lá, ele ficou o filme todo reclamando de dor nas costas. Quando chegamos em casa, percebeu que, na correria, havia esquecido de tirar o casaco do cabide. Eu lhe disse que da próxima vez nós pagaríamos mais, só que não estragaria meu programa. Ele não parou de se mexer na poltrona o tempo todo, por causa do cabide.

A propósito, será que alguém estaria interessado em comprar um marido meio usado, bem baratinho?

É brincadeira, Wilbur.

... Dot Weems...

Casa de repouso Rose Terrace
Old Montgomery Highway,
Birmingham, Alabama
2 de fevereiro de 1986

Quando Evelyn chegou, sua amiga disse: "Oi, Evelyn, pena que você não chegou dez minutos antes. Deixou de conhecer a minha vizinha, a sra. Hartman. Ela me trouxe isto". E mostrou a Evelyn uma mini espada-de-são-jorge em um pequeno vaso de cerâmica em formato de cocker spaniel.

"Ela trouxe para a sra. Otis um lindo lírio. Gostaria tanto que a conhecesse, você iria adorá-la! A filha dela é quem rega meus gerânios. Contei a ela a seu respeito..."

Evelyn disse que sentia muito não tê-la conhecido e deu à sra. Threadgoode um cupcake cor-de-rosa que comprara na padaria Waites pela manhã.

A sra. Threadgoode agradeceu-lhe e se sentou para comê-lo, admirando a plantinha.

"Eu adoro cockerspaniel, e você? Não há nada mais alegre no mundo. O menino de Ruth e Idgie tinha um, e, toda vez que a gente chegava, o cachorro corria de um lado para o outro abanando o rabo, como se a gente tivesse ficado fora por anos, mesmo que tivesse ido só até a esquina e voltado. Já os gatos, não ligam a mínima para ninguém. Tem gente assim, sabia... Que foge, não quer ser amada por ninguém. Idgie era assim."

Evelyn ficou surpresa. "É mesmo?", ela disse, mordendo seu cupcake.

"Ah, sim, meu bem. No ensino médio ela encrencava com todo mundo. A maior parte do tempo nem ia à escola, mas quando ia, era sempre vestindo aquele macacão todo puído que fora de Buddy. Parte do tempo ficava pelo mato, com Julian e os meninos, pescando e caçando. Só que todo mundo gostava dela. Homem ou mulher, preto ou branco, todos queriam ficar perto de Idgie. Ela tinha aquele sorriso enorme dos Threadgoode, e quando queria, ah, como fazia você rir! Como eu já disse, tinha o mesmo charme de Buddy...

"Mas havia em Idgie alguma coisa que lembrava um animal selvagem... Ela não permitia que ninguém se aproximasse muito. Se percebia que havia alguém muito interessado, se fechava. Idgie partiu muitos corações. Sipsey dizia que Momma tinha comido carne de caça selvagem quando estava grávida dela, e por isso ela se comportava como uma pagã!

"Mas nunca se viu alguém mudar tão rápido como quando Ruth veio morar conosco.

"Ruth era de Valdosta, na Georgia, e tinha vindo para cuidar de todas as atividades da igreja de Momma naquele verão. Ela não tinha mais que vinte e um ou vinte e dois anos. Tinha cabelos castanho-claros, olhos castanho-escuros e cílios muito longos. Era tão meiga e falava tão manso que as pessoas caíam de amores por ela à primeira vista. Não dava para evitar; era o tipo de garota meiga que, quanto mais a gente conhecia, mais bonita ela ficava.

"Nunca tinha saído de casa, era muito tímida com as pessoas e até um pouco medrosa. É claro, não tinha irmãos ou irmãs. Os pais já estavam velhos quando a tiveram. O pai fora pastor na Georgia e deve ter-lhe dado uma educação muito rígida.

"Assim que a viram, todos os rapazes do lugar que nunca tinham ido à igreja começaram a aparecer aos domingos. Acho que ela nem imaginava que fosse tão bonita. Era gentil com todo mundo, e Idgie logo ficou fascinada por ela... Nessa época, ela devia ter uns quinze ou dezesseis anos.

"Na semana em que Ruth chegou, Idgie não desceu daquele cinamomo, mas não tirava os olhos dela, sempre que ela entrava ou saía da casa. Então, logo começou a se mostrar; ficava de cabeça para baixo na árvore, jogava futebol no quintal, chegava em casa com uma penca de peixes, exatamente quando Ruth atravessava a rua de volta da igreja.

"Julian disse que ela não tinha pescado nada e que comprara os peixes de uns garotos negros, lá no rio. Ele cometeu o erro de dizer isso perto de Ruth, o que lhe custou um bom par de sapatos, que Idgie encheu de bosta de vaca durante a noite.

"Um dia, Momma disse a Ruth: 'Vá ver se você consegue convencer minha filha caçula a se sentar à mesa como um ser humano e jantar, sim?'.

"Ruth foi lá fora tentar convencer Idgie, que estava na árvore lendo sua revista *True Detective*. Pediu-lhe que, por favor, fosse jantar com os outros na mesa naquela noite. Idgie nem sequer a olhou, mas prometeu pensar no assunto. Nós já estávamos todos sentados e já tínhamos feito a prece quando Idgie entrou em casa e subiu a escada. Nós a ouvíamos lá em cima se lavando no banheiro, e cinco minutos depois ela, que raramente comia conosco, apareceu na escada.

"Momma disse baixinho a todos: 'Prestem atenção, crianças. Sua irmã pegou uma paixonite, e não quero que ninguém ria dela. Entendido?'.

"Nós prometemos não rir, e lá veio Idgie, com o rosto todo lavado e os cabelos besuntados com alguma velha brilhantina que ela devia ter encontrado no armário de remédios. Tentamos não rir, mas ela estava uma figura. Ruth apenas lhe ofereceu o feijão, e Idgie ficou tão sem graça que as orelhas ficaram como dois pimentões... Patsy Ruth foi quem começou, só um risinho abafado, e depois Mildred. E eu, como você sabe, maria vai com as outras, explodi; depois Julian não pôde mais se controlar e acabou espirrando purê de batata na roupa de Essie Rue, que estava de frente para ele.

"Foi uma coisa terrível, mas inevitável. Momma disse: 'Vocês podem sair agora' e nós saímos correndo para a sala de visitas e aí, sim, rolamos no chão de tanto rir. Patsy Ruth até molhou as calças. Mas o mais engraçado é que Idgie estava tão emocionada ao lado de Ruth que nem se deu conta de que ríamos dela, porque ao passar pela sala, disse: 'Bela maneira de se comportar diante de uma visita!'. E nós quase desmaiamos de tanto rir outra vez...

"Logo depois disso, Idgie passou a se comportar como um filhotinho domesticado. Acho que Ruth estava se sentindo um pouco sozinha naquele verão... E Idgie a fazia rir, fazia qualquer coisa para distraí-la. Momma disse que pela primeira vez na vida Idgie fazia tudo o que ela queria — bastava que pedisse a Ruth que lhe pedisse. Dizia que Idgie até saltaria de costas em um penhasco, se Ruth pedisse. Eu não duvido! E pela primeira vez desde a morte de Buddy ela foi à igreja.

"Onde quer que Ruth estivesse, Idgie também estava. Era uma coisa mútua. Elas contavam uma com a outra, e nós as ouvíamos conversar a noite inteira, sentadas no terraço. Até Sipsey caçoava. Quando encontrava Idgie sozinha, dizia: 'O velho bichinho do amor andou picando alguém...'.

"Aquele verão foi ótimo. Ruth, que tinha a tendência de ser um pouco reservada, começou a participar das brincadeiras. E, logo, quando Essie Rue tocava piano, ela cantava com todos nós.

"Era mesmo muito bom. Mas um dia Momma me confessou que se preocupava com o que poderia acontecer quando o verão terminasse e Ruth tivesse que voltar para casa."

Parada do Apito, Alabama
18 de julho de 1924

Ruth estava na Parada do Apito havia uns dois meses. Num sábado, bateram à janela de seu quarto às seis horas da manhã. Ela abriu os olhos e viu Idgie no alto do cinamomo, gesticulando para que ela abrisse a janela.

Ruth se levantou, ainda meio dormindo. "Por que está de pé tão cedo?"

"Você prometeu que faríamos um piquenique hoje."

"Eu sei, mas precisa ser tão cedo? Hoje é sábado."

"Por favor. Você prometeu. Se não vier agora, vou pular daqui e me matar. E aí o que vai fazer?"

"Bem... E Essie Rue, Mildred e Patsy Ruth, elas vão também?"

"Não."

"Não acha que devíamos convidá-las?"

"Não. Quero ir só com você. Por favor. Eu preciso mostrar uma coisa."

"Idgie, eu não quero que elas fiquem magoadas."

"Ah, ninguém vai ficar magoada. Elas não querem mesmo ir. Eu já perguntei, e elas disseram que vão ficar em casa esperando, no caso daqueles namorados estúpidos aparecerem."

"Tem certeza?"

"É claro que tenho", mentiu.

"E Ninny e Julian?"

"Eles têm umas coisas para fazer. Vamos, Ruth, Sipsey já preparou o lanche, só para nós duas. Se você não vier, eu pulo daqui. Minha vida está em suas mãos. Estarei lá no túmulo e você vai se arrepender de não ter ido a um simples piquenique."

"Bom, vamos lá. Deixe eu me vestir, ao menos."

"Ande logo! Vista-se rápido e vamos embora. Espero lá no carro."

"Nós vamos de carro?"

"Lógico! Por que não?"

"Tudo bem."

Idgie só não disse que tinha entrado no quarto de Julian às cinco horas da manhã e roubado a chave de seu Ford Model T do bolso da calça. Por isso era tão importante sair antes que ele acordasse.

Elas foram a um lugar que Idgie tinha encontrado há alguns anos, perto do lago Double Springs. Ali, uma cachoeira se transformava em um riacho cristalino, que corria sobre pedras marrons e cinzas, redondas como ovos.

Idgie estendeu a toalha e tirou a cesta do carro. Parecia misteriosa.

Finalmente ela disse: "Ruth, se eu lhe mostrar uma coisa, jura que jamais vai contar para ninguém?".

"Mostrar o quê? O que é?"

"Jura que não conta?"

"Juro. O que é?"

"Vou te mostrar."

Idgie tirou da cesta um pote de vidro vazio e disse: "Venha". E elas caminharam um quilômetro e meio bosque adentro.

Idgie apontou para uma árvore. "Lá está."

"O que é?"

"Aquele carvalho, ali."

"Ah..."

Ela pegou Ruth pela mão e levou-a uns trinta metros para a esquerda, por trás da árvore. "Agora, Ruth, fique bem aqui. E, aconteça o que acontecer, não se mexa."

"O que vai fazer?"

"Não importa. Fique me olhando, está bem? E quieta. Não faça nenhum ruído, em hipótese alguma."

Idgie, que estava descalça, começou a andar em direção à árvore, mas parou no meio do caminho para se certificar de que Ruth ainda a observava.

Então fez uma coisa fantástica. Foi indo bem devagar na ponta dos pés, murmurando baixinho, e enfiou a mão com o pote num buraco no meio do tronco.

Ruth começou a ouvir um som como o de uma serra, e de repente o céu pretejou quando um imenso enxame de abelhas saiu pelo buraco.

Subitamente, Idgie estava coberta da cabeça aos pés por milhares de abelhas. Ela ficou parada; em seguida, sempre murmurando, tirou com todo o cuidado a mão de dentro da árvore e foi voltando lentamente para onde estava Ruth. Ao se aproximar, quase todas as abelhas tinham desaparecido, e o que havia pouco fora uma figura completamente negra voltava a ser Idgie. Ali, em pé, rindo de uma orelha à outra, ela mostrava o vidro cheio de mel puro.

Ofereceu o pote a Ruth. "Aqui está, madame, é para você."

Apavorada, Ruth, que estava encostada em uma árvore, foi escorregando para o chão e começou a chorar. "Achei que você tinha morrido! Por que fez isso? Elas podiam ter te matado!"

"Ah, não chore! Desculpa. Tome, não quer provar o mel? Fui buscar para você... Por favor, não chore. Está tudo bem, eu sempre faço isso. E nunca fui picada. É verdade. Venha, levante, você está se sujando."

Ela deu a Ruth um velho lenço azul que tirou do bolso traseiro. Ainda trêmula, Ruth se levantou, assoou o nariz e limpou o vestido.

Idgie tentou descontrair. "Sabe, Ruth, nunca fiz isso para ninguém. Agora você é a única pessoa no mundo que sabe. Eu queria que nós tivéssemos um segredo, só isso."

Ruth não respondeu.

"Sinto muito, Ruth. Por favor, não fique brava comigo."

"Brava?" Ruth pegou-a pelo braço. "Não, Idgie, não estou brava com você. É que não sei o que seria de mim se alguma coisa acontecesse com você. Realmente, não sei."

O coração de Idgie disparou.

Depois que comeram a salada de frango e batatas, todos os biscoitos e quase todo o mel, Ruth recostou-se no tronco de uma árvore e Idgie deitou em seu colo. "Eu seria capaz de matar por você, Ruth. Eu não pensaria duas vezes para matar alguém que a machucasse."

"Oh, Idgie, que coisa terrível de se dizer."

"Não, não é. Prefiro matar por amor do que por ódio. Você não?"

"Bem, acho que não se deve matar por razão alguma."

"Tudo bem, então eu morreria por você. Que tal assim? Não acha que se pode morrer por amor?"

"Não."

"A Bíblia diz que Jesus Cristo morreu."

"É diferente."

"Não, não é. Poderia morrer agora mesmo, e não me importaria. Seria o único cadáver com um sorriso no rosto."

"Não seja boba."

"Eu poderia ter morrido hoje, não é mesmo?"

Ruth pegou a mão dela e sorriu. "Minha Idgie é uma encantadora de abelhas."

"É isso o que sou?"

"É o que você é. Já tinha ouvido falar de pessoas que faziam isso, mas nunca tinha visto."

"E é ruim?"

"Não! É maravilhoso! Você não acha?"

"Ah, só achei que fosse uma loucura qualquer."

"Não, é algo maravilhoso de se ser." Ruth curvou-se e sussurrou-lhe ao ouvido: "Idgie Threadgoode, a velha encantadora de abelhas. Isso é o que você é".

Idgie sorriu de volta e perdeu-se no céu azul refletido nos olhos dela. Era feliz como alguém que vive uma linda paixão de verão.

Parada do Apito, Alabama
29 de agosto de 1924

É ENGRAÇADO COMO A MAIOR PARTE DAS PESSOAS pode estar perto de alguém e gradualmente começar a amá-lo, sem jamais saber exatamente quando foi que isso aconteceu; mas Ruth sabia qual fora seu momento exato. Foi quando Idgie sorriu e lhe ofereceu o pote de mel que todos os seus sentimentos ocultos havia tanto tempo vieram à tona. Foi então que ela descobriu que amava Idgie profundamente. Por essa razão começou a chorar naquele dia. Nunca sentira nada parecido e tinha certeza de que jamais voltaria a sentir algo igual.

E agora, depois de um mês, era por amá-la tanto que precisava partir. Idgie era uma garota de apenas dezesseis anos e não poderia entender nada do que ela falava. Nem fazia ideia do que estava pedindo quando implorara a Ruth que ficasse morando naquela casa. Mas Ruth sabia muito bem e por isso tinha que ir embora.

Ela não sabia por que o que mais desejava na vida era ficar ao lado de Idgie, mas era a verdade. Já rezara, já chorara, mas não obtivera outra resposta que não fosse voltar e se casar com Frank Bennett, o rapaz de quem estava noiva, e tentar ser boa esposa e boa mãe. Ruth tinha certeza de que pouco importava o que Idgie dizia; ela superaria a paixonite e seguiria. Ruth ia fazer a única coisa que podia ser feita.

Quando disse a ela que voltaria para sua casa na manhã seguinte, Idgie ficou louca. Estava no quarto quebrando tudo o que encontrava pela frente e falando tão alto que era possível ouvi-la na casa toda.

Ruth apertava as mãos, nervosa, sentada na cama. Momma entrou no quarto.

"Por favor, Ruth, vá lá conversar com ela. Idgie não deixa que eu ou o pai entremos no quarto, e todo mundo está com medo de tentar. Por favor, querida, temo que ela se machuque."

Outra coisa se quebrou contra a parede.

Momma olhou implorando para Ruth. "Por favor, ela parece um animalzinho ferido. Vá lá e tente acalmá-la."

Ninny surgiu na porta. "Momma, Essie Rue disse que agora ela quebrou o abajur." E olhou para Ruth. "Acho que ela está assim porque você está indo embora."

Ruth seguiu pelo corredor. Julian, Mildred, Patsy Ruth e Essie Rue estavam escondidos atrás da porta dos quartos, só com a cabeça para fora e os olhos arregalados.

Momma e Ninny ficaram mais atrás. Ninny tapava os ouvidos.

Ruth bateu gentilmente à porta de Idgie.

De dentro do quarto, ela gritou: "ME DEIXE EM PAZ, CARAMBA!" e atirou alguma coisa contra a porta.

Momma limpou a garganta e disse com voz doce: "Crianças, vão lá para a sala e deixem Ruth sozinha aqui".

Os seis desceram correndo.

Ruth bateu outra vez à porta: "Idgie, sou eu".

"Vá embora!"

"Quero falar com você."

"Não! Me deixe em paz."

"Por favor, não faça assim."

"Estou falando sério: saia dessa maldita porta!" Novamente algo se espatifou contra a porta.

"Por favor, me deixe entrar."

"Não!"

"Por favor, meu bem."

"Não!"

"IDGIE, ABRA ESTA MALDITA PORTA AGORA MESMO! EU NÃO ESTOU BRINCANDO, OUVIU?"

Houve um instante de silêncio. A porta abriu devagar.

Ruth entrou e fechou a porta. Idgie tinha quebrado tudo o que havia no quarto. Algumas coisas, duas vezes.

"Por que está fazendo isso? Você sabia que uma hora ou outra eu teria que voltar."

"Por que não posso ir com você?"

"Já disse por quê."

"Então fique aqui."

"Não posso."

Idgie berrou a plenos pulmões: "Por que não?".

"Quer parar com essa gritaria? Você me deixa envergonhada. A casa inteira está ouvindo."

"Não me importo."

"Mas eu me importo. Por que está sendo tão infantil?"

"Porque eu amo você e não quero que vá embora!"

"Idgie, você ficou maluca? O que vão pensar de uma garota do seu tamanho agindo como não sei quê?"

"Eu não ligo."

Ruth começou a pegar as coisas no chão.

"Por que vai casar com aquele cara?"

"Eu já disse por quê."

"Por quê?"

"Porque eu quero, só por isso."

"Você não ama aquele cara."

"Sim, eu amo."

"Não, não ama. Você me ama... Sabe disso. Você sabe disso!"

"Idgie, eu o amo e vou me casar com ele."

Aí Idgie enlouqueceu e começou a berrar enfurecida: "Você é uma mentirosa e eu te odeio! Quero que você morra! Nunca mais na vida eu quero ver você! Eu te odeio!".

Ruth pegou-a pelos ombros e começou a sacudi-la com força. As lágrimas escorriam pelo rosto de Idgie. "Vá para o inferno! Eu te odeio!", continuou.

"Pare com isso, ouviu?" Sem saber como, Ruth deu um tapa no rosto de Idgie com toda a força.

Idgie olhou-a, atônita. E elas ficaram ali paradas, olhando uma para a outra, e nesse momento o que Ruth mais queria era abraçá-la o mais forte possível; mas, se o fizesse, Idgie nunca a deixaria ir.

Então Ruth fez a coisa mais difícil que já fizera em toda a sua vida: saiu e fechou a porta.

Casa de repouso Rose Terrace
Old Montgomery Highway,
Birmingham, Alabama
9 de fevereiro de 1986

Evelyn tinha levado uma caixa de tacos da Taco Bell, que ficava a três quarteirões de sua casa, e a sra. Threadgoode estava encantada.

"Esta é a primeira comida estrangeira que experimento desde o espaguete franco-americano, e estou gostando muito." Ela olhava para seu taco. "Tem quase o tamanho de um hambúrguer da Chrystal, não é?"

Evelyn estava ansiosa para saber mais a respeito de Ruth e procurou mudar de assunto. "Sra. Threadgoode, Ruth continuou na Parada do Apito naquele verão ou foi embora?"

"Eles eram do tamanho de um biscoito e tinham cebola picada dentro."

"O quê?"

"Os hambúrgueres da Chrystal."

"Ah, é isso mesmo, tinham cebola dentro, mas e Ruth?"

"O que tem ela?"

"Sei que ela voltou, mas naquele verão ela foi embora?"

"Ah, sim, foi, sim. Sabe, dava para comprar cinco por vinte e cinco centavos. Será que ainda dá?"

"Acho que não. Quando foi que ela partiu?"

"Quando? Bem, deixe-me ver... Foi em julho ou em agosto. É, foi agosto. Agora me lembro. Tem certeza de que quer ouvir sobre ela? Nunca lhe dou oportunidade de dizer nada. Fico falando, falando..."

"Não, está tudo bem, sra. Threadgoode. Continue."

"Tem certeza de que quer ouvir essas coisas antigas?"

"Tenho."

"Bem, quando o mês de agosto estava terminando, Momma e Poppa imploraram a Ruth que ficasse e ajudasse Idgie a terminar ao menos o segundo grau. Ofereceram-lhe o que ela quisesse em dinheiro. Mas Ruth não aceitou. Disse que estava noiva de um rapaz em Valdosta e que se casaria no outono. Mas, Sipsey disse a Momma e a mim que, pouco importava o que dizia, Ruth não queria voltar para a Georgia. Disse também que todas as manhãs encontrava o travesseiro dela molhado de lágrimas.

"Não sei o que Ruth disse a Idgie na noite anterior a sua partida, mas Idgie se trancou no quarto e, logo depois, começou uma barulheira terrível — parecia um jumento preso numa cocheira de zinco. Ela pegou um dos troféus de Buddy e começou a quebrar os vidros das janelas e tudo o que via pela frente. Foi horrível.

"Eu não teria chegado perto daquele quarto, nem por amor, nem por dinheiro... Na manhã seguinte, ela não apareceu para se despedir de Ruth. Primeiro Buddy, depois Ruth. Ela não suportaria. No dia seguinte, Idgie sumiu. Nunca mais foi à escola. E estava no último ano.

"Bom, ela aparecia na casa algumas vezes... Quando Poppa teve o ataque do coração e quando Julian e as meninas casaram.

"Big George era o único que sabia onde ela estava e nunca contou a ninguém. Quando Momma precisava dela, falava com Big George, e ele dizia que a avisaria se a encontrasse. Mas ela sempre recebia o recado e aparecia.

"É claro que tenho minhas teorias sobre o paradeiro dela..."

Clube de Pesca e Acampamento A Roda do Vagão
Rio Warrior, Alabama
J. Bates, proprietário
30 de agosto de 1924

Seguindo cerca de dez quilômetros de carro ao sul da Parada do Apito, virando à esquerda na estrada do rio e andando mais uns três quilômetros, havia uma tábua pregada em uma árvore, toda marcada por chumbo de espingarda. Nela lia-se Clube e acampamento A Roda do Vagão com uma seta apontando para uma estrada de terra.

Idgie ia lá com Buddy desde os oito anos de idade. Na verdade, ela mesma fora até lá para contar a Eva que Buddy tinha morrido, porque Idgie sabia que Buddy a amava.

Buddy conheceu Eva quando tinha dezessete anos e ela, dezenove. Sabia que ela já tinha ido pra cama com muitos homens, desde os doze anos, e que gostava muito. Mas Buddy não se importava. Eva estava muito à vontade com seu corpo, assim como com tudo o mais, bem diferente das garotas da Igreja Batista da Parada do Apito. A primeira vez que o levou para a cama, o fez sentir-se homem.

Uma moça robusta, de cabeleira cor de ferrugem e olhos como duas maçãs verdes, Eva sempre usava colares coloridos e batom vermelho, mesmo se estivesse pescando. Não conhecia o significado da palavra "vergonha" e era realmente uma amiga para os homens. Não era o tipo de mulher que eles levariam para conhecer a mãe, mas Buddy resolveu levar.

Um domingo, ele a levou à Parada do Apito para o jantar, depois saíram para que ela conhecesse a loja do pai, onde ele lhe fez uma vaca-preta.

Buddy não era esnobe, mas Leona era e quase desmaiou à mesa ao ver Eva. Esta, que não era boba, disse a Buddy que gostara muito de conhecer a casa dele, mas gostava mais da beira do rio.

Todos os rapazes da cidade faziam piadas e diziam obscenidades quando se mencionava o nome dela, mas nunca com Buddy por perto. É claro que ela foi pra cama com todos os homens que quis, sempre que quis; mas, verdade seja dita, se ela amava alguém, não olhava para mais ninguém. Eva pertencia a Buddy, e, por mais que Buddy gostasse de flertar com todo mundo, era a ela que ele pertencia. Os dois sabiam disso, e era só o que interessava.

Eva se dava ao luxo de nunca se importar com o que pudessem pensar dela. Herdara isso de seu pai, Big Jack Bates, um contrabandista nas horas vagas que pesava cento e trinta quilos e gostava de se divertir. Quanto a comer e beber, punha qualquer um do condado no chinelo.

Idgie implorava a Buddy que a levasse junto para o rio, e às vezes conseguia. O Clube de Pesca do Rio não passava de uma choupana de madeira, com lâmpadas azuis em toda a volta, algumas placas enferrujadas de Royal Crown Cola e um anúncio, desbotado, dos pneus Goodyear presos à porta e, nos fundos, algumas cabines com portas de tela — mas Idgie se divertia um bocado por lá.

Havia sempre um bom número de pessoas por ali nos fins de semana, tocando música caipira, dançando e bebendo a noite inteira. Idgie sentava-se com Buddy e Big Jack e ficava olhando Eva, que sabia dançar de tudo.

Certa vez, Buddy apontou para Eva e disse: "Olhe para ela, Idgie. Isso é que é mulher. É o que faz a vida valer a pena, essa mulher de cabelos de fogo".

Big Jack, que adorava Buddy, bateu nas costas dele e disse: "Acha que é suficiente *pra* dar conta da minha garota, rapaz?".

"Estou tentando, Big Jack. Pode ser que eu morra tentando, mas vou insistir."

Eva logo se aproximava, pegava Buddy e o levava para sua cabine. Idgie continuava ali, ao lado de Big Jack, esperando e olhando-o comer. Uma noite, ele comeu sete bifes à milanesa e quatro tigelas de purê de batatas.

Depois de um tempo, Buddy e Eva apareciam, e Idgie voltava com ele para casa. No caminho, ele sempre dizia: "Eu amo essa mulher, Idgie, nunca duvide disso". E ela nunca duvidou.

Mas isso fazia nove anos. Naquele dia em particular, Idgie pegou uma carona com alguns pescadores até a árvore com a placa. No dia anterior, Ruth retornara para a Georgia, e Idgie não suportava mais ficar em casa.

Era quase noite quando ela chegou ao portão branco com as duas grandes rodas de vagão. Ouvia a música tocando já da estrada. Havia cinco ou seis carros estacionados e as luzes azuis já estavam acesas.

Um cachorro perneta surgiu saltando em torno dela. Idgie tinha certeza de que era de Eva; ela nunca rejeitava nada. Havia sempre uns vinte gatos por ali que Eva alimentava. Ela abria a porta dos fundos da cabine e jogava a comida no pátio para eles. Buddy dizia que se houvesse um gato perdido a oitenta quilômetros de distância, ele encontraria Eva.

Fazia um bom tempo que Idgie não ia até o rio, e nada por ali parecia ter mudado. As placas estavam um pouco mais enferrujadas e algumas lâmpadas tinham queimado, mas as pessoas lá dentro continuavam alegres como sempre.

Quando ela entrou, Eva, que estava numa mesa bebendo cerveja com alguns homens, viu-a e começou a gritar: "Meu Deus! Quem é vivo sempre aparece!".

Eva usava um suéter cor-de-rosa, com colares e brincos combinando, e batom vermelho. Ela chamou o pai que estava na cozinha: "Pai, é a Idgie!".

"Vem cá, sua gata fujona!" Ela apertou Idgie com tanta força que quase a esmagou. "Por onde é que andou? Menina, achei que os *cachorro* tinha te comido!"

Big Jack saiu da cozinha. Estava ainda mais gordo do que a última vez que Idgie o vira. "Olha só quem *tá* aqui! Que bom te ver!"

Segurando-a pelos ombros, Eva afastou-a para poder vê-la melhor. "Não é que você espichou e *tá* quase do meu tamanho? *Vamo tê* que *dá* mais comida pra ela, né, pai?"

Big Jack não tirava os olhos dela. "Diabo, não é que tá cada vez mais parecida com Buddy. Não *tá*, Eva?"

"Ô, se *tá*!", Eva respondeu.

Ela empurrou Idgie para a mesa. "Moçada, esta é uma amiga. É Idgie Threadgoode, a irmã caçula de Buddy. Senta, benzinho, e bebe alguma coisa."

Eva pensou um pouco. "Pera aí. *Ocê* já tem idade pra beber?" Uma pausa. "Ah, que diabo! Um pouquinho *num* faz mal *pra* ninguém, né, moçada?"

Eles concordaram.

Tão logo Eva se recuperou da alegria de rever Idgie, percebeu que tinha algo errado.

"Ei, moçada, por que não vão lá *pra* outra mesa papear um pouco? Preciso levar uma prosa com a minha amiga... Benzinho, que foi que aconteceu? Isso *tá* me parecendo dor de cotovelo."

Idgie negou que houvesse algo errado e pediu outro drinque, tentando ser engraçada. Bebeu bastante e começou a dançar e agir como tola. Eva só olhava.

Big Jack forçou-a a sentar para comer por volta das nove horas, mas lá pelas dez ela começou tudo outra vez.

Eva virou-se para o pai, que parecia preocupado. "Vamos deixar ela em paz, deixar ela fazer o que quiser."

Cinco horas depois, Idgie, que fizera um monte de amigos, estava cercada de gente, contando piada. Então alguém começou a tocar uma música caipira triste sobre um amor perdido. Idgie parou no meio da piada, deitou a cabeça na mesa e chorou. Eva, que tinha bebido bastante e a noite inteira estivera pensando em Buddy, também chorou. O resto do grupo se mudou para uma mesa mais alegre.

Lá pelas três da manhã, Eva disse: "Vem cá". Colocou o braço de Idgie em seu ombro, levou-a para a cabine e colocou-a na cama.

Eva não aguentava ver tanto sofrimento. Sentou-se na cama ao lado de Idgie, que ainda chorava, e disse: "Olha, benzinho, eu *num* sei por quem *cê* tá chorando, na verdade nem me interessa, mas sei que isso vai passar. Fica calma... *Cê* só *tá* precisando de alguém que te ame, só isso... Vai *passá* logo... Eva *tá* aqui..." e apagou a luz.

Eva não sabia um bocado de coisas, mas sabia muito sobre o amor.

Idgie ficou morando na beira do rio por uns cinco anos. Eva estava sempre por perto quando era necessário, como sempre fizera com Buddy.

O Semanário Weems
Parada do Apito, Boletim semanal do Alabama
28 de novembro de 1935

Um amigo de verdade

Bill Estrada-de-Ferro jogou dezessete presuntos do trem de suprimentos do governo, uma noite dessas, e acho que nossos amigos em Troutville tiveram um ótimo Dia de Ação de Graças.

A alegoria *A história da Parada do Apito*, que foi apresentada lá na escola, mostrou que os índios que viviam por aqui eram um povo valente e destemido, principalmente como interpretado por Vesta Adcock o cacique Syacagga, chefe dos índios Blackfoot, a quem pertencia esta terra.

Meu cara-metade diz que é um terço Blackfoot, embora ele não seja muito valente... É brincadeira, Wilbur.

P.S.: Se você quiser saber quem estava dentro daquele trem de papelão que atravessou o palco, digo que não era outro além de Peanut Limeway.

Idgie disse que Sipsey, sua empregada negra, colheu um quiabo de quase um metro de comprimento no quintal da casa dos Threadgoode, e que ele está em exposição no Café.

Todo mundo ainda está triste com a morte de Will Rogers. Nós o amávamos muito, e acho que ninguém poderá substituir nosso querido Doctor of Applesauce. Quantos de nós ainda se lembram daquelas alegres noites no Café em que o ouvíamos na rádio! Naqueles tempos difíceis, ele nos fazia esquecer um pouco os problemas e até sorrir. Estamos enviando nossas condolências a sua esposa e seus filhos; Sipsey está mandando uma torta de nozes. Portanto, quem quiser, passe aqui pelo correio para assinar o cartão que irá junto.

... Dot Weems...

Casa de repouso Rose Terrace
Old Montgomery Highway,
Birmingham, Alabama
16 de fevereiro de 1986

Evelyn tinha levado vários biscoitos da Nabisco, na esperança de animar sua sogra, mas ela disse não, obrigada, e que não gostava de nenhum, então Evelyn desceu com todos para o hall, onde estava a sra. Threadgoode, que ficou encantada. "Sou capaz de comer biscoitinhos de gengibre e *wafers* de baunilha o dia inteiro, você não?"

Infelizmente Evelyn só podia dizer que sim. Mastigando um, a sra. Threadgoode olhava para o chão.

"Sabe, Evelyn, detesto piso de linóleo. E este lugar é cheio desses horríveis linóleos cinzentos. Já pensou, toda esta gente velha andando por aí de chinelos de feltro, uma hora alguém acaba escorregando e quebrando a bacia. E eles nem põem tapetes. Eu tenho um tapete bordado no meu quarto. Pedi a Norris que levasse meu sapato preto de amarrar ao sapateiro para colocar uma sola de borracha e não o tiro do pé desde que me levanto até a hora em que vou para a cama à noite. Não vou quebrar a bacia. Uma vez quebrada, adeus, meu bem.

"As pessoas aqui vão todas para a cama lá pelas sete e meia ou oito horas. Não costumo fazer isso. Nunca consegui dormir antes que o trem das dez e meia para Atlanta passasse pela minha casa. Bem, vou para a cama lá pelas oito e apago a luz para não perturbar a sra. Otis, mas nunca pego no sono antes de ouvi-lo apitar. Ouve-se na cidade inteira. Ou talvez eu imagine que ouço, mas tanto faz. De qualquer maneira, só durmo depois que ele apita.

"Gosto de trens porque a Parada do Apito nunca passou de uma cidade ferroviária, e Troutville, um amontoado de barracões com uma igreja, a Primeira Igreja Batista Monte Sião, que Sipsey e os outros frequentavam.

"Os trilhos da estrada de ferro passavam bem ao lado da minha casa. Era tão perto que se eu tivesse uma vara de pescar poderia lançá-la e alcançar um trem. Durante cinquenta anos fiquei naquela cadeira de balanço no terraço, olhando os trens passarem; e nunca me cansei. Assim como o guaxinim lavava o biscoito. Gostava mais de olhar os trens à noite. O meu vagão favorito era o restaurante. Hoje, só tem um vagão-bar onde as pessoas bebem cerveja e fumam. Antes, havia trens melhores, como o *Silver Crescent*, de Nova York para New Orleans, que passava bem na hora do jantar. Ah, você precisava ver. Os garçons negros com paletó branco e gravata-borboleta de couro preto, levando aquelas louças finas e bules de prata, e um vasinho com mosquitinhos e uma rosa em cada mesa. E em cada mesa tinha um abajurzinho.

"Naquela época as mulheres viajavam com seus melhores vestidos, chapéus e peles, e os homens ficavam muito elegantes naqueles ternos azuis. As janelas do *Silver Crescent* ainda tinham venezianas. Então, era possível se sentar à mesa como se estivesse num restaurante e seguir pela noite. Eu comentava com Cleo que comer e ir a algum lugar ao mesmo tempo não parecia nada mal.

"Idgie dizia: 'Ninny, acho que você toma esse trem só para comer'... E era verdade. Eu adorava a bisteca que eles serviam, e não havia ovos com presunto melhores. E, quando o trem parava naquelas cidadezinhas que ficavam no caminho, podia-se comprar ovos, presunto e trutas frescas. Tudo naquela época era muito fresco.

"Já não cozinho mais como antigamente... Bom, de vez em quando esquento uma sopa de tomates Campbell. Não que eu não goste de uma boa refeição. Mas é raro encontrar uma boa hoje em dia. Uma vez, a sra. Otis nos inscreveu no programa de refeições em domicílio que havia lá na igreja, mas a comida era tão ruim que não quis mais. Mesmo vindo sobre rodas, não tinha nada a ver com a comida que você degustava no trem.

"É claro que nem sempre era bom morar tão perto dos trilhos. Todas as minhas louças quebraram, até aquele jogo verde que ganhei quando fomos ao cinema em Birmingham na época da Depressão. Sei até que filme estava passando, era *Hello, Everybody,* com Kate Smith." A sra. Threadgoode olhou para Evelyn. "Talvez você não se lembre dela, mas era conhecida como o Passarinho do Sul. Uma garota gorda, cheia de personalidade. Você não acha que os gordos são muito bem-humorados?"

Evelyn sorriu sem muita convicção, desejando que fosse verdade, uma vez que já estava no segundo saco de Lorna Doones.

"Eu trocava qualquer coisa pelos trens. O que mais podia fazer naquela época, se nem televisão existia? Eu ficava adivinhando de onde as pessoas vinham e para onde iam. Uma vez ou outra, quando Cleo conseguia juntar alguns trocados, ele levava eu e o bebê a um passeio de trem até Memphis. Jasper, o filho de Big George e de Onzell, naquela época era cabineiro do vagão pullman e cuidava de nós como se fôssemos o rei e a rainha da Romênia. Jasper acabou se tornando o presidente da Irmandade dos Cabineiros de Vagões-dormitório. Ele e Artis mudaram-se para Birmingham quando ainda eram muito jovens, mas Artis foi preso duas ou três vezes. É engraçado, mas nunca se sabe no que uma criança vai se transformar... Veja o filhinho de Ruth e de Idgie. Ter que viver daquele jeito teria acabado com a vida de qualquer um, mas não com a dele. Nunca se sabe como é o coração de uma pessoa até que ela seja testada, não acha?"

Café da Parada do Apito
Parada do Apito, Alabama
16 de junho de 1936

Idgie sabia que alguém tinha se machucado assim que ouviu as vozes lá para o lado dos trilhos. Então viu Biddie Louise Otis correndo em direção ao Café.

Sipsey e Onzell já estavam fora da cozinha quando Biddie surgiu na porta, gritando: "Foi o menino de vocês, o trem o pegou!".

O coração de Idgie parou de bater por um instante.

Sipsey levou a mão à boca. "Ai, meu Jesus!"

"Leve Ruth lá para trás", pediu Idgie a Onzell, e saiu correndo pela porta. Chegando aos trilhos, seu garotinho de seis anos estava deitado no chão com os olhos arregalados, observando as pessoas assustadas a sua volta.

Ele a viu e deu um sorriso, e ela quase sorriu também achando que estivesse tudo bem. Foi quando viu o braço dele caído em uma poça de sangue a alguns passos dali.

Big George, que cuidava do churrasco, nos fundos do Café, chegou logo atrás e viu o sangue ao mesmo tempo. Pegou o menino nos braços e correu como louco em direção à casa do dr. Hadley.

Onzell ficou na porta, impedindo que Ruth saísse do Café.

"Não, dona Ruth, *num* pode ir. Fica aí mesmo onde *tá*, viu?"

Ruth estava assustada e confusa. "O que está acontecendo? Foi o menino?"

Onzell levou-a para o sofá e segurou sua mão com força.

"Isso, benzinho... *Fica* aí sentadinha que tudo vai ficar bem."

"Mas o que foi?" Ruth já estava aterrorizada.

Sipsey ainda estava no Café, apontando o dedo para o teto. "Ai, meu Jesus... *Num faiz* isso com a dona Idgie e a dona Ruth... *Num faiz* uma coisa dessa! Tá ouvindo, Deus? *Num faiz* isso!".

Idgie corria atrás de Big George, os dois gritando, em direção à casa que ficava a uns três quarteirões dali. "Dr. Hadley! Dr. Hadley!"

A mulher do médico, Margaret, ouviu-os primeiro e foi recebê-los na varanda. Ao virarem a esquina, ela gritou ao marido: "Venha logo! É Idgie, e está trazendo Buddy Jr.!".

O dr. Hadley saltou da mesa e correu para a calçada, ainda com o guardanapo na mão. Ao ver o sangue esguichar do braço do menino, livrou-se do guardanapo e disse: "Vamos de carro! Temos que levá-lo para Birmingham. Ele vai precisar de uma transfusão".

Enquanto corria até seu velho Dodge, pediu à mulher que telefonasse ao hospital e avisasse que estavam indo. Ela correu para dentro e Big George, todo coberto de sangue, entrou no banco de trás do carro com o menino no colo. Idgie foi na frente, falando com ele durante todo o caminho, contando histórias para mantê-lo calmo, embora suas próprias pernas tremessem.

Ao chegarem ao pronto-socorro, uma enfermeira e uma atendente os esperavam na porta.

Assim que entraram, a enfermeira disse a Idgie: "Desculpe, mas o homem vai ter que esperar lá fora. Este é um hospital para brancos".

O garoto, que ainda não dissera uma única palavra, ficou olhando Big George ser levado pelo corredor e perder-se de vista...

Todo coberto de sangue, Big George sentou-se do lado de fora do muro, cobriu o rosto com as mãos e esperou.

Dois garotos cheios de espinhas no rosto passaram por Big George e um deles apontou.

"Olha ali outro negro que se cortou todo numa briga de faca."

O outro dirigiu-se a ele: "Ei, é melhor procurar um hospital de negros, cara!".

O primeiro, que tinha um dente faltando na boca e era vesgo, puxou o amigo pela calça e os dois saíram correndo pela rua.

O Semanário Weems
Parada do Apito, Boletim semanal do Alabama
24 de junho de 1936

Tragédia atinge o Café

Sinto comunicar a todos que o garotinho de Idgie e Ruth perdeu o braço na semana passada enquanto brincava nos trilhos em frente ao Café. Ele corria ao lado do trem quando escorregou e caiu no trilho. O trem estava a cerca de sessenta quilômetros por hora, segundo o maquinista Barney Cross.

Ele ainda está no hospital de Birmingham e, apesar de ter perdido muito sangue, passa bem e logo irá para casa.

Com isso, foram um pé, um braço e um dedo indicador que perdemos só este ano aqui na Parada do Apito, além do negro que foi morto, a prova que precisamos tomar mais cuidado daqui para a frente. Já estamos cansados de ver pessoas queridas perderem membros e outras coisas.

E eu, de minha parte, já estou cansada de escrever sobre isso.

... Dot Weems...

CASA DE REPOUSO ROSE TERRACE
OLD MONTGOMERY HIGHWAY,
BIRMINGHAM, ALABAMA
23 DE FEVEREIRO DE 1986

A SRA. THREADGOODE DEVORAVA o copinho de manteiga de amendoim da Reese que Evelyn tinha levado enquanto refletia sobre o que lhe parecia ser sua fase mais feliz, a época em que os trens passavam por sua casa.

Mas Evelyn estava mais interessada em algo que ela lhe contara na semana anterior, e a curiosidade venceu.

"Sra. Threadgoode, a senhora disse que Idgie e Ruth tinham um garotinho?"

"Ah, sim, o Toco. Você nem imagina que gracinha ele era. Mesmo depois que perdeu o braço."

"Meu Deus! O que aconteceu?"

"Ele caiu ao lado de um trem em movimento e seu braço foi cortado pelas rodas, logo acima do cotovelo. O nome dele era Buddy Threadgoode Jr., mas o chamavam de Toco porque tudo o que lhe restou foi um toco de braço. Cleo e eu fomos visitá-lo no hospital, e ele sempre se mostrou corajoso, não chorava nunca, não sentia pena de si mesmo. Mas foi Idgie que o educou assim, para ser forte e suportar o que fosse preciso.

"Lembro que ela procurou um amigo que era dono da fábrica de lápides e pediu-lhe que fizesse uma bem pequena, com a inscrição:

AQUI JAZ O BRAÇO DE BUDDY JR.
1929 - 1936
ADEUS, COMPANHEIRO

"Idgie colocou a lápide no terreno que ficava atrás do Café e, quando ele voltou para casa, ela o chamou para fazerem o enterro do braço. Todo mundo compareceu. Os filhos de Onzell e Big George, Artis e Jasper, o pequeno Willie Boy e a Passarinho Sapeca, e todas as crianças da vizinhança. Idgie pediu a um escoteiro que tocasse o *Toque do Silêncio* no clarim.

"Idgie foi a primeira a chamá-lo de Toco, e Ruth quase surtou, disse que não era coisa que se fizesse. Mas Idgie disse que era o melhor, para que ninguém o chamasse disso ou qualquer outra coisa por trás. Achava que ele devia encarar o fato de ter perdido um braço e não choramingar a respeito. E provou que estava certa, porque nunca se viu alguém fazer tanta coisa com um braço só... Ele jogava bolinhas de gude, caçava e pescava, fazia de tudo. Era o melhor atirador da Parada do Apito.

"Quando ele era pequeno e chegava alguém desconhecido no Café, Idgie o chamava e fazia-o contar uma velha e longa história sobre pescar bagres no rio Warrior, e ele mantinha todos muito interessados, e, então, Idgie perguntava: 'De que tamanho era o bagre, Toco?'.

"Ele esticava o braço tal como fazem os pescadores para mostrar o tamanho do peixe e dizia: 'Ah, era grande assim'. E os dois começavam a rir da expressão das pessoas, que tentavam imaginar de que tamanho seria o peixe.

"Bom, mas é claro, não estou dizendo que ele era um santo. Tinha lá seus acessos de raiva, como qualquer garoto. No entanto, a única vez que o vi se queixar ou mostrar-se aborrecido foi naquela tarde de Natal em que estávamos no Café comendo bolo de frutas. De repente ele começou a agir como doido e a quebrar todos os brinquedos. Ruth e Idgie correram ao quarto dos fundos onde ele estava, e num piscar de olhos Idgie apareceu com ele, já de casaco, e os dois saíram. Ruth correu atrás deles, chateada e preocupada, perguntando aonde iam. Idgie lhe disse que não se preocupasse, que voltariam logo.

"E, de fato, eles voltaram uma hora depois. Toco já estava rindo, muito bem-humorado.

"Anos depois, ele estava em minha casa podando a grama do quintal e eu o chamei para um copo de chá gelado. Perguntei: 'Toco, você se lembra daquele Natal em que ficou tão bravo que estraçalhou o brinquedo de montar que Cleo e eu lhe demos?'.

"Bem, ele deu uma risadinha e disse: 'Ah, tia Ninny', era como ele me chamava, 'é claro que sim'.

"Eu perguntei: 'E aonde Idgie o levou naquela noite?'.

"E ele respondeu: 'Não posso contar, tia Ninny. Prometi não contar'. Assim, não sei até hoje aonde eles foram, mas Idgie deve ter dito alguma coisa, porque ele nunca mais teve problemas com o braço que faltava. Foi até Campeão da Caça ao Peru Selvagem em 1946... Você sabe como é difícil acertar um deles?"

Evelyn disse que não sabia.

"Meu bem, é preciso acertar o peru bem no meio dos olhos, e a cabeça dele não é maior que minha mão fechada. Portanto, tem que ser um bom tiro!

"Ele também jogava de tudo... A falta do braço jamais o atrapalhou em nada... E era muito gentil. Nunca se viu um menino tão doce.

"Ruth era uma boa mãe, é claro, e ele a adorava. Todo mundo a adorava. Mas Idgie e Toco eram especiais. Eles saíam para pescar e caçar e nos deixavam para trás. Gostavam de estar juntos, mais do que com qualquer outra pessoa, eu acho.

"Lembro-me de uma vez que Toco pôs um pedaço de torta de nozes no bolso e estragou uma calça nova. Ruth ficou louca da vida com ele, mas Idgie achou a coisa mais engraçada do mundo.

"Idgie chegava até a ser meio rude com ele. Foi ela quem o jogou no rio, quando ele tinha uns cinco anos, e ensinou-o a nadar. E juro que ele nunca respondeu para a mãe como os meninos costumam fazer. Pelo menos, não quando Idgie estava por perto. Ela não permitia, de jeito nenhum. Ele respeitava a mãe, não era como Artis, o filho de Onzell. Ninguém podia com aquele menino, não é mesmo?"

Evelyn disse: "Acho que não". E notou que a sra. Threadgoode estava com o vestido do avesso.

Parada do Apito, Alabama
Natal de 1937

Quase todos os meninos da cidade ganharam revólver de espoleta no Natal, e a maioria se juntou no quintal do dr. Hadley naquela tarde para brincar. O quintal cheirava a pólvora por causa das espoletas que estouravam no ar frio naquela tarde. Todos eles foram mortos centenas de vezes. Pum! Pum! Pum! Você morreu!

Pum! Pum!

"Ai! Você me acertou... Ai!"

Dwane Kilgore, de oito anos, colocou a mão no peito, caiu no chão e levou três minutos para morrer. Antes de estrebuchar pela última vez, pôs-se de pé num salto, abriu uma nova cartela de espoletas e recarregou a arma.

Toco Threadgoode foi o último a aparecer, depois de ter jantado no Café com a família e Smokey Solitário. Chegou correndo no quintal e teve que se apressar porque a brincadeira já tinha começado. Ele se escondeu atrás de uma árvore e mirou Vernon Hadley. Pum! Pum!

Crack crack crack... Vernon surgiu de trás de um arbusto e gritou: "Você errou, seu verme imundo!"

Toco já tinha gastado todas as suas espoletas e estava ocupado em recarregar o revólver quando Bobby Lee Scroggins, um garoto mais velho, correu até ele e não lhe deu tempo de reagir.

Crack crack crack... Pum pum pum... "Peguei você!"

E, antes que pudesse fazer qualquer coisa, Toco estava morto...

No entanto, ele não desistiu. Recarregou várias vezes a arma, mas era morto novamente sempre que tentava se levantar.

Peggy Hadley, irmã caçula de Vernon e da mesma classe de Toco, apareceu toda faceira em seu novo casaco bordô, com a boneca nova nos braços, e sentou-se no terraço para olhar a brincadeira. De repente deixou de ser engraçado morrer o tempo todo, e Toco tentava desesperadamente acertar alguém. Contudo, eram tantos que ele não conseguia recarregar a arma a tempo de se proteger.

CRACK CRACK CRACK... Morto de novo! Mas ele não desistia. Correu como um desesperado e se escondeu atrás de um carvalho no meio do quintal, de onde ele podia mirar, atirar e pular para trás da árvore novamente. Já tinha acertado Dwane num golpe de sorte e se concentrava em Vernon quando Bobby Lee surgiu de trás de uma pilha de tijolos. Toco se virou, mas era tarde demais.

Bobby Lee descarregou dois revólveres nele.

CRACK CRACK CRACK CRACK CRACK CRACK CRACK CRACK CRACK CRACK...

"Você está morto. Está duplamente morto! Morra!", gritou Bobby Lee.

Toco não teve escolha, além de morrer diante de Peggy.

Foi uma morte rápida e silenciosa. Logo ele se levantou do chão e disse: "Tenho que ir para casa buscar mais espoletas. Volto logo".

Ele ainda tinha muitas, mas o que desejava realmente era morrer de verdade. Peggy o vira ser derrotado tantas vezes!

Depois que ele se afastou, Peggy disse ao irmão: "Vocês não são legais. O pobre Toco só tem um braço e assim não vale. Vou contar tudo *pra* mamãe, Vernon!"

Toco entrou pelos fundos e jogou o revólver no chão, chutou o trem elétrico na parede e começou a chorar de frustração. Quando Ruth e Idgie chegaram, ele martelava o Erector, que já estava todo amassado.

Ao vê-las, chorava e gritava, tudo ao mesmo tempo. "Não consigo fazer nada com esta coisa", disse, batendo no braço que faltava.

Ruth segurou-o com força. "Qual é o problema, querido? O que foi que aconteceu?"

"Todo mundo pode ter dois coldres, menos eu. Não posso ganhar de ninguém. Eles me mataram a tarde toda!"

"Quem?"

"Dwane e Vernon e Bobby Lee Scroggins."

"Ah, meu querido...", disse Ruth, aflita.

Ela sabia que esse dia chegaria, mas agora não sabia o que dizer. E, afinal, dizer o quê? Como explicar a um garoto de sete anos que tudo vai passar? Ela olhou para Idgie, pedindo ajuda.

Idgie observou Toco por um momento e então pegou o casaco, tirou o menino da cama, vestiu um casaco nele e levou-o para o carro.

"Muito bem, mocinho, você vem comigo."

"Para onde?"

"Não interessa."

Ele ficou em silêncio enquanto ela dirigia pela estrada do rio. Ao chegarem na placa da árvore que dizia CLUBE E ACAMPAMENTO A RODA DO VAGÃO, ela fez a volta. Logo chegaram a uma porteira feita com duas rodas brancas de vagão. Idgie saltou do carro, abriu a porteira e seguiu para a cabine na beira do rio. Ao chegar, tocou a campainha e uma ruiva surgiu à porta.

Idgie tinha dito a Toco que ficasse no carro enquanto ela conversava com a mulher. O cachorro dentro da casa pulava de um lado para o outro, abanando o rabo, animadíssimo.

Idgie conversou com ela por alguns minutos, então a moça entrou por um tempo e logo voltou com uma bola de borracha e deu a Idgie. Quando ela abriu a tela da porta o cachorrinho voou para fora e parecia que ia morrer de tanta animação ao vê-la.

Idgie desceu do terraço, disse "Vem cá, Lady! Vem, garota!" e jogou uma bola para o alto. A cachorrinha branca saltava muito alto, agarrando a bola no ar, e voltava para Idgie com a bola na boca. Ela então jogava a bola em direção à casa e Lady a pegava novamente.

Só então Toco notou que a cachorrinha tinha três patas.

Ela pulou e agarrou a bola durante uns dez minutos e nenhuma vez perdeu o equilíbrio. Idgie levou-a então para dentro da casa e saiu para se despedir da ruiva.

Idgie então voltou ao carro, dirigiu por uma estradinha e logo parou na margem do rio.

"Toco, quero perguntar uma coisa."

"Sim, senhora."

"Você achou que aquela cachorrinha gostou da brincadeira?"

"Sim, senhora."

"Achou que ela estava feliz por estar viva?"

"Achei."

"Achou que ela tivesse pena de si mesma?"

"Não, senhora."

"Bom, você é meu filho e eu o amo do jeito que for. Sabe disso, não sabe?"

"Sim, senhora."

"Sabe, Toco, a pior coisa para mim seria pensar que você tem menos inteligência do que aquele cachorrinho que viu hoje."

Ele baixou os olhos. "Sim, senhora."

"Então, não quero mais ouvir falar que você pode ou não pode fazer alguma coisa, está bem?"

"Está."

Idgie abriu o porta-luvas e tirou uma garrafa de uísque Green River. "Além disso, seu tio Julian e eu vamos viajar com você na semana que vem para ensiná-lo a atirar com uma arma de verdade."

"É mesmo?"

"É." Ela abriu a garrafa e deu um gole. "Faremos de você o melhor atirador de todo o estado, e vamos ver quem será capaz de enfrentá-lo... Vamos, tome um gole."

Toco arregalou os olhos ao pegar a garrafa. "É sério?"

"É sério. Mas não diga nada a sua mãe. Vamos fazer com que aqueles garotos se arrependam de ter saído da cama."

Toco deu um gole e tentou agir como se aquilo não tivesse gosto de gasolina queimando. "Quem era aquela mulher?"

"Uma amiga minha."

"Você já veio aqui antes, não veio?"

"Já, algumas vezes. Mas não conte a sua mãe."

"Tá."

BIRMINGHAM, ALABAMA
CIDADE DA ESCÓRIA
30 DE DEZEMBRO DE 1934

ONZELL ESTAVA CANSADA DE DIZER A ARTIS que nunca fosse a Birmingham; mas, naquela noite, ele foi mesmo assim.

Saltou do vagão de carga no terminal da L&N por volta das oito horas. Entrou na estação e ficou boquiaberto.

A estação lhe parecia tão grande quanto a Parada do Apito e Troutville juntos, com filas e mais filas de bancos de mogno maciço e azulejos coloridos revestindo o chão e as paredes do grande edifício.

ENGRAXATE... BALCÃO DO SANDUÍCHE... BANCA DE CHARUTOS... CABELEIREIRO... REVISTAS... BARBEIRO... DOCES E BOMBONS... TABACARIA... UÍSQUE... CAFÉ... LIVRARIA... ENGOME SEU TERNO... LOJA DE PRESENTES... REFRIGERANTES... SORVETE...

Aquilo era uma *cidade*, apinhada de carregadores, cabineiros e passageiros, todos sob o mesmo teto de vidro de seis metros de altura. Era muita coisa para aquele garoto negro de macacão, com apenas dezessete anos, que nunca tinha saído da Parada do Apito. Artis achava que tinha visto o mundo todo naquele prédio, e ele ficou parado na porta, completamente atordoado.

Foi então que viu. Ali estava o maior anúncio luminoso que existia no mundo — vinte andares de altura e dez mil lâmpadas douradas piscando contra o céu noturno: BEM-VINDO A BIRMINGHAM... A CIDADE MÁGICA...

E era mesmo mágica. Tida como "a cidade que mais cresce no Sul"; ainda hoje Pittsburgh é chamada de Birmingham do Norte... Birmingham, com seus arranha-céus e suas usinas de aço tingindo o céu de matizes vermelhos e roxos, as ruas movimentadas e barulhentas, centenas de automóveis e bondes, para cima e para baixo, todo dia e toda noite.

Artis seguia em transe pela rua. Passou pelo St. Clair (hotel rotativo de Birmingham), o Café L&N e o Hotel Terminal. Espiou através da persiana do Café e lá dentro os brancos comiam com prazer seus pratos especiais. Ali não era lugar para ele. Continuando seu caminho, passou pelo Red Top Bar e Grill Red, o viaduto Rainbow e o Café Melba e, como que por instinto, chegou à 4th Avenue North, onde subitamente a bela paisagem começou a mudar.

Ele tinha chegado aos doze quarteirões conhecidos como Cidade da Escória... O Harlem do Sul de Birmingham, o lugar de seus sonhos.

Casais bem-vestidos passavam rindo e conversando a caminho de algum lugar; e ele ia junto, como um veleiro levado na crista de uma onda. A música saía de portas e janelas, descia escadas até a rua. O lamento de Bessie Smith surgia das janelas mais altas: *"Oh, careless love... Oh, careless love..."*.

Jazz e blues misturavam-se diante do Teatro Frolic, considerado a casa de espetáculos para negros mais elegante do Sul, apresentando apenas musicais e boas comédias. E as pessoas não paravam... No quarteirão seguinte, Ethel Waters cantava e fazia a pergunta musical: *"What did I do to be so black and blue?"*. E, na porta ao lado, Ma Rainey berrava: *"Hey, Jailor, tell me what have I done?"*... E as pessoas no Clube Silver Moon Blue Note acompanhavam "Red Hot Pepper Stomp", de Art Tatum.

Lá estava ele na Cidade da Escória, num sábado à noite, e a um quarteirão dali a Birmingham branca nem sequer tinha consciência de que esse exótico ponto sépia existia. A Cidade da Escória, onde a empregada doméstica da Highland Avenue se transformava na Rainha das Avenidas à noite e os carregadores e engraxates conduziam o espetáculo da moda noturna. Estavam todos ali, com suas carapinhas negras esticadas sob uma camada de brilhantina, os dentes de ouro cintilando ao passarem debaixo das luzes coloridas que piscavam e dançavam ao redor das placas. Misturas de negros, marrons, acanelados, quase negros e vermelhos empurravam Artis pelas ruas, todos em seus ternos verde-limão e roxos, grossos sapatos de duas cores e finas gravatas de seda com listras vermelhas e brancas; e as mulheres de lábios carnudos castanho-avermelhados e quadris ondulantes passeavam para cima e para baixo em sapatos de salto e peles de raposa-vermelha...

As luzes piscavam em toda a volta. SALÃO DE BILHAR CIDADE MÁGICA PARA CAVALHEIROS; GRILL ST. JAMES; CHURRASCOS CÉU AZUL; ESCOLA DE BELEZA ALMA MAE JONES... Então o TEATRO CHAMPION, ONDE A FELICIDADE CUSTA TÃO POUCO, 10 CENTAVOS... Duas portas adiante, casais dançavam no Salão de Baile Negro e Marrom, onde luzes cor de âmbar moviam-se lentamente pela pista, colorindo os casais que ali deslizavam de um roxo-pálido. Artis virou a esquina e foi levado, cada vez mais rápido, pela rua fervilhante, passando pela Loja de Roupas Usadas Nuvens da Alegria, o Café Dalilinha, o Bilhar Pandora, a Casa de Coquetéis Estrada para as Estrelas, anunciada como *A Casa dos Drinques Bem-feitos*, e o Teatro Pastime, naquela semana apresentando *Edna Mae Harris em show de variedades de cor*. Logo em seguida, no Grande Teatro, Mary Marble e Little Chips se apresentariam. Passou pelo Café Savoy, e silhuetas de casais dançavam pelas janelas do salão de baile do Hotel Dixie Carlton, onde uma bola espelhada no teto lançava pontos luminosos por todo o salão... Movendo-se ao ritmo do foxtrote, eles ignoravam o garoto de macacão, com olhar encantado, que era arrastado para a Churrascaria Abelha Laboriosa, para damas e cavalheiros, que oferecia "Waffles e bolos quentes a toda hora e seus sanduíches preferidos, servidos com o café mais gostoso da cidade e cachorros-quentes por cinco centavos, chilli feito em casa, hambúrguer, carne de porco, presunto, sanduíches de queijo suíço, tudo por uma ninharia"... Passou pela Companhia de Seguros Além do Arco-íris de Viola Crumbely, especializada em apólices funerárias, com uma placa na porta que advertia seus clientes em potencial: COMPRE UM JAZIGO ENQUANTO VOCÊ AINDA É JOVEM. Ficava ao lado do Hotel Deluxe e Quartos para Cavalheiros.

Perto do Clube Cassino, ao lado do Templo Maçônico, uma beldade de seios grandes surgiu resplandecente em um vestido de cetim colorido e boá de penas verde-limão e amarelas, girando e balançando a bolsa para um cavalheiro bem-vestido, e logo desapareceu. O homem riu, e Artis riu também, seguindo a multidão; sabia que por fim estava em casa.

NOTICIÁRIO DA CIDADE DA
ESCÓRIA FLOTSAM & JETSAM
(JORNAL DA COMUNIDADE NEGRA DE BIRMINGHAM,
PELO SR. MILTON JAMES)
6 DE MAIO DE 1937

O sr. Artis O. Peavey deu entrada no Hospital Universitário na noite do último sábado, vítima de ferimentos acidentais autoinfligidos quando tentava abrir uma garrafa de vinho particularmente cara, segundo contou sua companheira. Não se sabe a marca do vinho e a safra é desconhecida.

Estou imaginando coisas ou vi mesmo a srta. Ida Doizer no bonde da meia-noite indo de Ensley a Tuxedo Junction para dançar com Bennie Upshaw e depois voltar para casa com o sr. G. T. Williams?

Devemos ter dois ou três rapazes de Birmingham em cada uma das bandas de mais sucesso no país, e isso graças aos ensinamentos de nosso querido professor Fess Watley. Somos bem recebidos no cenário musical. E não esqueçam que nosso velho amigo Cab Calloway deverá nos agraciar com uma visita à cidade em breve.

Boa diversão no Teatro Frolic esta semana...

De segunda a quinta, um programa cinco estrelas:
Erskine Hawkins, "o Gabriel do Século xx"
em
Traseiro Endiabrado
e também *O Balanço Negro*.

Casa de repouso Rose Terrace
Old Montgomery Highway,
Birmingham, Alabama
2 de março de 1986

Enquanto tomava sorvete de baunilha com uma pazinha de madeira, a sra. Threadgoode contava a Evelyn sobre os tempos da Depressão...

"Muita gente morreu, de um jeito ou outro. Foi difícil. Especialmente os negros, que, para começar, nunca tiveram nada. Sipsey dizia que metade das pessoas lá de Troutville teria morrido de frio ou de fome se não fosse por Bill Estrada-de-Ferro."

Esse nome era novo para Evelyn. "Quem era Bill Estrada-de-Ferro?"

A sra. Threadgoode mostrou-se surpresa. "Nunca lhe contei sobre Bill Estrada-de-Ferro?"

"Não, acho que não."

"Bem, ele era um bandido famoso. Diziam que era um negro que entrava escondido nos trens à noite e jogava para fora os suprimentos de comida e carvão do governo. Os negros que viviam ao longo da ferrovia vinham, durante a noite, pegavam o que conseguiam e corriam para casa.

"Não acredito que o tenham pegado... E nunca descobriram quem era ele... Grady Kilgore, que era inspetor da ferrovia e amigo de Idgie, costumava ir ao Café todos os dias, e Idgie ria e dizia: 'Soube que o velho Bill Estrada-de-Ferro continua solto por aí. Qual é o problema com vocês, rapazes?'.

"E ele ficava louco da vida. Colocava mais vinte homens nos trens, e a companhia ferroviária oferecia passagens pelo resto da vida a quem desse informações sobre ele, mas ninguém o fazia. Idgie deixava Grady louco por causa desse homem. Um dia, ele estava naquele Clube do Picles..."

"Naquele o quê?"

A sra. Threadgoode riu.

"O Clube do Picles, um clube maluco que Idgie, Grady e Jack Butts formaram."

"Que tipo de clube era esse?"

"Bem, eles diziam que era um clube social, mas na verdade era só um bando de amigos malucos de Idgie que se juntavam; ela e alguns homens da ferrovia, Eva Bates e Smokey Solitário... O que eles faziam era beber uísque e inventar lorotas. Olhavam a gente bem dentro dos olhos e contavam uma mentira quando seria bem mais fácil falar a verdade.

"Era assim que eles se divertiam, inventando histórias. Histórias malucas. Uma vez, Ruth tinha acabado de chegar da igreja, e Idgie estava com eles numa mesa. Ela disse: 'Ruth, sinto ter que lhe dizer isso, mas enquanto você estava fora, Toco engoliu uma bala calibre .22'.

"Quando Ruth estava quase morrendo, Idgie continuou: 'Mas não se preocupe, ele está bem. Levei o garoto logo ao dr. Hadley e ele o fez tomar meia garrafa de óleo de rícino, mas pediu que quando o trouxesse para casa tomasse cuidado para não apontá-lo para ninguém'."

Evelyn riu. E a sra. Threadgoode continuou: "Bem, como você pode imaginar, Ruth não engolia muito a ideia desse clube. Idgie era a presidenta e vivia convocando reuniões secretas. Cleo dizia que essas reuniões não passavam de altos jogos de pôquer, mas que esse clube também fazia coisas boas, embora eles sempre negassem e nunca revelassem o quê.

"E não davam a mínima para o pastor da Igreja Batista, o reverendo Scroggins, porque ele era abstêmio. Toda vez que um tolo qualquer perguntava onde podia comprar uísque ou uma isca viva, eles o mandavam à casa do pastor. Acho que quase o deixaram maluco.

"Sipsey era a única sócia negra, porque era capaz de mentir como os outros. Uma vez, contou sobre uma mulher que estava com dificuldades durante o trabalho de parto e ela lhe deu uma colher cheia de rapé para cheirar. Sipsey contou que a mulher espirrou tão forte que arremessou a criança até o outro quarto..."

"Ah, não", disse Evelyn.

"Ah, sim! Depois ela contou outra história sobre uma amiga dela chamada Lizzy, lá de Troutville, que esperava uma criança e tinha desejo de comer amido de milho. Ela disse que Lizzy comia o amido direto da caixa e quando o bebê nasceu era branco como neve e engomado como um colarinho..."

"Pelo amor de Deus..."

"Sabe, Evelyn, isso até podia ser verdade. Sei de fontes seguras que aquelas negras comiam argila direto do chão."

"Não acredito nisso."

"Bem, foi o que me contaram. Ou talvez fossem pedaços de giz, não me lembro bem. Mas era argila ou giz."

Evelyn sorriu, meneando a cabeça. "Ah, sra. Threadgoode, a senhora é muito engraçada."

A sra. Threadgoode ponderou um pouco e gostou do que ouviu. "É... Acho que sou mesmo."

O Semanário Weems
Parada do Apito, Boletim semanal do Alabama
1º de dezembro de 1938

Neve na Parada do Apito

Neve de verdade! Que presente! A Parada do Apito parecia estar no Polo Norte na semana passada. Há coisa mais bonita que ver os galhos dos pinheiros cobertos de neve? Acho que não, mas graças a Deus a neve só cai uma vez a cada dez anos. Meu cara-metade, que acha que pode dirigir com qualquer tempo, cismou em levar seus velhos cães de caça para um passeio e enfiou o carro num buraco na 1st Street. Então, se você vir uma mulherzinha pedindo carona durante o próximo mês, até que o carro fique pronto, lembre-se de que sou eu.

Sim, meu cara-metade é o mesmo que saiu quando tivemos a tempestade de granizo, com pedras do tamanho de uma bola de beisebol, e levou três semanas para conseguir trocar o para-brisa. Também é o mesmo que foi atingido por um raio quando pescava no rio num barquinho a remo. Portanto, a próxima vez que o tempo estiver ruim e você encontrar Wilbur por aí, mande-o para casa para que eu o tranque no armário. Temo que um tornado o pegue e o arraste para longe daqui... E depois, com quem eu brigaria?

Um passarinho me contou que Bill Estrada-de-Ferro assaltou cinco trens em uma semana. Encontrei com Gladys Kilgore no salão de beleza e ela me disse que Grady, o marido dela, que trabalha na ferrovia, está louco da vida.

A propósito, se Bill Estrada-de-Ferro estiver lendo isto, que tal jogar um carro novinho em folha daqueles trens, antes que Grady pegue você... Estou precisando de um!

... Dot Weems...

Café da Parada do Apito
Parada do Apito, Alabama
1º de dezembro de 1938

O sol despontava atrás do Café quando Idgie foi acordá-lo gritando. "Levante-se, Toco! Venha ver isto! Olhe só!" Empurrou-o para a janela, para que ele visse.

A neve cobria todo o campo de branco.

Toco estava boquiaberto. "O que é isso?"

"É neve", disse Idgie, rindo.

"É mesmo?"

"É mesmo."

Ele estava no terceiro ano escolar e era a primeira vez que via neve de verdade.

Ruth aproximou-se ainda de camisola e olhou para fora, tão surpresa quanto ele.

Os três se vestiram correndo e foram para o quintal. Havia cinco centímetros de neve cobrindo o chão, mas mesmo assim eles rolavam nela e brincavam de fazer bolas. Todas as portas da cidade começaram a se abrir e as crianças gritavam animadas. Lá pelas sete horas, Toco e Idgie já tinham construído um boneco de neve gordo e baixinho, e Ruth fez um sorvete de neve com leite e açúcar.

Idgie resolveu acompanhar Toco à escola, e, no caminho dos trilhos, a neve cobria tudo de branco, até onde a vista podia alcançar. Toco pulava e gritava de animação, e, para acalmá-lo, Idgie decidiu contar-lhe uma história.

"Já falei da vez em que Smokey e eu estávamos jogando pôquer com Sam Gusa?"

"Não. Quem é Sam Gusa?"

"Quer dizer que nunca ouviu falar em Gusa, o maior jogador de pôquer do Alabama?"

"Não, senhora."

"Bem, Smokey e eu estávamos naquela roda de pôquer lá em Gate City, e eu estava ganhando. Acho que ganhei todas as rodadas durante uma hora mais ou menos, e Gusa ia ficando cada vez mais bravo, mas o que eu podia fazer? Não podia desistir, não ganhando daquele jeito... Isso não pega bem. E, quanto mais eu ganhava, mais bravo ele ficava, até ficar furioso, sacar o revólver e deixá-lo sobre a mesa. Disse, então, que mataria o próximo que lhe desse uma mão ruim.

"E de quem era a vez de dar as cartas?", perguntou Toco, completamente impressionado.

"Veja só, essa é a ironia! Ele esqueceu que era a vez dele. E juro que ele se deu um par de dois. Então pegou a arma e atirou em si mesmo, ali na mesa... Um homem de palavra até o fim."

"Uau! E você viu tudo?"

"Claro que sim. Era um par de dois do tamanho de um bonde."

Toco pensava nisso quando percebeu algo na neve, ao lado do trilho. Correu para ver o que era. "Veja, tia Idgie, é uma lata de chucrute Deer Brand, e ainda está fechada."

De repente sua ficha caiu. Ergueu a lata e a olhou com espanto. "Tia Idgie, aposto que foi Bill Estrada-de-Ferro que jogou esta lata do trem. O que você acha?"

Idgie examinou a lata. "Pode ser, filho, pode muito bem ser. Coloque isso de volta onde encontrou para quem precisar."

Toco devolveu-a ao mesmo lugar, como um objeto sagrado.

"Uau!"

Era sua primeira neve e agora uma lata que poderia ter vindo de Bill Estrada-de-Ferro. Era demais para um único dia!

Eles continuaram andando, e, depois de alguns minutos, Toco disse:

"Acho que esse tal de Bill Estrada-de-Ferro é o cara mais corajoso que existe, não é, tia Idgie?"

"Ele é corajoso, sim."

"Mas você acha que ele é o mais corajoso de todos?"

Idgie ponderou: "Bem, eu não diria que é a pessoa mais corajosa que conheço. Não sei se posso dizer isso. Uma delas, sim, mas não a mais corajosa."

"E quem poderia ser mais corajoso que Bill Estrada-de-Ferro?", perguntou Toco.

"Big George."

"O nosso Big George?"

"É."

"E o que foi que ele fez?"

"Bem, para começar, eu não estaria aqui se não fosse por ele."

"Quer dizer aqui mesmo, hoje?"

"Não, aqui de um modo geral. Eu quase fui comida pelos porcos."

"É mesmo?"

"Sim, senhor. Quando eu tinha uns dois ou três anos, acho, eu, Buddy e Julian estávamos brincando perto do chiqueiro; eu subi numa cerca e caí de cabeça dentro do cocho dos porcos."

"Foi mesmo?"

"Foi. Bem, os porcos vieram correndo em minha direção; você sabe que eles comem qualquer coisa... Eles já comeram um monte de bebês."

"Sério?"

"Com certeza. Seja como for, eu pulei fora do cocho e comecei a correr. Eles estavam quase me alcançando quando Big George viu, pulou para dentro do chiqueiro, bem no meio dos porcos, e começou a espantá-los. E olhe que eram porcos de mais de 130 quilos. Ele os agarrava e os punha dentro da cerca, um por um, como se fossem sacos de batatas. Manteve os animais longe até Buddy rastejar por baixo da cerca e me tirar lá de dentro."

"Nossa!"

"Você já notou aquelas cicatrizes no braço de Big George?"

"Já."

"Pois foram as mordidas dos porcos. Mas Big George nunca disse uma palavra a Poppa, porque sabia que Poppa mataria Buddy por ter me levado lá."

"Eu não sabia disso."

"Sei que não."

"Uau! Você conhece mais gente corajosa? E tio Julian atirando naqueles cervos na semana passada? Era preciso muita coragem para fazer aquilo."

"Bem, há vários tipos de coragem", disse Idgie. "Não é preciso ter muita para atirar em alguns animais assustados com uma arma daquelas."

"Quem mais você conhece de corajoso, além de Big George?"

"Deixe-me ver... Além de Big George, acho sua mãe outra pessoa muito corajosa."

"Mamãe?"

"Sim, sua mãe."

"Ah, não acredito. Ela se assusta com qualquer coisa, até com um inseto. O que foi que ela fez?"

"Uma coisa. Uma vez ela fez uma coisa."

"O quê?"

"Não importa o quê. Você perguntou e eu respondi. Sua mãe e Big George são as pessoas mais corajosas que eu conheço."

"*De verdade?*"

"Eu juro."

Toco estava encantado. "Bem, eu vou ser..."

"Está certo. E há outra coisa de que você nunca deve se esquecer. Existem seres magníficos nesta Terra, filho, que ficam por aí disfarçados de humanos. Jamais se esqueça disso, está ouvindo?"

Toco olhou para ela com firmeza e disse: "Estou. Nunca vou me esquecer".

Eles continuaram seguindo pelo trilho, e um pássaro vermelho levantou voo de uma árvore coberta de neve e, como um presente de Natal, cruzou o horizonte branco.

Casa de repouso Rose Terrace
Old Montgomery Highway,
Birmingham, Alabama
9 de março de 1986

Antes, naquelas intermináveis noites obscuras em que Evelyn ficava acordada, morta de medo, com o corpo encharcado de suor, lutando contra as visões de morte, tubos e tumores crescendo, ela desejava gritar para que Ed, dormindo ao seu lado, a ajudasse. Mas continuava lá deitada no poço escuro de seu próprio inferno até o amanhecer.

Nos últimos tempos, para tirar da cabeça aquele revólver gelado e engatilhado, ela fechava os olhos e se forçava a ouvir a voz da sra. Threadgoode. Se ela respirasse profundamente e se concentrasse, conseguia se imaginar na Parada do Apito. Descia a rua até o salão de beleza de Opal, chegava a sentir seus cabelos serem lavados na água morna, que ia esfriando aos poucos. Depois de penteada, dava uma paradinha para ver Dot Weems na agência do correio e então ia ao Café, onde via todos com toda a clareza, Toco, Idgie e Ruth. Pedia o almoço e Wilbur Weems e Grady Kilgore a cumprimentavam. Sipsey e Onzell sorriam para ela, que podia ouvir o rádio ligado na cozinha. Todo mundo perguntava como ela estava, e o sol brilhava sempre, e sempre havia um amanhã... Passara a dormir cada vez mais e a pensar cada vez menos no revólver...

Naquela manhã, quando acordou, percebeu que realmente ansiava voltar à casa de repouso. Ter ido lá durante todas aquelas semanas e ouvido as histórias sobre o Café e a Parada do Apito tinha se tornado mais real que sua própria vida com Ed, em Birmingham.

Quando ela chegou, sua amiga estava de bom humor, como sempre, e feliz pela barra de chocolate Hershey sem amêndoas, um pedido especial.

No meio do chocolate, a sra. Threadgoode começou a se lembrar de um sem-teto que conhecera havia anos.

"O que será que aconteceu com Smokey Solitário? Talvez a esta hora esteja enterrado em algum lugar.

"Lembro da primeira vez que o vi no Café. Eu estava comendo um prato de tomates verdes fritos quando ele bateu na porta dos fundos, pedindo comida. Idgie foi à cozinha e voltou com aquele sujeito imundo de tanto viajar pela ferrovia. Disse a ele que fosse se lavar no banheiro e depois viesse comer. Idgie foi preparar o prato e comentou que era o sujeito mais solitário que ela jamais vira. Ele disse que se chamava Smokey Phillips, mas Idgie colocou nele o apelido de Smokey Solitário. Depois disso, quando o via chegar na estrada, ela dizia: 'Lá vem o velho Smokey Solitário'.

"Pobrezinho! Acho que ele não tinha família, e Ruth e Idgie sentiram pena dele porque estava com um pé na cova e o deixaram ficar no velho barracão que tinham atrás do Café. Ah, mas de vez em quando o desejo de viagem o atacava, e umas duas ou três vezes por ano ele saía, mas não demorava a voltar, sempre bêbado e exausto, e ia lá para o barracão, onde ficava durante um tempo. Nunca teve nada na vida. Tudo que possuía era uma faca, um garfo e uma colher que levava dentro do bolso do casaco e um abridor de latas que deixava na bandana do chapéu. Dizia que não gostava de carregar peso. Acho que aquele barracão era o único lugar que ele podia chamar de casa, e, se não fosse por Idgie e Ruth, teria morrido de fome.

"Mas acho que o verdadeiro motivo de ele voltar era sua paixão por Ruth. Ele jamais disse isso, mas dava para perceber pela maneira como a olhava.

"Sabe, fico agradecida por meu Cleo ter morrido primeiro. Parece que um homem não consegue viver sem uma mulher. É por isso que eles sempre morrem logo em seguida à esposa. Ficam perdidos... Veja só aquele coitado do velho Dunaway. Não faz nem um mês que a mulher morreu, e ele já está andando atrás de todas as outras... É por isso que lhe dão aqueles tranquilizantes, para acalmá-lo. Ele se acha um Romeu, imagine! Você tem que ver com o que ele se parece, com um velho peru nojento, com aquelas orelhas imensas e tudo o mais. Mas quem sou eu para dizer? Não importa com que você se pareça, sempre haverá alguém para achá-la a pessoa mais linda do mundo. É bem possível que logo ele consiga conquistar alguma dessas velhotas..."

West Madison Street
Chicago, Illinois
3 de dezembro de 1938

A West Madison Street, em Chicago, não era diferente da Pratt Street, em Baltimore, da South Main Street, em Los Angeles, ou da 3rd Street, em São Francisco. Uma rua de missões evangélicas, pensões e hotéis baratos, lojas de roupas de segunda mão, filas para sopões gordurosos, lojas de penhores, de bebidas e prostíbulos destinados aos eufemisticamente chamados "homens aborrecidos".

A única coisa que tornava aquele ano em Chicago diferente do resto era que Smokey Solitário, que sempre viajava sozinho, tinha conseguido um amigo. Na verdade apenas um garoto, mas era uma companhia. Eles tinham se conhecido havia um mês, em Michigan.

Era um garoto bonito, de cara limpa, que usava um suéter azul muito fino, camisa marrom puída e calça esfarrapada. Mas a pele era lisa como a de um bebê. Recém-chegado à cidade, ele tinha acabado de passar um mau bocado com uns caras de Detroit que tentaram abusar dele, quando perguntou a Smokey se poderiam viajar juntos por um tempo.

Smokey disse-lhe o mesmo que havia ouvido de um velho uma vez: "Volte para casa, garoto, enquanto é tempo. Saia dessa vida, porque depois de ser chutado de um vagão pela primeira vez não tem mais jeito."

Mas o conselho não serviu para nada, assim como de nada tinha lhe servido, e Smokey levou o garoto consigo.

Era um garoto engraçado. Ele quase tinha aberto um furo em sua calça de tanto procurar nos bolsos por uma moeda para assistir a Sally Rand dançar o seu número "Pássaros ao Luar", que vira em um anúncio. Mas não havia moeda nenhuma. A mulher da bilheteria sentiu pena dele e deixou-o entrar de graça.

Smokey jogava uma moedinha para o alto, esperando-o sair do show, e pensava em passar pelo Tile Grill para ver se conseguia um bife por dez centavos. Eles não tinham comido nada naquele dia a não ser uma lata de salsichas e uns biscoitos salgados. Estava fumando um Lucky Strike que encontrara amassado dentro de um maço que alguém jogara fora quando o garoto voltou do teatro, nas nuvens.

"Ah, Smokey, você devia ter visto! É a coisa mais linda e delicada em que já botei os olhos. Parece um anjo, um anjo de verdade caído do céu."

O garoto não parou de falar nela enquanto comiam.

Depois de comerem seus bifes, faltavam-lhes trinta centavos para poder dormir em um hotel, então foram para o Grant's Park, onde, com um pouco de sorte, poderiam encontrar um barraco com paredes feitas de papelão e tapume. E naquela noite estavam com sorte.

Antes de dormir, o garoto pediu, como todas as noites: "Me conta por onde você já andou, Smokey, e tudo o que já fez".

"Já contei."

"Eu sei, mas conta de novo."

Smokey contou sobre a época em que esteve em Baltimore e trabalhou na lanchonete White Tower, onde tudo era tão limpo e brilhante que se podia comer direto nos ladrilhos do chão. E sobre a mina de carvão fora de Pittsburgh.

"Sabe, muitos daqueles caras eram capazes de comer um rato, mas eu nunca conseguiria. Os ratos já salvaram a vida de muita gente. Salvaram a minha uma vez. Eles são os primeiros a sentir um vazamento de gás em uma mina.

"Uma vez, eu e um rapaz estávamos bem no fundo de uma das minas, cavando, quando, de repente, passaram uns duzentos ratos correndo pela gente, a quase cem quilômetros por hora. Eu não sabia o que que era aquilo, mas esse rapaz negro atirou a picareta e gritou: 'Corre!'.

"Eu corri, e isso salvou minha vida. Até hoje, quando vejo um rato, deixo ele ir embora e cuidar da vida dele. Sim, senhor. São meus favoritos."

O garoto, quase dormindo, murmurou: "Qual foi o pior trabalho que você já teve, Smokey?".

"O pior trabalho? Deixa eu ver... Fiz um monte de coisas que um homem decente não devia fazer, mas acho que a pior mesmo foi quando eu tinha uns vinte e oito anos e trabalhei naquela fábrica de terebintina, lá em Vinegar Bend, no Alabama. Fazia uns dois meses que não tinha nada pra comer além de porco e feijão, e eu estava tão arrebentado que, *pra* mim, uma moeda parecia do tamanho de uma panqueca. Senão, nunca teria aceitado aquele trabalho. Os únicos brancos que trabalhavam lá eram os *cajuns,* que eram chamados de negros da terebintina. Aquele trabalho matava os brancos; aguentei cinco dias e fiquei para morrer umas três semanas, por causa do cheiro; entra nos cabelos, na pele... Tive que queimar toda a minha roupa..."

Smokey parou de falar e sentou. Ao ouvir homens correndo e gritando, soube que era a Legião. Nos últimos meses, a Legião Americana vinha invadindo o acampamento dos sem-teto, quebrando e acertando tudo o que encontrava pelo caminho, decidida a limpar aquela porcaria que se instalara na cidade.

Smokey gritou para o rapaz: "Vem! Vamos sair daqui!".

E começaram a correr, assim como outros cem ou duzentos residentes daquele acampamento específico. Só se ouvia os ruídos dos homens correndo pelo mato e dos barracos de papelão sendo derrubados e esmagados por pés de cabra e canos de ferro.

Smokey correu para a esquerda e, tão logo o mato ficou mais fechado, deitou no chão, porque sabia que, com seus pulmões fracos, jamais poderia correr mais rápido do que eles. Ficou estirado no chão e esperou que tudo terminasse. O rapaz podia correr e ele o encontraria depois em algum ponto dos trilhos.

Mais tarde, voltou ao acampamento para ver se tinha sobrado alguma coisa. O que antes fora uma cidade de barracos era uma montanha de papelão e tapume pisoteada. Estava indo embora quando alguém chamou:

"Smokey?"

O rapaz estava caído onde antes estivera o barraco deles. Surpreso, Smokey correu até ele. "O que aconteceu?"

"Você já tinha me avisado *pra* nunca desamarrar os sapatos, e eles estavam soltos. Eu tropecei."

"Você *tá* machucado?"

"Acho que *tô* morto."

Smokey agachou ao lado dele e viu que a cabeça tinha sido atingida. O rapaz ergueu os olhos para ele.

"Sabe, Smokey... Achei que pudesse ser divertido ser sem-teto... Mas não é..."

Fechou os olhos e morreu.

No dia seguinte, Smokey pediu a alguns conhecidos que o ajudassem a enterrar o rapaz no cemitério de indigentes que existia nos arredores de Chicago, e Elmo Williams leu um trecho que encontrou na página 301 de seu livrinho de canções do Exército da Salvação que levava sempre consigo.

> *Rejoice for a comrade deceased,*
> *Our loss is his infinite gain,*
> *A soul out of prison released,*
> *And free from its bodily chain.**

Ninguém sabia o nome dele, então pegaram uma tábua de caixote e escreveram: O RAPAZ.

Os outros foram embora, e Smokey permaneceu para uma última despedida.

"Bem, camarada, pelo menos você viu a Sally Rand. Já é alguma coisa..."

Depois deu as costas e seguiu para os trilhos, a fim de pegar um trem que fosse para o Sul, para o Alabama. Queria sair de Chicago; o vento que soprava por entre os prédios era tão frio que às vezes fazia lágrimas rolarem nos olhos de um homem.

---

* Em tradução livre: "Rejubile-se pelo companheiro morto,/ Nossa perda em seu ganho infinito,/ Uma alma da prisão é libertada,/ E solta de suas correntes corporais.". (N. T.)

O Semanário Weems
Parada do Apito, Boletim semanal do Alabama
8 de dezembro de 1938

Cuidado com os detonadores

Avisem seus filhos para que não brinquem lá pelos lados do pátio da ferrovia, onde estão dinamitando. Meu cara-metade me contou que, outro dia, quando estava indo para Nashville, ouviu falar de um rapaz que mordeu um detonador por engano e explodiu sua boca.

Opal contou que houve muito movimento no salão, com todo mundo querendo se preparar para o Banquete da Estrela da Páscoa, e o casaco azul de uma senhora foi levado por engano. Se por acaso você estiver com ele, devolva-o.

Uma corrida do feno foi organizada pela Igreja Batista, e Peggy Hadley acabou sendo esquecida no estacionamento, mas alcançou seus companheiros mais tarde.

Idgie e Ruth fizeram a felicidade de um grupo de crianças no último sábado, quando as levaram para visitar Miss Fancy, no parque Avondale. Miss Fancy é a famosa elefanta que faz sucesso tanto entre crianças como entre adultos. Todos que tiraram fotografias com Miss Fancy podem ir buscá-las a partir de quinta-feira, tão logo cheguem da revelação.

O dr. Cleo Threadgoode voltou para casa na última sexta-feira depois de fazer uma visita à Clínica Mayo, onde levou o pequeno Albert para fazer uns exames. Sentimos muito que ele não tenha trazido boas notícias para

Ninny. Só podemos esperar que os médicos estejam errados. Cleo estará de volta a seu consultório na segunda-feira.

... Dot Weems...

Casa de repouso Rose Terrace
Old Montgomery Highway,
Birmingham, Alabama
15 de março de 1986

Elas estavam ocupadas, comendo Cracker Jack e conversando. Ou pelo menos a sra. Threadgoode estava.

"Sabe, eu tinha muita esperança de voltar para casa na Páscoa, mas parece que não vou. A sra. Otis ainda não está passando bem, embora tenha se inscrito para as aulas de artesanato que dão aqui. Sua sogra também vai participar. Geneene disse que na Páscoa vão esconder ovos e convidar as crianças da escola para procurá-los. Vai ser divertido...

"Sempre adorei a Páscoa, desde meu tempo de garotinha. Adorava tudo o que se relacionava a ela. Quando éramos pequenos, toda noite de sábado que antecede a Páscoa, íamos para a cozinha pintar ovos. Mas Momma Threadgoode sempre foi a encarregada de pintar o ovo dourado da Páscoa.

"Na manhã do domingo de Páscoa, nós vestíamos roupas e sapatos novos, da loja de Poppa. Depois da igreja, Momma e Poppa nos punham numa charrete e nos faziam dar um passeio de ida e volta a Birmingham, enquanto eles escondiam cerca de duzentos ovos pelo quintal. Havia prêmios de todos os tipos, mas o maior deles era para quem encontrasse o ovo dourado da Páscoa.

"Eu tinha treze anos quando o encontrei. Nós estávamos correndo havia umas duas horas por todo o quintal e ninguém encontrava o tal ovo dourado. E, então, eu estava parada por ali descansando um pouco quando de repente vi alguma coisa brilhando debaixo da gangorra. É claro que era o ovo dourado, escondido no meio da grama, ali, esperando por mim. Essie Rue ficou tão brava quanto um leão. Ela queria muito encontrar o ovo naquele ano porque o grande prêmio era um enorme ovo de Páscoa de porcelana cor de limão com delicadíssimas purpurinas espalhadas sobre ele. E, quando se olhava bem lá dentro, via-se uma família em miniatura: a mãe, o pai, duas mamininhas e um cachorro parados diante de uma casa bem parecida com a nossa. Eu ficava horas olhando dentro daquele ovo... Gostaria de saber onde ele foi parar. Acho que foi vendido no jardim durante a Primeira Guerra Mundial.

"Para mim, a Páscoa sempre foi um dia de sorte. Foi quando o bom Deus nos contou que íamos ter Albert.

"Às vezes, quando penso nos problemas das outras pessoas, vejo como tive sorte por ter vivido com Cleo. Não poderia haver marido melhor. Não olhava para outras mulheres, não bebia e era inteligente. Não estou me gabando, porque não sou disso; mas é verdade. Era uma pessoa naturalmente inteligente. Nunca teve que se esforçar para nada. Eu costumava dizer que ele era meu dicionário. Sempre que eu tinha dificuldade para escrever alguma coisa, bastava perguntar: 'Querido, como se soletra esta palavra?' e ele sabia soletrar todas. E conhecia História. Sabia todas as datas na ponta da língua. Nunca houve alguém com tanta vontade de ser médico... Queria ser cirurgião. Sei quanto foi difícil para ele ter que deixar a faculdade de medicina quando Poppa morreu, embora nunca o tenha ouvido dizer uma palavra sobre isso.

"E era amado. Qualquer um que o conhecesse dizia que não existia no mundo alguém mais encantador que Cleo Threadgoode.

"Mas as jovens são engraçadas. Querem brigas, rusgas, romance. Cleo era do tipo quieto. Não era ele que eu queria a princípio, mas ele sempre me quis. Dizia que soube disso na noite em que chegou da faculdade e me viu ajudando Sipsey a fazer biscoitos na grande mesa branca da cozinha.

"Ele foi para a sala, onde Momma e Poppa estavam conversando, e disse: 'Vou me casar com aquela menina alta que está fazendo biscoitos na cozinha'. E nesse instante tomou essa decisão. Mas isso era próprio de todos os Threadgoode. Eu só tinha quinze anos na época e disse a ele que não pretendia me casar com ninguém naquele momento, pois ainda era muito jovem. Ele disse que esperaria até o ano seguinte, mas eu ainda não estava pronta. Casei com ele aos dezoito anos, ainda sem me sentir pronta.

"Ah, no início tinha medo de Cleo não ser a pessoa certa, e confessei a Momma Threadgoode que temia ter escolhido o homem errado. Momma disse para não me preocupar, porque eu aprenderia a amá-lo." Ela virou-se para Evelyn. "Já pensou quantas pessoas jamais conseguem ter aqueles que querem e acabam ficando com os que os outros acham que devam ficar? Seja como for, quando me lembro de todos os anos felizes que vivi ao lado de Cleo e de que quase o recusei, chego a ter calafrios."

"É claro que quando me casei com Cleo eu ainda era imatura." Ela deu uma risadinha. "Nem posso lhe dizer quanto. Não sabia nada a respeito de sexo ou o que havia por trás disso, nunca tinha visto um homem antes, e, benzinho, isso é capaz de te matar de susto se você não estiver preparada. Mas Cleo foi tão gentil comigo que aos poucos fui tomando gosto pela coisa.

"Posso dizer que em todos os anos de casamento nunca houve uma palavra indelicada entre nós. Ele era mãe, pai, marido e professor para mim. Tudo o que se pode querer de um homem. Ah, e era tão difícil quando tínhamos que nos separar. Primeiro, a guerra. Depois, tive que ficar novamente na casa de Momma quando ele ingressou no curso de quiropraxia. Cleo foi um empreendedor. Nunca teve a ajuda de ninguém. Não reclamava, apenas fazia. Ele era assim.

"E, durante todos aqueles anos que tentávamos ter um filho e não conseguíamos, ele nunca disse uma palavra que me fizesse sentir mal, e eu sabia quanto ele queria ter um filho. Por fim, quando o médico disse que eu tinha útero virado e nunca poderia ter filhos, Cleo pôs o braço ao meu redor e disse: 'Está tudo bem, querida, você é tudo o que preciso neste mundo'. E ele nunca fez com que eu me sentisse diferente. Mas, ah, como eu queria dar um bebê a ele! Eu rezava sem parar: 'Oh, Senhor, se eu fiz alguma coisa errada, e por isso sou estéril, por favor, não permita que Cleo sofra por isso'. Ah, remoí isso por muitos anos.

"Então, num domingo de Páscoa, eu estava na igreja e o reverendo Scroggins nos contava a história da ascensão de Nosso Senhor ao céu. Fechei os olhos e pensei em como seria maravilhoso se eu pudesse erguer os braços, subir ao céu com Jesus e trazer um anjinho para Cleo. Pensava nisso com firmeza quando um raio de sol entrou pelo vidro da janela e recaiu em cheio sobre mim. Era uma luz tão brilhante que parei de enxergar, e essa réstia de luz continuou em mim durante todo o sermão. O reverendo Scroggins disse depois que não podia tirar os olhos de mim enquanto falava, que meus cabelos ardiam como fogo e eu simplesmente brilhava. Ele disse: 'A senhora sentou no lugar certo neste domingo, sra. Threadgoode'.

"Mas eu sabia que naquele exato momento o Senhor estava atendendo às minhas preces. Aleluia! Cristo foi concebido. O Senhor foi verdadeiramente concebido.

"Eu tinha trinta e dois anos quando Albert nasceu. E nunca se viu um pai mais feliz que Cleo Threadgoode.

"Albert era um bebezão. Pesava mais de cinco quilos. Na época ainda morávamos na casa grande, e Momma Threadgoode e Sipsey estavam comigo lá em cima enquanto Cleo e todos os outros esperavam na cozinha. Naquela tarde, Idgie e Ruth chegaram do Café e Idgie levou uma garrafa de uísque Wild Turkey, fazendo Cleo beber escondido em uma caneca para se acalmar. Foi a única vez que eu soube que ele bebeu. Idgie disse que sabia exatamente como ele se sentia. Tinha passado pela mesma coisa com Ruth e seu bebê.

"Dizem que, quando Sipsey entregou Albert a Cleo, ele começou a chorar. Foi só mais tarde que desconfiamos que havia alguma coisa errada.

"Notamos que o bebê estava tendo muita dificuldade para sentar. Ele tentava, mas sempre caía de lado. Foi andar quase aos dois anos de idade. Nós o levamos a vários médicos de Birmingham, e ninguém sabia qual era o problema. Por fim, Cleo resolveu levá-lo à Clínica Mayo, para ver se algo podia ser feito. Vesti nele sua roupinha de marinheiro, com boina e tudo, lembro-me de que era um dia frio e úmido de janeiro, e, quando o trem deu a partida, o pequeno Albert, que estava no colo de Cleo, olhou para mim.

"Doeu-me vê-los partir. Ao voltar para casa, era como se alguém tivesse arrancado meu coração. Eles mantiveram Albert lá por três semanas, fazendo exames e mais exames, e eu não parei de rezar por ele um só minuto: 'Por favor, Senhor, não permita que tenha alguma coisa errada com meu bebê'.

"Quando Cleo e Albert voltaram para casa, durante o dia Cleo não disse uma só palavra sobre os resultados, e eu não perguntei. Acho que não queria saber. Ele me trouxe uma linda fotografia que tinham tirado, sentados sobre uma meia-lua, com estrelas ao fundo. Ainda tenho essa foto na minha cômoda e não me desfaço dela nem por um milhão de dólares.

"Foi só depois do jantar que Cleo me fez sentar ao seu lado no sofá. Segurou minha mão e disse: 'Momma, quero que você seja corajosa'. Senti meu coração na boca. Ele disse que os médicos tinham descoberto que nosso filho tivera uma hemorragia cerebral durante o parto. 'Ele vai morrer?', perguntei. Cleo respondeu 'Não, querida. Ele é fisicamente saudável. Examinaram-no dos pés à cabeça'. Quando ouvi isso foi como se quinhentos quilos tivessem sido tirados dos meus ombros. 'Oh, obrigada, Senhor', agradeci, e me levantei do sofá. Mas Cleo continuou: 'Espere, querida, há algo que você precisa saber'. Eu lhe disse que, se o bebê estava com saúde, nada mais me importava. Ele me fez sentar novamente. 'Momma, há uma coisa muito séria sobre a qual vamos ter que conversar', ele prosseguiu, repetindo o que os médicos da clínica tinham lhe dito; embora Albert estivesse muito bem fisicamente e fosse viver durante muito tempo, era provável que sua idade mental jamais ultrapasse os quatro ou cinco anos. Ele permaneceria uma criança durante toda a sua vida. E, às vezes, o peso de se ter um filho assim, exigindo atenção constante, poderia se tornar muito grande. Cleo disse que existiam lugares especiais para... Eu o interrompi no meio da frase: 'Peso! Como uma criança tão doce, tão preciosa, pode ser um peso?'. Como alguém poderia pensar numa coisa dessas? Principalmente porque, desde o primeiro minuto de vida, Albert era a alegria da minha vida. Não havia em toda a Terra alma mais pura. E anos mais tarde, sempre que me sentia um pouco deprimida, bastava olhar para Albert. Eu precisava trabalhar cada dia da minha vida para ser boa, e para Albert isso era a coisa mais natural do mundo. Jamais teve um pensamento mau. Nunca soube o que significava a palavra 'mal'.

"Muita gente deve sofrer por ter um filho deficiente, mas, para mim, Deus o fez daquele jeito para que ele nunca sofresse. Ele nem sequer sabia da existência de pessoas más neste mundo. Gostava de todos, e todos o amavam. Acredito do fundo do meu coração que ele era o anjo que pedi a

Deus, e mal posso esperar para chegar ao céu para estar com ele. Era meu companheiro, e sinto muita saudade... Principalmente na Páscoa." A sra. Threadgoode olhou para as mãos.

"Bem, já que parece que vou ficar ainda algum tempo por aqui, estou pensando em trazer aquele quadro que está lá em casa, no meu quarto, de uma índia remando uma canoa ao luar. Ela está toda vestida, então vou pedir a Norris que a traga para mim quando puder."

A sra. Threadgoode tirou alguma coisa do pacote de Cracker Jack e imediatamente seus olhos brilharam. "Oh, veja, Evelyn! Aqui está o meu prêmio. É uma galinha em miniatura... Bem como eu gosto!", e estendeu para que a amiga o visse de perto.

O Semanário Weems
Parada do Apito, Boletim semanal do Alabama
30 de dezembro de 1939

O golpe das máquinas de costura milagrosas

O homem que esteve na cidade há algumas semanas, vendendo aquelas máquinas de costura milagrosas que deveriam curar enquanto costuram, foi preso em Birmingham. Parece que as máquinas não vieram da França, mas de algum lugar perto de Chattanooga, Tennessee, e não eram milagrosas coisa nenhuma. Biddie Louise Otis está muito aborrecida, porque achou que a que ela comprou ajudou-a muito em sua artrite.

Os escoteiros da Parada do Apito, Duane Glass e Vernon Hadley, receberam distintivos de honra ao mérito, e Bobby Lee Scroggins foi promovido a Escoteiro Águia. O líder Julian Threadgoode premiou-os com uma visita à estátua de aço de Vulcano, lá em Birmingham, no *Pico da Montanha Vermelha...*

Julian disse que a estátua é tão grande que um homem pode ficar em pé dentro de sua orelha.

Minha dúvida é: quem vai querer ficar em pé dentro de uma orelha?

Vesta Adcock deu uma festa para suas damas da Estrela do Oriente e serviu *petit fours*. A propósito, Opal pede aos vizinhos que não alimentem seu gato, Boots, mesmo que ele aja como se estivesse faminto. Ele come demais em casa e está fazendo dieta, porque o veterinário achou-o muito gordo.

... Dot Weems...

P.S.: Alguém viu a *National Geographic* de dezembro do meu cara-metade? Ele diz que a esqueceu em algum lugar e está chateado porque ainda não acabou de lê-la.

Troutville, Alabama
8 de janeiro de 1938

Desde que Idgie pendurou a foto de Miss Fancy, a elefanta, lá no Café, a filha caçula de Onzell e George, Passarinho Sapeca, ficou encantada. Implorava ao pai que a levasse ao parque Avondale para ver a elefanta; naquele dia, era só isso o que ela tinha na cabeça.

A menina estivera doente por um mês. O dr. Hadley acabara de dizer que a pneumonia já tinha se instalado e, se ela não comesse, talvez não vivesse mais uma semana.

Big George estava ao lado da cama com uma tigela intocada de mingau de aveia, insistindo: "Vamos lá, come só uma colherada *pro* papai. Só umazinha, filha. O que é que *ocê* quer? Quer um gatinho bem bonito?".

Passarinho, que tinha só seis anos e pesava menos de quinze quilos, ficava ali deitada, o olhar perdido, e apenas balançava a cabeça.

"Quer que a mãe traga uns biscoitinhos?", perguntava Onzell. "Quer biscoito com mel, querida?"

"Não, mãe."

"Dona Idgie e dona Ruth *tão* aqui. Trouxeram uns doces... Quer um pouquinho?"

A garotinha voltou o rosto para a parede forrada com recortes de revista e murmurou alguma coisa.

Onzell inclinou-se para ouvir melhor. "O que é, filha? Disse que quer biscoito?"

Passarinho respondeu com voz débil. "Quero ver a Miss Fancy."

Onzell virou-se para elas com lágrimas nos olhos. "Viu o que eu disse, dona Ruth? Ela meteu na cabeça que *qué vê* aquela elefanta, e *num* pensa em outra coisa, *num* vai *comê* até ir."

Idgie e Big George foram para o terraço e se sentaram nas cadeiras verdes desbotadas. Ele olhava para o quintal.

"Dona Idgie, *num vô deixá* minha filha *morrê* sem *vê* aquela elefanta."

"Você sabe que não pode ir ao parque Avondale, George. Houve uma grande reunião da Klan lá, ontem à noite. Se você puser o pé além daquele portão, eles acabam com você em um minuto."

Big George pensou um pouco e disse: "Bom, então eles vão *tê* que me *matá*, porque aquela que *tá* lá dentro é minha menininha, e eu prefiro *tá* morto na cova do que *deixá* que alguma coisa aconteça com ela".

Idgie sabia que ele falava sério.

Aquele gigante de quase dois metros de altura, capaz de erguer um porco como se fosse um saco de batatas, tinha tanto carinho pela filha caçula que saía de casa toda vez que Onzell se zangava com ela. Quando voltava à noite para casa, era Passarinho Sapeca quem vinha correndo e subia nele como em uma árvore e agarrava-se ao seu pescoço. Ela conseguia envolvê-lo como ninguém.

Naquele ano, ele fora de bonde até Birmingham para comprar um vestido branco de Páscoa para ela e sapatos combinando. No domingo de Páscoa, Onzell penteou o cabelo de Passarinho Sapeca com trancinhas amarradas em fitas brancas. Quando Sipsey a viu naquele vestido branco, riu e disse que parecia uma mosquinha em uma panela de leite. Mas Big George não se importava que Passarinho fosse negra como a noite e tivesse cabelo crespo: levava-a à igreja e sentava-a em seu colo, como se fosse a princesa Margaret Rose.

Assim, quanto mais doente Passarinho ficava, mais Idgie se preocupava com Big George e com o que ele pudesse fazer.

Dois dias depois, estava frio e úmido após uma chuva forte. Toco voltava da escola para casa pelos trilhos do trem, sentindo o forte cheiro das toras de pinho sendo queimadas nas casas pelo caminho. Ele vestia calça marrom de veludo e um casaco de couro que já tinha visto dias melhores. Estava morto de frio.

Quando chegou ao Café, sentou-se perto do fogão de lenha, suas orelhas queimando enquanto descongelava e ele ouvia sua mãe.

"Filho, por que não usou seu chapéu?", perguntou Ruth.

"Esqueci."

"Você não quer ficar doente, quer?"

"Não, mãe."

Ele se alegrou quando Idgie entrou. Ela foi até o armário pegar seu casaco e perguntou se ele queria ir até Birmingham, ao parque Avondale, com Smokey e ela. Ele ergueu-se num salto. "Quero, sim."

"Então vamos."

"Espere um pouco. Você não tem lição de casa?", perguntou Ruth.

"Só um pouquinho."

"Promete que vai fazer quando voltar, se eu deixar você ir?"

"Prometo."

"Idgie, vocês vão voltar logo, não vão?"

"Claro. Por que não voltaríamos? Só vou conversar com uma pessoa."

"Está bem. Mas pegue seu chapéu, Toco."

Ele correu para a porta. "Até logo, mãe."

Ruth deu o chapéu a Idgie. "Voltem antes de escurecer."

"Voltaremos. Não se preocupe."

Eles entraram no carro e foram para Birmingham.

À meia-noite, Ruth, já quase desesperada, recebeu um telefonema de Smokey dizendo que não se preocupasse, que estava tudo bem. Ele desligou antes que ela tivesse tempo de perguntar onde estavam.

Às 5h45 da manhã seguinte, Ruth e Sipsey estavam na cozinha preparando o café da manhã para os fregueses. Onzell ficara em casa com Passarinho Sapeca, que estava piorando. Ruth estava com os nervos à flor da pele, preocupada com Toco, Idgie e Smokey, que ainda não tinham voltado.

"Ela vai voltar", disse Sipsey. "É o jeito dela, *tá* sempre andando por aí. E *ocê* sabe que ela *num* vai *deixá acontecê* nada com o menino."

Uma hora depois, quando Grady Kilgore e outros rapazes já tomavam o café, ouviu-se uma buzina lá fora e um carro se aproximando. Depois, mais distante, o som de sinos de Natal, cada vez mais alto. Correram todos para a janela e não acreditaram no que viram.

Na casa ao lado, no salão de beleza, Opal, que acabara de verter uma xícara de xampu Palmolive diluído na cabeça de sua trigésima sexta cliente, olhou também pela janela e deu um grito tão alto que quase matou a pobre Biddie Louise Otis de susto.

Miss Fancy, toda enfeitada com braceletes de couro, sinos e plumas vermelhas brilhantes, passava feliz diante do Café, a tromba erguida no ar, certamente adorando o cenário. Seguia pelos trilhos em direção a Troutville.

Quando Sipsey saiu da cozinha e viu o animal enorme passando pela janela, correu para o banheiro e trancou a porta.

Em seguida, Toco entrou correndo no Café. "Mãe, mãe! Venha ver!", e saiu puxando Ruth.

Miss Fancy desfilava pelas ruas de terra vermelha de Troutville, as portas se abriam e o ar se enchia dos gritos alegres da criançada. Os pais, ainda meio zonzos de sono, muitos ainda em robes e pijamas, com o cabelo todo espetado, estavam boquiabertos.

J. W. Moldwater, o treinador de Miss Fancy, andava ao lado dela. Ele estivera em uma noitada de pôquer e uísque com um velho, na noite anterior, e fora vencido. Desejava agora que as crianças, que corriam aos gritos a seu lado, saltando como pulgas, ficassem quietas.

Virou-se para Idgie, que estava perto dele. "Onde ela mora?"

"Venha atrás de mim."

Onzell, ainda de avental, saiu no terraço e chamou Big George. Ele surgiu de trás da casa com um machado de cortar lenha na mão e estagnou, sem acreditar no que via. Olhou para Idgie e disse com voz suave: "Obrigado, dona Idgie, muito obrigado."

Ele encostou o machado no muro e entrou na casa. Cuidadosamente, enrolou a filha em uma colcha de retalhos. "Lá fora tem alguém que veio lá de Birmingham *pra te vê*, bebê..." E levou-a no colo para o terraço.

Quando saíram, J. W. Moldwater cutucou sua amiga enrugada com uma vara, e a veterana do circo sentou-se nas pernas de trás e ergueu a tromba, cumprimentando Passarinho Sapeca com um alto barrir.

Os olhos de Passarinho brilhavam de felicidade com a vista do quintal. "Ohhh, é Miss Fancy, pai... É Miss Fancy."

Ruth passou o braço pelos ombros de Onzell e as duas observaram o treinador de ressaca guiar a elefanta até a varanda. Ele deu a Passarinho um saco de amendoins e disse-lhe que, se quisesse, poderia dá-los a Miss Fancy.

Willie Boy espiava pela janela. As outras crianças também mantinham distância do animal grandalhão e cinzento, quase do tamanho da casa. Mas Passarinho Sapeca não tinha medo e oferecia os amendoins, um a um, conversando com Miss Fancy como se ela fosse uma velha amiga, contando-lhe quantos anos tinha e em que ano estava na escola.

Miss Fancy piscava como se estivesse entendendo. Comia os amendoins oferecidos pela menina, um por vez, com a delicadeza de uma mulher enluvada tirando uma moeda de dentro da bolsa.

Vinte minutos depois, Passarinho Sapeca se despediu da elefanta, e J. W. Moldwater tomou o longo caminho de volta a Birmingham. Jurou que nunca mais beberia nem se envolveria em uma noitada de pôquer com gente estranha.

Passarinho Sapeca entrou em casa e comeu três tigelas de biscoitos de leitelho com mel.

Valdosta, Georgia
15 de setembro de 1924

Duas semanas depois que Ruth Jamison voltou para se casar, Idgie dirigiu até Valdosta e estacionou o carro na rua principal, em frente à redação do jornal, ao lado da barbearia. Cerca de uma hora mais tarde, saiu do carro e foi até a mercearia da esquina. Era muito parecida com a loja de seu pai, um pouco maior talvez, com assoalho de madeira e pé-direito alto.

Ela andou a esmo pela loja, olhando as mercadorias. Um homem de avental branco perguntou-lhe: "Posso ajudar? O que vai querer hoje, moça?".

Idgie pediu biscoitos salgados e algumas fatias do queijo que estava no balcão. Enquanto ele fatiava o queijo, ela perguntou: "Por acaso sabe se Frank Bennett está na cidade?".

"Quem?"

"Frank Bennett."

"Ah, Frank, sim. Bom, em geral ele aparece por aqui às quartas-feiras para ir ao banco ou cortar o cabelo do outro lado da rua. Precisa falar com ele?"

"Não, nem o conheço. Só queria saber como ele é."

"Quem?"

"Frank Bennett."

Ele entregou o queijo e os biscoitos a Idgie. "Vai beber alguma coisa?"

"Não, está bem assim."

Ele recebeu o dinheiro. "Como ele é? Bom, deixe-me... Ah, sei lá, como qualquer um, acho. É um cara meio grandalhão... Olhos azuis, cabelos escuros... Ah, sim, ele tem aquele olho de vidro."

"Olho de vidro?"

"É, perdeu na guerra. Fora isso, até que é um cara bonitão."

"Quantos anos ele tem?"

"Ah, eu diria uns trinta e quatro ou trinta e cinco, por aí. O pai dele deixou uns trezentos hectares de terra ao sul da cidade, por isso ele não aparece muito por aqui."

"Ele é um cara legal? Quero dizer, as pessoas gostam dele?"

"Do Frank? Eu diria que sim. Por que está perguntando?"

"Só para saber. Minha prima está noiva dele e eu estou interessada."

"É prima de Ruth? Ah, ela, sim, é uma pessoa legal. Todo mundo gosta dela. Conheço Ruth desde pequena. Sempre tão educada... Ela dá aula para a minha neta na escola dominical. Veio visitá-la?"

Idgie mudou de assunto. "Acho que vou beber alguma coisa com estes biscoitos."

"Achei que ia querer. O que vai ser? Leite?"

"Não, não gosto de leite."

"Um refrigerante?"

"Tem de morango?"

"Tenho, sim."

"Quero um, então."

Ele foi até a caixa de gelo. "Estamos felizes com o casamento de Ruth e Frank. Ela e a mãe passaram um mau pedaço depois que o pai morreu. No ano passado, nós lá da igreja quisemos ajudar com alguma coisa, mas ela não aceitou um centavo. Orgulho... Bom, acho que você já sabe de tudo isso. Está hospedada na casa delas?"

"Não, nem as vi ainda."

"Bom, sabe onde fica a casa, não sabe? Dois quarteirões daqui. Posso levá-la, se quiser. Ela sabe que você está aqui?"

"Não, não sabe. Vou confessar uma coisa, senhor. É melhor que elas nem saibam que eu vim. Só passei por aqui a trabalho, sou vendedora da Indústria de Perfumes Rosebud."

"Ah, é?"

"Sou. E tenho que passar em mais cinco lugares antes de ir para casa, por isso já vou indo... Só queria me certificar de que esse Frank é legal, e não quero que ela desconfie que a família está preocupada com ela. Pode ficar aborrecida. Então, vou para casa e direi aos tios dela, que são meus pais, que está tudo bem, e provavelmente voltaremos para o casamento, portanto não quero que ela fique chateada se souber que andei especulando por aqui. Vou para casa agora. Muito obrigada."

O atendente ficou observando aquela estranha moça vestida com um macacão da ferrovia sair da loja.

Ele a chamou de longe: "Ei, não acabou o refrigerante!".

Correio de Valdosta
2 de novembro de 1924

As núpcias Bennett-Jamison

No domingo a srta. Ruth Anne Jamison tornou-se esposa do sr. Frank Corley Bennett, em uma cerimônia oficiada pelo reverendo James Dodds. A noiva usava um vestido de renda branca e levava um buquê de rosinhas. O irmão do noivo, Gerald Bennett, foi o padrinho.

A noiva é filha da sra. Elizabeth Jamison e do antigo reverendo Charles Jamison. A ex-senhorita Jamison formou-se no colegial de Valdosta com honras, lecionou no Seminário Batista para moças, em Augusta, e é conhecida e respeitada na região por seu trabalho na Igreja. O noivo, sr. Frank Corley Bennett, formou-se no colegial de Valdosta, depois serviu quatro anos no Exército, onde foi ferido e condecorado com a medalha Coração Púrpura.

Depois de duas semanas de lua de mel nas Cataratas Tallulah, na Geórgia, o casal vai morar com a família do noivo, dezesseis quilômetros ao sul da cidade. A sra. Bennett continuará lecionando na escola dominical depois que voltar.

Valdosta, Georgia
1º de novembro de 1924

Era manhã do dia do casamento de Ruth. Idgie havia pegado o carro de Julian emprestado e estacionado do outro lado da rua onde ficava a Igreja Batista Morning Dove. Quatro horas depois, viu Ruth e a mãe entrarem pela porta lateral da igreja. Ruth estava bonita em seu vestido de noiva, como Idgie esperava que estivesse.

Depois, viu Frank Bennett e seu irmão chegarem. Ela ficou ali observando os convidados, um por um, encherem a igreja. Quando um garoto de luvas brancas fechou a porta, o coração de Idgie deu um salto, mas ela permaneceu ali, ouvindo o órgão tocar os acordes da "marcha nupcial", e ficou enjoada.

Idgie estivera bebendo uma garrafa barata de aguardente de centeio desde as seis horas da manhã, e, antes de a noiva dizer "sim", as pessoas na igreja começaram a se perguntar quem estava lá fora buzinando daquele jeito.

Um minuto depois, Idgie ouviu o órgão recomeçar a tocar, e, de repente, a porta da igreja se abriu e Ruth e Frank surgiram descendo as escadas sorrindo, com as pessoas atirando arroz. Eles entraram em um carro que os aguardava e partiram.

Idgie buzinou mais uma vez. Ruth olhou para trás assim que viraram a esquina, mas já era tarde para ver quem era.

Idgie vomitou na porta do carro de Julian por todo o caminho de volta ao Alabama.

Casa de repouso Rose Terrace
Old Montgomery Highway,
Birmingham, Alabama
30 de março de 1986

Ed Couch fora buscar a mãe na casa de repouso na manhã do domingo de Páscoa para passar o dia com eles. Evelyn quisera convidar a sra. Threadgoode, mas Ed achou que a mãe poderia se aborrecer, e só Deus sabe o que significava aborrecer a sogra de Evelyn. Do jeito que era, poderia não querer voltar. Evelyn fez então toda aquela comida só para os três, e depois do jantar, Ed e a mãe foram ver televisão.

Evelyn pensara em voltar com eles à casa de repouso para ao menos cumprimentar a sra. Threadgoode, mas seu filho telefonou quando já estavam na porta para sair. A sogra, que durante todo o jantar reclamara da casa de repouso, já estava pronta para voltar, então Evelyn disse para Ed ir sem ela.

Assim, ficou duas semanas sem ver sua amiga, e quando o fez teve uma surpresa...

"Fui ao cabeleireiro para a Páscoa. O que acha?"

Evelyn não sabia o que dizer; tinham tingido os cabelos da sra. Threadgoode de um roxo brilhante.

"Bem, a senhora arrumou os cabelos."

"Sim. Gosto de estar o mais arrumada possível na Páscoa."

Evelyn sentou-se e sorriu como se não houvesse nada de errado. "Quem os ajeitou, querida?"

A Sra. Threadgoode respondeu: "Bem, acredite você ou não, foi uma aluna da escola de cabeleireiros lá de Birmingham. Às vezes elas vêm aqui e nos arrumam de graça, só para praticar. No meu caso foi uma coisinha pequenininha que trabalhou muito. Dei uma gorjeta a ela. Onde mais no mundo se pode lavar, tingir e escovar os cabelos por cinquenta centavos?"

"Quantos anos tinha essa moça?", perguntou Evelyn, curiosa.

"Ah, já era mulher feita, só que pequenina. Teve que subir numa caixa para me escovar. Eu diria que por alguns centímetros não era anã. É claro que essas coisas não me incomodam, e eu adoro anões... O que será que houve com aquele anãozinho que vendia cigarros?"

"Onde?"

"No rádio e na televisão. Ele se vestia de mensageiro para vender cigarros da Phillip Morris. Lembra-se?"

"Ah, sim. Já sei de quem está falando."

"Eu o achava muito engraçado. Sempre desejei que fosse à Parada do Apito para poder sentá-lo no meu colo e brincar com ele."

Evelyn tinha levado ovos pintados, balas e chocolates de Páscoa, e disse à sra. Threadgoode que, como não pudera estar presente no dia, iriam comemorar novamente a Páscoa naquela tarde. A sra. Threadgoode gostou da ideia e confessou que adorava aquela bala, que ela gostava de morder a parte branca primeiro e guardar o resto para depois, e começou a contar o que tinha feito na Páscoa.

"Oh, Evelyn, gostaria que você estivesse aqui. As enfermeiras esconderam ovos por toda parte. Nós os guardamos nos bolsos e nos quartos, e a classe inteira do terceiro ano da Woodlawn saiu para procurar, aquelas coisinhas fofas corriam por todos os lados. Ah, eles se divertiram muito! E foi tão bom para os velhos que vivem aqui. Acho que todo mundo gostou. Os velhos precisam de crianças de vez em quando", suspirou confidencialmente. "Melhora o ânimo deles. Algumas velhas que moram aqui sentam naquelas cadeiras de rodas e ficam curvadas todo o tempo... Mas quando as enfermeiras lhes dão uma boneca, você precisa ver como elas se endireitam para segurá-la. Acho que pensam que estão com um filho no colo.

"E sabe quem mais esteve aqui na Páscoa?"

"Quem?"

"A moça do tempo da televisão... Esqueço o nome dela, mas é famosa."

"Deve ter sido muito divertido mesmo."

"Foi, sim. E sabe o que mais?"

"O quê?"

"Fiquei emocionada. Nunca uma pessoa famosa esteve na Parada do Apito... A não ser Franklin Roosevelt e o sr. Pinto, o criminoso, mas estavam ambos mortos, por isso não conta. A coitada da Dot Weems nunca teve nada de interessante para escrever."

"Quem era ele?"

A sra. Threadgoode olhou-a surpresa.

"Nunca ouviu falar de Franklin Roosevelt?"

"Não, o sr. Pinto."

"Nunca ouviu falar do sr. Pinto?"

"Pinto? Aquela raça de pôneis?"

"Não, querida. Seymore Pinto. Ele foi um assassino famoso"

"Não... Acho que não era do meu tempo."

"Bem, você tem sorte, porque ele era bem malvado. Acho que era meio índio, ou talvez fosse italiano... Tanto faz. Fosse o que fosse, juro a você que não gostaria de dar de cara com ele no meio da noite. Garanto a você."

A sra. Threadgoode terminou a bala e mordeu a cabeça de um coelho de chocolate. Ela o olhou. "Desculpe, senhor." Em seguida, virou-se para Evelyn. "Sabe, Evelyn, acho que sou a única pessoa que teve duas Páscoas. Talvez seja pecado, mas, se você também não contar, não conto para ninguém."

O Semanário Weems
Parada do Apito, Boletim semanal do Alabama
28 de março de 1940

Criminoso famoso chega à Parada do Apito

O sr. Pinto, famoso assassino, passou pela Parada do Apito no expresso das sete e quinze da manhã vindo de Mobile. O trem parou apenas por dez minutos, e Toco Threadgoode e Peggy Hadley tiraram uma fotografia do morto; quando estiver revelada, Idgie vai pendurá-la no Café.

Idgie levou os escoteiros ao parque Kiddyland, em Birmingham, e depois ao Teatro Five Points para assistir a *O fugitivo*, peça muito apreciada por todos.

Idgie disse que tem uma autêntica cabeça reduzida dos caçadores de cabeça da América do Sul e que está no balcão do Café para quem quiser ver.

Há alguém na cidade que sabe como curar ronco? Se houver, venha a minha casa. Meu cara-metade vai acabar me deixando louca. Vou colocá-lo para dormir com os cachorros. Até um dos cachorros dele ronca, igualzinho a ele. Outro dia eu lhe disse que deve ser mal de família. Ha! Ha!

A recompensa pela captura de Bill Estrada-de-Ferro subiu outra vez. Alguns acham que ele deve ser daqui. A grande dúvida permanece: Quem é Bill Estrada-de-Ferro? Eu desconfiaria de Wilbur, mas ele é preguiçoso demais para se levantar no meio da noite.

O Clube Elks nomeou o filho do reverendo e da sra. Scroggins, Bobby, "Garoto do Ano", e soubemos que eles estão muito orgulhosos.

... Dot Weems...

P.S.: Meu cara-metade voltou mais uma vez da excursão de pesca do Clube do Picles sem nenhum peixe e com uma erupção cutânea para tratar. Disse que a culpa foi de Idgie, que o mandou sentar naquele lugar. Ruth contou que Idgie também estava com uma feia.

Parada do Apito, Alabama
25 de março de 1940

Toco apagou todas as luzes do quarto dos fundos e estava deitado ao lado do rádio ouvindo *A sombra*. Admirava o anel que tinha recebido pelo correio, a maneira como brilhava no escuro, e virava a mão de um lado e de outro, fascinado com a pedra verde.

O locutor dizia com voz profunda: "O crime se espalha feito erva daninha... Fruto amargo... O crime não compensa...". Seguido pela risada maníaca: "Ha! Ha! Ha!"

Foi então que Idgie chegou do Café e acendeu a luz, quase matando-o de susto.

"Sabe de uma coisa, Toco? Grady acabou de me contar que o sr. Pinto vai passar por aqui de manhã, no das sete e quinze, para ser enterrado, e eles vão mudá-lo de trem no pátio."

Toco ergueu-se com um salto, o coração disparado. "O sr. Pinto? O verdadeiro sr. Pinto?"

"Ele mesmo. Grady disse que ele vai estar aqui apenas alguns minutos, tempo suficiente para trocar de trem. Eu gostaria de ir com você, mas vou ter que levar sua mãe a Birmingham para aquele negócio que ela tem que fazer na igreja. Se quiser vê-lo, Grady disse que você deve estar por lá às 6h30, mas pediu para não contar a ninguém porque é capaz que toda a cidade apareça."

"O.k., não vou falar."

"E, Toco, pelo amor de Deus, não diga a sua mãe que lhe contei."

"Ok."

Como Toco ganhara uma câmera fotográfica Brownie de aniversário, perguntou a Idgie se podia tirar uma foto do sr. Pinto.

"Você só vai ver o caixão, mas se quiser fotografar, acho que pode. Pergunte antes a Grady, ouviu bem?"

"Ouvi."

Ele correu à casa de Peggy pensando em impressioná-la com a informação exclusiva sobre o sr. Pinto, que fora capturado depois de um longo e sangrento tiroteio em uma cabana ao norte do Alabama, em que três policiais foram atingidos. Fora pego com sua namorada, apelidada de Hazel, a Assassina do Cabelo Cor de Fogo e Coração de Ferro, que tinha liquidado, em pessoa, um policial no condado de Baldwin. Quando o condenaram à morte, as manchetes se espalharam por todo o Alabama: O sr. Pinto vai se sentar no colo da "Mãezona de Ferro".

Esse era o nome dado à terrível cadeira elétrica da prisão de Folsom, que reinvidicava centenas de vidas a cada ano. Mas esse era um caso especial.

Quando chegou a casa, o dr. Hadley estava na varanda e disse a Toco que Peggy estava ajudando a mãe com a louça. Ele então foi ao quintal e esperou.

Assim que Peggy saiu, Toco contou-lhe a notícia e ela ficou terrivelmente impressionada, como ele esperava que ficasse. Toco passou, então, às instruções: "Amanhã vou esperar ali naquela árvore e dar este sinal...".

Fechou o polegar e o indicador entre os lábios e assobiou três vezes.

"Quando você ouvir, saia. Esteja pronta lá pelas cinco horas, para o caso de o trem se adiantar."

Na manhã seguinte, Peggy já estava pronta e esperando debaixo da árvore quando ele chegou, o que o deixou irritado, porque ele gostava da ideia de dar um sinal. Tinha visto isso em um livro que estava lendo na época, chamado *O mistério do assassinato do pardal falante*. Além do mais, treinara o assobio a noite inteira; ou melhor, até que Idgie ameaçasse matá-lo se não ficasse quieto.

Foi a primeira coisa que deu errado em seu plano. A segunda foi que o trem estava atrasado, e eles já estavam na estação havia três horas, esperando.

Toco deve ter armado e desarmado sua câmera uma centena de vezes para se certificar de que estava tudo em ordem.

Mais meia hora e o grande trem negro finalmente apareceu e foi diminuindo a velocidade até parar de vez. Grady e mais quatro funcionários da ferrovia saíram da casa de força, abriram o vagão de carga e tiraram o grande caixão de madeira fornecido pelo Estado para transportar o sr. Pinto.

O trem partiu novamente, deixando o caixão na plataforma. Os funcionários foram buscar o outro trem, e Grady, todo importante em sua camisa e calça de brim, montava guarda, com a mão apoiada no coldre da arma na cintura.

Ele viu Toco e Peggy correndo na plataforma em sua direção e disse: "Oi, crianças". Ele chutou o caixão. "Bem, como eu disse a Idgie, aqui está ele. O sr. Seymore Pinto, mortinho da silva."

Toco pediu para tirar uma foto.

"Claro, vá em frente."

Toco fotografava de todos os ângulos possíveis enquanto Grady relembrava a época em que fora guarda na prisão de Kilby, em Atmore, Alabama.

Peggy, que estava encarregada de segurar os rolos extras de filme, perguntou-lhe se já tinha visto algum assassino de verdade.

"Claro, já vi muitos. Tivemos até alguns deles trabalhando lá em casa para mim e a Gladys, quando morávamos em Atmore."

"Você teve assassinos de verdade na sua casa?"

Grady olhou-a surpreso. "Claro que sim. Por que não? Alguns até que são boa gente." Ele ajeitou o chapéu na cabeça e disse com sinceridade: "Sabe, não boto a mão no fogo por ladrões. Mas assassinos em geral só matam uma vez... A maioria mata uma mulher e não repete o crime. Mas ladrão é ladrão até morrer".

Toco já estava no segundo rolo de filme, e Grady continuava a conversar com uma Peggy fascinada. "É, não tenho nada contra os assassinos. Em geral são uns caras até agradáveis, bem-educados."

Toco não parava de fotografar e fez uma pergunta: "Você já viu alguém ser eletrocutado, Grady?".

Ele riu. "Ah, só uns trezentos... Olha, é uma visão *e tanto*. Antes de irem para o 'colo da Mãezona', raspam seus cabelos e os deixam como bolas de bilhar, sem um pelo que seja no corpo todo, lisos como recém-nascidos. Depois mergulham uma esponja em água fria e salgada e colocam sob o capacete. Essa água conduz mais rápido a eletricidade. O último que vi fritar teve que levar sete descargas. Lá em Atmore todo mundo reclamou porque interferiu na rede elétrica da cidade e não era possível ouvir o rádio. Depois o médico teve que espetar uma agulha no coração para ter certeza de que o tal negro tinha morrido..."

Grady olhou o relógio e disse: "Diabo, por que será que estão demorando tanto? É melhor ir ver o que estão fazendo" e deixou-os sozinhos com o caixão.

Toco não perdeu tempo. "Me ajude a tirar esta tampa, quero tirar uma foto do rosto dele."

Peggy ficou aterrorizada. "Não brinque com uma coisa dessas. É um defunto! Tenha respeito pelos mortos!"

"Não tenho, não. É um criminoso, então não conta. Saia daí se não quiser ver."

Toco tentava abrir o caixão e Peggy foi se esconder atrás de um poste dizendo: "Você vai ver só o que vai te acontecer". Toco abriu a tampa e ficou olhando. "Vem cá."

"Não, tenho medo."

"Vem, você não vai ver nada. Tem um lençol cobrindo tudo."

Peggy aproximou-se devagar e espiou o corpo, que, de fato, estava coberto.

Toco, desesperado por causa do tempo, disse: "Você vai ter que me ajudar. Quero que tire o lençol do rosto dele para eu tirar uma foto."

"Não, Toco, eu não quero ver."

Toco também não queria de fato ver o rosto do sr. Pinto, mas estava decidido a fotografá-lo, de uma maneira ou outra. Então bolou um plano que evitaria que os dois olhassem a cara do homem.

Deu a câmera para Peggy. "Aqui, aponte a câmera exatamente para onde está a cabeça e conte até três. Feche os olhos, eu conto até três, puxo o lençol, você bate a foto, eu o cubro de novo e você não vai ver nada. Vamos, por favor, Grady já vai voltar..."

"Não, tenho medo..."

"Por favor... Você é a única pessoa na cidade para quem contei que ele está aqui."

Peggy disse, relutante: "Está bem, mas não *ouse* puxar esse lençol antes de eu fechar os olhos. Promete, Toco Threadgoode?".

Toco fez o sinal de escoteiro para Verdade e Honra. "Prometo. Vai, depressa!"

Peggy apontou a câmera trêmula para a cabeça coberta.

"Pronta?"

"Sim."

"Agora feche os olhos; quando eu disser 'três', você aperta o botão e só abre os olhos quando eu mandar."

Peggy fechou os olhos e Toco também. Com cuidado, ele ergueu o lençol e disse: "O.k. Um, dois, três, *já*!"

Peggy disparou a câmera na hora certa, conforme o combinado, mas exatamente no momento em que Grady voltou e gritou: "Ei, o que vocês estão fazendo?".

Os dois abriram os olhos em choque e se depararam com o rosto do sr. Seymore Pinto, ainda quente da "mãezona de ferro".

Peggy deu um grito, derrubou a câmera dentro do caixão e correu para um lado; Toco berrou como uma menina e correu para o outro.

O sr. Pinto jazia ali dentro, estorricado, com a boca e os olhos abertos e os olhos arregalados, e, se ainda lhe restasse um único fio de cabelo, estaria arrepiado no alto da cabeça.

À tarde, Peggy ainda estava na cama debaixo do cobertor com o rosto do sr. Pinto pairando a sua frente; e Toco se enfiou no quarto dos fundos, dentro do armário, com seu cinto Lone Ranger que brilhava no escuro, ainda trêmulo, sabendo que jamais se esqueceria daquele rosto enquanto vivesse.

Grady apareceu no Café lá pelas seis horas da tarde com a câmera de Toco.

"Vocês não vão acreditar", disse, rindo. E contou o que tinha acontecido. "Mas eles quebraram o nariz daquele filho da mãe!"

Ruth ficou apavorada. Smokey grudou os olhos na xícara de café para não explodir numa risada; e Idgie, que estava levando um suco de uva a seu amigo Ocie Smith na porta dos fundos, derrubou-o todo na roupa, de tanto rir.

Valdosta, Georgia
30 de setembro de 1924

Quando Frank Bennett estava crescendo, adorava tanto sua mãe a ponto de desgostar do pai, um homem grosseiro que não titubeava em derrubar o filho de uma cadeira ou chutá-lo escada abaixo. A mãe fora a única delicadeza e meiguice que conhecera na infância e ele a amava de todo o coração.

Um dia, ao voltar da escola mais cedo com uma indisposição qualquer, encontrou a mãe e o irmão de seu pai juntos no chão da cozinha. Todo o seu amor se transformou em ódio nos poucos segundos antes de gritar e sair correndo do cômodo: esses poucos segundos assombrariam para sempre sua vida.

Aos trinta e quatro anos, Frank Bennett era um homem vaidoso. Seus sapatos pretos estavam sempre polidos, os cabelos sempre penteados, as roupas em perfeito estado, além de ele ser um dos únicos que cuidavam das unhas na barbearia semanalmente.

Podia-se dizer que era um dândi. Podia-se considerá-lo bonito, de certa maneira, com seu jeito irlandês, seus cabelos espessos e olhos azuis-escuros, frios como o aço; e, mesmo que um deles fosse de vidro e o outro tão frio e brilhante quanto, era difícil dizer qual era qual.

Mas, acima de tudo, Frank era um homem que conseguia tudo o que desejava, e ele queria Ruth Jamison. Tinha estado com quase todas as moças por ali, inclusive e preferencialmente as garotas negras, com as quais ficara à força enquanto os amigos as seguravam. Uma vez que as tinha, não as queria mais. Uma loira pálida, que agora vivia nos arredores da cidade, tinha uma garotinha que se parecia muito com ele, mas depois que Frank a deixou com um olho roxo e ameaçou a criança, ela não reclamou mais o reconhecimento. Era nítido que Frank não tinha interesse em mulheres usadas. Principalmente se tivesse sido ele a usá-las.

Mas na cidade ele era visto como um sujeito robusto e sadio, por isso decidiu que precisava ter filhos para dar continuidade ao nome Bennett; um nome que não significava nada para ninguém, a não ser o fato de pertencer a um homem possuidor de muitas terras ao sul da cidade.

Ruth era jovem, bonita, certamente intocada e precisava ter um lugar para si e a mãe. O que poderia haver de melhor? Ela estava lisonjeada; de que outra maneira poderia se sentir? Ele não era o homem mais disputado do lugar? Não a tinha cortejado como um cavalheiro e conquistado sua mãe?

Ruth chegou a acreditar que aquele moço bonito a amava e que ela deveria amá-lo e, portanto, o amou.

Mas quem poderia imaginar que os sapatos polidos e os ternos chamativos jamais encobririam a amargura que crescia em seu coração durante todos aqueles anos...

Certamente na cidade ninguém imaginava; foi preciso um completo estranho. Na noite de sua despedida de solteiro, Frank e um grupo de amigos pararam em um bar para tomar uns drinques, a caminho de um chalé onde os esperavam três prostitutas de Atlanta. Um velho mendigo que passava por ali entrou por acaso no bar e ficou observando a festa dos jovens do outro lado do salão. Frank fez o que fazia com todos os desconhecidos: foi até o homem, que obviamente necessitava de um trago, e bateu em suas costas. "Sabe de uma coisa, velhote? Eu lhe pago um drinque se você me disser qual destes meus olhos é de vidro."

Os amigos riam porque sabiam que era impossível, mas o velho olhou para ele e, sem titubear, disse: "O esquerdo".

Os amigos caíram na gargalhada, e Frank, embora pego de surpresa, riu daquilo como se fosse um golpe de sorte e jogou cinquenta centavos sobre o balcão. O dono do bar esperou os rapazes saírem e dirigiu-se ao velho: "O que vai querer?".

"Uísque."

Ele serviu a dose. Pouco depois, perguntou: "Ei, amigo, como foi que conseguiu dizer qual era o olho de vidro com tanta certeza?".

O velho virou o uísque e respondeu: "Fácil. O esquerdo era o que tinha um mínimo brilho de compaixão humana".

Valdosta, Georgia
28 de abril de 1926

Idgie, então com dezenove anos, dirigira a Valdosta quase todos os meses durante dois anos e meio só para ver Ruth entrar e sair da igreja. Ela só queria se certificar de que estava tudo em ordem, e Ruth nunca soube que ela estivera lá.

Então, num domingo ela foi, inesperadamente, até a casa de Ruth e bateu à porta. A própria Idgie não sabia que ia fazer isso.

A mãe de Ruth, uma mulherzinha frágil, foi atender sorrindo. "Pois não?"

"Ruth está?"

"Está lá em cima."

"Pode dizer a ela que uma encantadora de abelhas do Alabama está aqui para vê-la?"

"Quem?"

"Diga apenas que é uma amiga do Alabama."

"Você quer entrar?"

"Não, obrigada. Eu espero aqui fora."

A mãe de Ruth entrou e chamou-a da escada: "Ruth, tem uma não sei o que de abelhas aqui querendo vê-la".

"O quê?"

"Tem uma visita aqui no terraço."

Quando Ruth desceu, foi pega totalmente de surpresa. Saiu no terraço, e Idgie, que tentava parecer tranquila, embora as mãos estivessem molhadas de suor e as orelhas queimando, disse: "Olha, não quero incomodar você.

Sei que provavelmente está muito feliz e tal... Quero dizer, tenho certeza de que está, mas só queria que soubesse que não a odeio e nunca a odiei. Ainda quero que volte e já não sou mais criança, por isso não vou mais mudar. Eu ainda amo você, sempre amarei e continuo não me importando com o que as pessoas pensam...".

Frank gritou lá do quarto: "Quem é?".

Idgie começou a descer os degraus do terraço. "Só queria que você soubesse disso... Bem, tenho que ir."

Ruth, que não dissera uma só palavra, olhou-a entrar no carro e partir.

Não houvera um só dia que Ruth não pensasse nela.

Frank desceu a escada e foi ao terraço. "Quem era?"

Ruth, ainda olhando o carro que já se tornara um ponto no horizonte, disse: "Uma amiga minha, alguém que conheci" e entrou na casa.

Casa de repouso Rose Terrace
Old Montgomery Highway,
Birmingham, Alabama
6 de abril de 1986

A sra. Threadgoode começou a falar assim que Evelyn pôs o pé na sala.

"Bem, querida, Vesta Adcock está mesmo fora da casinha. Ela entrou no nosso quarto lá pelas quatro horas da tarde, pegou aquele sapatinho de louça onde a sra. Otis guarda seus grampos de cabelo e disse: 'O Senhor disse que, se o olho te ofende, arranque-o'. Então, atirou o sapatinho pela janela com os grampos e tudo e saiu do quarto.

"Nunca vi a sra. Otis tão chateada. Pouco depois, aquela enfermeirazinha negra, a Geneene, voltou ao quarto com o sapatinho que encontrou no jardim e disse à sra. Otis para não ficar chateada com a sra. Adcock porque ela estava pegando coisas do quarto de todo mundo o dia todo... E que a sra. Adcock estava com a mente borboletando e que não dava para levá-la a sério.

"Vou dizer, tenho sorte de ter a cabeça que tenho, com tudo o que vejo por aqui... Estou vivendo um dia de cada vez. Faço o melhor que posso, e é só o que dá para fazer."

Evelyn deu a ela uma caixa de bombons de cereja.

"Muito obrigada, meu bem, você é muito gentil." Ela ficou apenas comendo por um momento, ponderando uma questão.

"Você acha que a mente realmente borboleteia, ou será que as pessoas apenas imaginam isso?"

Evelyn disse que não sabia.

"Mas sei de onde vem a expressão 'borboleta no estômago'. Por causa do movimento de suas asas, não acha?"

"Acho o quê?"

"Que o movimento das asas é delicado?"

"Não posso dizer que tenha observado muito para saber se são delicados."

"Eu já! Albert e eu passávamos horas e horas as observando. Cleo tinha uma lupa em sua escrivaninha, e nós recolhíamos centopeias, gafanhotos, besouros, borboletas, formigas... E os colocávamos em um vidro e ficávamos olhando. Tinham umas carinhas tão simpáticas e umas expressões tão fofas. Depois de olharmos quanto queríamos, nós os púnhamos de volta no quintal para continuarem a viver.

"Uma vez, Cleo pegou um abelhão e pôs num pote. Precisava ver que coisa mais linda. Idgie adorava abelhas, mas eu preferia a joaninha porque dava sorte. Cada inseto tem uma personalidade diferente, sabia? As aranhas, com aquelas cabecinhas, são nervosas e irritadiças. Eu sempre gostei de louva-a-deus. Eles são muito religiosos.

"Nunca consegui matar inseto algum, não depois de vê-los tão de perto. Acho até que pensam como nós. É claro que isso tem um lado ruim. Minhas hortências viviam murchas e comidas. Todos os meus arbustos de gardênias eram mastigados até a raiz. Norris disse que queria borrifar veneno, mas nunca tive coragem de deixá-lo fazer isso. Vou lhe dizer uma coisa: os insetos não têm chance nenhuma aqui em Rose Terrace. Um germe teria que se esforçar muito para sobreviver neste lugar. A palavra de ordem aqui é: 'Não pode *parecer* limpo; tem que *estar* limpo'. Às vezes acho que estou vivendo como um sanduíche num saco de celofane, como os que são vendidos nos trens.

"Por mim, preferia mil vezes voltar aos velhos insetos lá de casa. Adoraria poder ver até uma formiga. Vou lhe dizer uma coisa, benzinho: sinto-me muito feliz de estar muito mais pra lá do que pra cá... 'Na casa de meu Pai há muitas moradas e estou pronta para partir...'

"A única coisa que peço encarecidamente, Senhor, é que eu nunca mais tenha que ver um piso de linóleo depois que chegar aí."

Parada do Apito, Alabama
17 de outubro de 1940

Quando Vesta Adcock era mais jovem, alguém a mandou falar alto, e ela nunca mais esqueceu isso. Ouvia-se Vesta através de paredes de tijolos. A voz poderosa daquela mulherzinha atravessava quarteirões.

Cleo Threadgoode comentou que era uma vergonha Earl Adcock ter que pagar pela conta de telefone, já que bastava Vesta abrir a porta e gritar na direção da casa para que ela estava ligando.

Levando-se isso em conta, e o fato de ela ter se autoproclamado presidenta do "Clube Eu sou Melhor Que os Outros", não foi surpresa Earl ter feito o que fez.

Earl Adcock era um homem decente e quieto, que sempre agiu corretamente — um desses heróis anônimos da vida que se casou com a moça só porque ela o escolheu e ele não quis magoá-la. Assim, continuou quieto enquanto Vesta e sua futura sogra acertavam tudo, do casamento à lua de mel até a casa onde iriam morar.

Depois que Earl Jr., o único filho, nasceu, uma doçura de criança de cachinhos castanhos que berrava pela mãe toda vez que o pai se aproximava, Earl se deu conta do enorme erro que tinha cometido, mas fez a coisa mais cavalheiresca e digna possível: continuou casado e criou o filho, que morava na mesma casa, tinha o mesmo sangue, mas era um completo estranho para ele.

Earl era responsável por duzentos homens na Companhia Ferroviária L&N, onde trabalhava, e era um homem muito respeitado e extremamente capaz. Servira com bravura na Primeira Guerra Mundial, matara dois alemães, mas em sua própria casa estava reduzido a outro filho de Vesta, e nem sequer era o preferido: vinha depois de Earl Jr.

"Limpe os pés antes de entrar em casa! Não sente nesta poltrona!"

"Como ousa fumar dentro de casa... Vá lá para o terraço!"

"Não pode trazer esses peixes fedorentos para cá. Leve-os para o quintal e limpe-os lá fora!"

"Ou você some com esses cachorros ou pego a criança e vou embora!"

"Meu Deus, é só nisso que você pensa? Vocês, homens, não passam de um bando de animais!"

Ela escolhia as roupas dele, escolhia os amigos deles e avançava nele como um peru selvagem nas raras vezes em que ele tentou erguer a mão para o pequeno Earl; por fim, ele desistiu.

Assim, durante muitos anos, Earl usou o terno azul correto, destrinchou a carne, frequentou a igreja, foi pai e marido e nunca disse uma só palavra contra Vesta. Mas Earl Jr. já estava crescido e a L&N aposentou-o com uma bela pensão, que ele imediatamente transferiu para Vesta, e também ofereceu a ele de presente um relógio de ouro Rockford da ferrovia. E, com a mesma discrição em que sempre viveu, ele saiu da cidade, deixando apenas um bilhete:

> É isso aí. Vou embora, e, se você não acreditar que estou mesmo indo, basta contar os dias que não estou. Quando o telefone não tocar, saiba que serei eu que não estou ligando. Adeus, minha velha, e boa sorte.
>
> Com carinho,
> Earl Adcock
>
> P.S.: Eu não sou surdo.

Vesta deu um tabefe no rosto de um surpreso Earl Jr. e ficou na cama durante uma semana com um pano frio enrolado na cabeça enquanto toda a cidade aprovava em segredo a atitude de Earl. Se votos de boa sorte fossem dinheiro, hoje ele seria um homem rico.

O Semanário Weems
Parada do Apito, Boletim semanal do Alabama
18 de outubro de 1940

Aviso às esposas

Chegou aquela época do ano novamente e meu cara-metade está doidinho para caçar com o pessoal. Já está limpando as armas, atiçando a cachorrada e deixando tudo pronto para ladrar à lua. Assim, preparem-se para se despedir dos rapazes por um tempo. Nada que se move está em segurança... Lembram-se, no ano passado, de quando Jack Butts fez um buraco no fundo da canoa com a arma? Idgie contou que eles afundaram completamente no lago, enquanto um bando de patos voava acima de suas cabeças.

Parabéns a Toco Threadgoode por ganhar o primeiro prêmio na Feira de Ciências da escola com seu projeto "Feijão-de-lima... O que é isso?".

O segundo prêmio foi para Vernon Hadley, com o projeto "Experimentando com Sabão".

Idgie tem um pote grande cheio de feijão-de-lima desidratado no balcão do Café e disse que quem adivinhar quantos grãos tem lá dentro ganhará um prêmio.

A foto do sr. Pinto não foi o sucesso que se esperava. Estava fora de foco.

Ruth mandou dizer que está jogando fora a cabeça encolhida porque as pessoas passam mal vendo aquilo no balcão enquanto comem. E revelou também que se trata apenas de uma cabeça de borracha que Idgie comprou na loja de mágicas de Birmingham.

A propósito, meu cara-metade disse que alguém nos convidou para jantar, mas que não se lembra quem foi. Quero comunicar a quem fez o convite que teremos muito prazer em ir, mas que terá que telefonar para que eu saiba quem é.

... Dot Weems...

P.S.: Opal pede novamente que parem de alimentar Boots.

Valdosta, Geórgia
4 de agosto de 1928

Fazia dois anos que Idgie vira Ruth pela última vez, mas de vez em quando ela dirigia até Valdosta nas quartas-feiras, dia em que Frank Bennett ia até a cidade para visitar a barbearia. Ela costumava ficar na loja do Puckett, porque de lá tinha boa visão da porta da barbearia e ela podia ver Frank sentado na cadeira.

Gostaria de ouvir o que ele dizia, mas já bastava vê-lo. Ele era seu único vínculo com Ruth e, enquanto o visse, sabia que ela estava por lá.

Naquela quarta-feira, a sra. Puckett, uma velhinha magra e de óculos de aros pretos, estava ocupada como sempre, deslocando-se pela loja e arrumando as coisas, como se a vida dependesse de tudo estar em seu devido lugar.

Idgie, sentada diante do balcão, olhava a rua; observava.

"Esse tal de Frank Bennett deve ter um bom papo, não é? Parece ser um cara bem legal, hein?"

A sra. Puckett estava no primeiro degrau da escada, arrumando os potes de creme clareador Stillman, de costas para Idgie. "Tem gente que acha."

Idgie percebeu um tom estranho na voz dela.

"O que quer dizer?"

"Só que tem gente que acha, mais nada." Ela desceu da escada.

"A senhora não acha?"

"Não importa o que eu acho ou deixo de achar."

"Não acha ele um cara legal?"

"Eu não disse que não achava ele legal, disse? Eu acho que ele é mais ou menos legal."

A sra. Puckett estava agora pondo em ordem os frascos de remédio para o fígado Carter, atrás do balcão. Idgie saiu do banquinho e se aproximou.

"O que quer dizer mais ou menos legal? Sabe alguma coisa a respeito dele? Ele não foi legal alguma vez?"

"Não, ele é sempre agradável", disse ela, organizando os frascos em filas. "É que não gosto de homens que batem na mulher."

Idgie sentiu o coração gelar.

"O que quer dizer com isso?"

"Exatamente o que eu disse."

"Como sabe?"

Agora a sra. Puckett ajeitava as latinhas de dentifrício. "É que o sr. Puckett já teve que ir lá na casa deles levar remédios para a coitadinha mais de uma vez. Vou lhe contar. Ele a deixou com um olho roxo e jogou-a escada abaixo. Outra vez, quebrou o braço dela. Ruth dá aulas na escola dominical e não existe pessoa melhor que ela." Virou-se para arrumar os frascos de laxante Sal Hepatica. "É isso o que a bebida faz com as pessoas. Elas cometem loucuras que normalmente não cometeriam. O sr. Puckett e eu somos abstêmios, nós..."

Idgie já estava na porta e não ouviu o final da frase.

O barbeiro limpava a nuca de Frank e aplicava um talco de aroma adocicado quando Idgie irrompeu. Estava furiosa. Foi de dedo em riste na cara de Frank.

"OUÇA AQUI, SEU BRANQUELO, CARA DE TOUPEIRA, SEU OLHO DE VIDRO FILHO DA PUTA, CANALHA! SE VOCÊ ENCOSTAR A MÃO EM RUTH OUTRA VEZ, EU TE MATO! CANALHA! OUVIU BEM, SEU CANALHA BUNDÃO?"

Dito isso, passou o braço sobre o balcão de mármore derrubando tudo. Dúzias de vidros de xampu, tônicos capilares, óleos, loções de barba e talcos espatifaram no chão. E, antes que as pessoas entendessem o que tinha acontecido, Idgie já estava no carro e arrancava cantando os pneus.

O barbeiro ficou parado de boca aberta. Acontecera tão rápido. Ele olhou para Frank pelo espelho e disse: "Esse cara deve ser louco".

Assim que Idgie chegou ao Clube e acampamento A Roda do Vagão, contou a Eva o que tinha acontecido. Ainda furiosa, jurava voltar para acertá-lo.

Eva ouviu tudo com atenção. "Você vai *voltá* lá e vai *morrê*, é isso que vai *acontecê*. *Num* tem que se *metê* no casamento dos *outro*, isso é lá da conta deles. Ei, tem coisas entre um homem e uma mulher que você não tem nada a ver com você."

"Por que ela fica com ele? O que deu nela?", perguntou a pobre Idgie, agoniada.

"Isso não é da nossa conta. Vê se esquece isso, agora. Ela é bem grandinha e *tá* fazendo o que quer, mesmo que você *num teja* gostando de ouvir isso. *Você* ainda é muito criança, e, se aquele homem é mesmo como *ocê* tá falando, ele deve ser perigoso."

"Pode dizer o que quiser, Eva, mas eu vou matar aquele filho da puta qualquer hora dessas. Pode esperar."

Eva encheu o copo de Idgie. "*Num* vai, não. Você *num* vai *matá* ninguém e *num* vai *voltá* lá. Você jura?"

Idgie jurou. As duas sabiam que era mentira.

CASA DE REPOUSO ROSE TERRACE
OLD MONTGOMERY HIGHWAY,
BIRMINGHAM, ALABAMA
27 DE ABRIL DE 1986

A SRA. THREADGOODE ESTAVA ESPECIALMENTE FELIZ porque tinha comido frango frito e salada de repolho em um prato de papel, e Evelyn encontrava-se do outro lado do saguão naquele momento, pegando um suco de uva para ela.

"Muito obrigada, benzinho. Você me mima demais, trazendo essas tentações toda semana. Eu disse à sra. Otis que Evelyn não seria mais gentil comigo se fosse minha filha... E isso me deixa muito feliz. Nunca tive uma filha... A sua sogra gosta das coisas que você traz?"

"Não, de jeito nenhum. Trouxe frango para ela também, mas minha sogra não quis. Ela e Ed não ligam para comida; comem para se manter vivos, imagine."

É claro que a sra. Threadgoode jamais imaginaria uma coisa daquelas.

Evelyn provocou-a: "Bom, então Ruth saiu da Parada do Apito e foi para Valdosta se casar...".

"Isso mesmo. Ah, para Idgie isso foi a morte. Ela ficou em um estado..."

"Eu sei, a senhora já me contou. Mas o que quero saber mesmo é quando a Ruth voltou à Parada do Apito."

Evelyn instalou-se em uma poltrona para ouvir comendo seu frango.

"Ah, sim, meu bem, eu me lembro de quando chegou aquela carta. Deve ter sido em 1928 ou 1929. Ou será que foi em 1930? Bem... Eu estava na cozinha com Sipsey quando Momma entrou correndo com o envelope na mão. Escancarou a porta dos fundos e gritou por Big George, que estava lá no quintal com Jasper e Artis. Ela disse: 'George, vá correndo chamar Idgie e diga a ela que chegou uma carta de Ruth!'.

"George saiu correndo. Cerca de uma hora depois, Idgie entrou na cozinha. Momma, que na hora estava debulhando ervilhas, apenas apontou a carta sobre a mesa, sem dizer uma palavra. Idgie abriu-a e, imagine, não era uma carta.

"Era apenas uma página arrancada da Bíblia do Rei James, Rute 1: 16-20:

'E Rute disse: Não me supliques para te deixar, ou para deixar de te seguir; pois para onde fores, eu irei; e onde te alojares, eu me alojarei; o teu povo será o meu povo, e o teu Deus, o meu Deus.'

"Idgie continuou ali, lendo e relendo a citação, e então perguntou a Momma o que significava aquilo.

"Momma leu, pousou o papel sobre a mesa e continuou a debulhar as ervilhas. Então disse: 'Bem, quer dizer o que está escrito aí. Acho que amanhã você deve ir com seu irmão e Big George buscar essa menina, não acha? Sabe que não vai conseguir viver até que o faça. Você sabe disso muito bem.'

"E não conseguiria mesmo, era verdade.

"Assim, no dia seguinte, eles foram para a Georgia buscá-la.

"Admiro Ruth por ter tido coragem de fugir daquele jeito. Era preciso ter muita naquela época, não é como hoje, meu bem. Uma vez casada, a gente continuava casada até o fim. Mas ela era muito mais forte do que se imaginava. Todo mundo a tratava como se fosse uma bonequinha de porcelana, mas, sabe, em muitos aspectos ela era bem mais forte que Idgie."

"Ela chegou a se divorciar?"

"Ah, isso eu não sei. Isso é uma coisa que nunca perguntei. Sempre achei que fosse assunto dela. Nunca conheci o marido, mas diziam que ele era bonito, a não ser por aquele olho de vidro. Ruth me contou que ele era de boa família, mas tinha problemas com as mulheres. Contou que, na noite de núpcias, ele bebeu e a violentou, enquanto ela implorava que parasse."

"Que horror!"

"É, sim. Ela sangrou durante três dias e depois disso nunca mais relaxou ou sentiu prazer. É claro que isso o deixava enfurecido. Ela me contou também que uma vez ele a empurrou escada abaixo."

"Meu Deus!"

"Depois ele começou a violentar as pobres garotas negras que trabalhavam na casa. Ruth disse que uma delas tinha só doze anos. Mas, quando ela descobriu que tipo de homem era ele, já era tarde demais. Sua mãe estava doente, e ela não podia ir embora. Contou das noites em que ele chegava em casa bêbado e a forçava, e ela ficava na cama rezando e pensando em nós para não enlouquecer."

Evelyn falou: "Dizem que só se conhece um homem quando se vive com ele".

"É isso mesmo. Sipsey costumava dizer: 'Você só sabe que peixe pescou quando o tira da água'. Por isso foi bom que Toco não tenha conhecido o pai. Ruth abandonou-o antes de o menino nascer. Na verdade, ela nem sabia que estava grávida na época. Já estava com Idgie havia dois meses quando notou que a barriga estava crescendo. Foi ao médico e soube que esperava um filho. Ele nasceu na casa grande, e era um lindo bebezinho loiro, pesava três quilos e tinha olhos castanhos.

"Quando o viu pela primeira vez, Momma olhou para ele e disse: 'Veja, Idgie, ele tem os seus cabelos!'.

"E tinha. Era bem loirinho. Foi quando Poppa conversou com Idgie e disse-lhe que ela seria responsável por Ruth e a criança, que era melhor ela descobrir algo para fazer, e ele lhe deu quinhentos dólares para montar um negócio. Foi assim que surgiu o Café."

Evelyn perguntou se Frank Bennett soube que tinha um filho.

"Não sei se soube ou não."

"Ele nunca mais viu Ruth depois que ela deixou a Georgia?"

"Bem, não posso afirmar se viu ou não, mas sei com certeza que pelo menos uma vez ele esteve na Parada do Apito."

"Por que tem tanta certeza?"

"Porque foi lá que ele foi assassinado."

"Assassinado?!"

"Ah, sim, meu bem. Mortinho da Silva."

Valdosta, Georgia
18 de setembro de 1928

Quando Ruth foi embora naquele verão para se casar, Frank Bennett e a mãe foram esperá-la na estação. Ruth tinha esquecido quanto ele era bonito e como fizera sua mãe feliz com aquela conquista importante.

Quase no mesmo instante as coisas se estabeleceram, e ela se esforçou para não pensar mais na Parada do Apito. Mas às vezes, entre as pessoas ou sozinha, à noite – ela nunca sabia quando ia acontecer –, Idgie lhe vinha à cabeça, e ela sentia tanta vontade de vê-la que a saudade se tornava quase insuportável.

Sempre que isso acontecia, Ruth rezava e pedia a Deus que afastasse esses pensamentos. Sabia que tinha que estar onde estava e fazer o que devia. Precisava esquecer Idgie. Certamente, Deus a ajudaria... Certamente, esses sentimentos seriam esquecidos... Com a ajuda Dele, desapareceriam.

Ela foi para o leito nupcial determinada a ser uma boa e amável esposa, sem qualquer ligação com o passado. Por isso o choque foi tão grande quando ele a tomou com tanta violência – quase como se a punisse. Depois que ele terminou, ela continuou deitada, sangrando, até que se levantou e foi dormir em outro quarto. Ele só a procurava em sua cama quando buscava sexo; e mesmo assim, em nove de dez vezes era porque estava muito bêbado ou com preguiça de ir à cidade.

Ruth não podia deixar de pensar que era alguma coisa dentro dela que provocava tanto ódio nele; que de alguma maneira, por mais que ela tentasse reprimir, Frank sabia de seu amor por Idgie. Deixara transparecer isso de algum modo, talvez pela voz ou pelo toque. Então ela não sabia como, mas tinha certeza de que ele sabia e por isso a desprezava. Por essa razão vivera com essa culpa e aceitara os maus-tratos e insultos, porque os merecia.

O médico saiu do quarto de sua mãe. "Sra. Bennett, ela está conseguindo falar um pouco. Entre e fique um tempinho lá dentro."

Ruth entrou e se sentou ao lado da cama.

A mãe, que não falava havia uma semana, abriu os olhos e sussurrou: "Vá para longe dele... Ruth, me prometa isso. Ele é o demônio. Eu vi Deus e sei que ele é o demônio. Ouvi muita coisa, Ruth... Vá embora... Me prometa...".

Foi a primeira vez que aquela mulher recatada disse algo sobre Frank. Ruth assentiu e segurou sua mão. Naquela tarde, o médico fechou os olhos de sua mãe para sempre.

Ruth chorou muito por ela. Mais tarde subiu ao quarto, lavou o rosto e endereçou um envelope a Idgie.

Depois de fechá-lo, foi para a janela ver o céu azul. Respirou profundamente o ar fresco e sentiu seu coração mais leve, como a pipa que uma criança empina em direção às nuvens.

Valdosta, Georgia
21 de setembro de 1928

UMA CAMINHONETE E UM AUTOMÓVEL PARARAM EM FRENTE À CASA. Big George e Idgie estavam no caminhão; Cleo, Julian e mais dois amigos, Wilbur Weems e Billy Limeway, estavam no Ford Model T.

Ruth, que já estava pronta desde cedo na esperança de que eles viessem naquele dia, surgiu à porta.

Os rapazes e Big George ficaram no pátio enquanto Idgie foi até o terraço. Ruth olhou para ela e disse: "Estou pronta".

Frank estava cochilando quando ouviu eles chegarem. Desceu a escada e reconheceu Idgie pela janela.

"Que diabos você veio fazer aqui?"

Ele abriu a porta como um raio e estava indo para cima dela quando viu os cinco homens no pátio.

Idgie, sem tirar os olhos de Ruth, disse calmamente: "Onde estão suas coisas?".

"Lá em cima."

Idgie se dirigiu a Cleo. "Lá em cima."

Frank explodiu ao ver os homens andando em sua direção: "O que é que está acontecendo aqui, afinal?"

"Acho que sua esposa está indo embora, moço", disse Julian.

Ruth entrou na caminhonete com Idgie, e Frank ia atrás delas, quando viu Big George, apoiado no capô, tirar uma faca do bolso e cortar fora o miolo da maçã que tinha na mão com um movimento rápido, jogando-o por cima do ombro.

Julian gritou do alto da escada: "Se eu fosse você não mexeria com esse negro. Ele é louco".

A bagagem de Ruth já estava na carroceria da caminhonete, e eles se mandaram antes que Frank Bennett se desse conta do que acontecia. Mas logo em seguida, por causa de Jake Box, seu braço direito, que estava ali para testemunhar a cena, Frank Bennett se pôs a gritar para a poeira que os carros tinham levantado: "E nunca mais volte aqui, sua puta frígida! Puta! Sua puta gelada!".

No dia seguinte, ele foi à cidade e disse a todos que Ruth ficara completamente doida com a morte da mãe. E que ele fora obrigado a interná-la em um hospício, para os lados de Atlanta.

Parada do Apito, Alabama
21 de setembro de 1928

Momma e Poppa Threadgoode esperavam no terraço. Momma e Sipsey ficaram arrumando o quarto de Ruth a manhã toda, e Sipsey estava agora na cozinha com Ninny, assando biscoitos para o jantar.

"Bem, Alice, não vá assustá-la com seu entusiasmo. Fique calma e espere para ver o que acontece. Não a faça pensar que é obrigada a ficar. Não a pressione."

Momma apertava o lenço na mão e o passava na testa, um claro sinal de seu nervosismo. "Não farei, Poppa. Só vou mostrar que estamos contentes por tê-la conosco... Está bem assim? Quero que saiba que é bem-vinda. Você vai dizer a ela que estamos muito felizes, não vai?

"É claro que vou. Só não quero que você exagere nas demonstrações, só isso."

Depois de uma pausa silenciosa, ele perguntou: "Alice, você acha que ela vai ficar?".

"Peço a Deus que sim."

Naquele instante, a caminhonete, com Ruth e Idgie, virou a esquina.

"Lá estão elas! Ninny, Sipsey, elas chegaram!", gritou Poppa.

Momma desceu correndo os degraus da varanda e Poppa foi atrás.

Ao verem Ruth saltar do caminhão e perceberem o quão magra e abatida estava, esqueceram o combinado e deram-lhe um forte abraço, ambos falando ao mesmo tempo.

"Estou muito feliz que tenha voltado para casa. Desta vez, não vou permitir que parta."

"Já preparamos seu antigo quarto, e Sipsey e Ninny estão cozinhando desde cedo."

Assim que começaram a subir as escadas com Ruth, Momma virou-se e olhou para Idgie.

"Acho bom você se comportar melhor desta vez, ouviu, mocinha?"

Idgie olhou-a espantada e perguntou a si mesma enquanto os seguia: "O que foi que eu fiz?".

Depois do jantar, Ruth foi para a sala com Momma e Poppa, e a porta foi fechada. Sentou-se diante deles com as mãos cruzadas no colo e começou: "Não tenho dinheiro algum. Na verdade não tenho nada, a não ser minhas roupas. Mas quero trabalhar. E quero que vocês dois saibam que nunca mais irei embora. Eu nunca deveria tê-la deixado há quatro anos, sei disso agora. Mas vou tentar compensar tudo e nunca mais magoá-la. Dou-lhes minha palavra".

Poppa, que não sabia o que fazer diante de qualquer demonstração de sentimentos, ajeitou o corpo na poltrona. "Bem, só espero que saiba o que está fazendo. Como sabe, Idgie é osso duro de roer."

Momma o cutucou. "Ah, Poppa, Ruth sabe disso muito bem. Não é, querida? Ela é só um pouco difícil... Sipsey diz que comi carne de caça quando a estava esperando. Lembra-se, Poppa, de que você e os meninos trouxeram perus selvagens e codornas naquele ano?"

"Você come carne de caça todos os anos, desde que nasceu."

"Bem, isso também é verdade. Seja como for, isso não vem ao caso. Só queremos que saiba que agora você faz parte da família, Ruth, e só podemos ficar muito felizes porque nossa filha caçula tem uma companheira como você."

Ruth se levantou, beijou os dois e foi para o quintal, onde Idgie a esperava deitada na grama, ouvindo os grilos e perguntando-se por que se sentia tão embriagada, se não bebera sequer uma gota de álcool.

Depois que Ruth saiu da sala, Poppa comentou: "Viu? Eu disse que você não tinha nada com que se preocupar".

"Eu? Era você quem estava preocupado, Poppa, não eu", disse Momma, voltando ao seu bordado.

No dia seguinte, o sobrenome de Ruth voltou a ser Jamison, e Idgie foi à cidade contar a todos que o coitado do marido de Ruth tinha sido atropelado por um carro-forte. A princípio, Ruth ficou horrorizada com a mentira inventada por Idgie, mas depois, quando o bebê nasceu, achou ótimo que o tivesse feito.

O Semanário Weems
Parada do Apito, Boletim semanal do Alabama
31 de agosto de 1940

Jardineiro atropelado por carro

Vesta Adcock atropelou seu jardineiro negro, Jesse Thiggins, quando ia para a reunião da Estrela do Oriente na última terça-feira. Jesse cochilava sob uma árvore quando Vesta fez uma manobra no jardim e a roda passou por cima da cabeça dele, afundando-a na lama. Ao ouvir o grito, ela parou o carro em cima do peito dele e foi ver o que estava acontecendo. Alguns vizinhos correram e tiraram o carro de cima dele.

Grady Kilgore disse que graças a Deus vinha chovendo bastante nos últimos dias, porque, se não fosse pela lama, Jesse estaria morto por conta de um atropelamento daquele.

No momento, Jesse passa bem, a não ser pelas marcas que o pneu deixou nele. Mas Vesta disse que ele não deveria estar cochilando, porque ela lhe paga muito bem para trabalhar.

Acho que a esta altura todo mundo já sabe que o estúpido do meu marido pôs fogo na nossa garagem, outro dia. Ele tentava consertar o rádio para ouvir o jogo de beisebol com sua turma e, todo concentrado, deixou cair o cigarro na minha coleção de revistas *Ladies' Home Companions*. Em poucos minutos não havia mais nenhuma. Meu cara-metade ficou tão preocupado em salvar a preciosa serra elétrica que dei a ele de presente de aniversário que esqueceu de tirar o carro.

Não senti tanto pelo carro quanto pelas revistas. Na verdade, o carro nem andava.

O filho de Essie Rue, cujo tamanho lhe valeu o apelido de Pee Wee, ganhou o prêmio de dez dólares no concurso do feijão-de-lima. Ele adivinhou que havia oitenta e três grãos no pote, e Idgie disse que foi quem mais se aproximou do número exato.

A propósito, Boots morreu, e Opal manda dizer que alguém deve estar muito satisfeito agora.

... Dot Weems...

Café da Parada do Apito
Parada do Apito, Alabama
22 de novembro de 1930

O dia estava frio e muito claro, e lá dentro estava quase na hora de um dos programas de rádio que eles ouviam. Grady Kilgore terminava a segunda xícara de café, e Sipsey, que varria as bitucas de cigarro deixadas no chão durante o café da manhã, foi a primeira a vê-los da janela.

Em silêncio, duas caminhonetes pretas estacionaram na frente do Café e cerca de doze membros da Klan, devidamente paramentados, desceram delas devagar e se alinharam de maneira estudada diante do Café.

"Ai, meu Deus, *óia* eles aí. Eu sabia, sabia que isso *ia acontecê*", disse Sipsey.

Ruth, que trabalhava atrás do balcão, perguntou a Sipsey: "O que é?" e foi ver ela mesma.

Assim que os viu, recuou. "Onzell, tranque a porta dos fundos e me traga o bebê."

Os homens estavam na calçada, parados diante do Café como estátuas. Um deles empunhava um cartaz em que se lia "Cuidado com o império invisível... O fogo e a corda estão famintos" em letras vermelho-sangue.

Grady Kilgore levantou-se para ver o que era. Palitando os dentes, ele examinava os homens colocados em pontos estratégicos.

No rádio, o locutor anunciava: "E agora, aos muitos amigos que nos ouvem, apresentamos 'Just Plain Bill, o Barbeiro de Harville'... A história de um homem que poderia ser seu vizinho...".

Idgie saiu do banheiro e viu todo mundo na janela.

"O que está havendo?"

"Venha ver, Idgie", disse Ruth.

"Ah, merda!"

Onzell entregou o bebê a Ruth e ficou ao lado dela.

Idgie perguntou a Grady: "Que diabo é isso?".

Grady, ainda palitando os dentes, afirmou com certeza: "Não são dos nossos".

"Então, quem poderão ser?"

Grady deixou uma moeda sobre a mesa. "Fique aqui dentro. Vou dar um jeito de descobrir."

Sipsey estava em um canto com sua vassoura, resmungando: "*Num* tenho medo desses *fantasma* de branco. *Num* tenho mesmo".

Grady saiu e falou com alguns homens. Pouco depois, um deles assentiu e disse alguma coisa para os outros, que, um a um, começaram a se afastar tão silenciosamente quanto tinham chegado.

Ruth não tinha certeza, mas pareceu-lhe que um deles ficara olhando fixo para ela e o bebê. Então se lembrou de algo que Idgie lhe dissera uma vez e olhou os sapatos dos homens que subiam nas caminhonetes. Ao ver um par de sapatos pretos bem polidos, no mesmo instante ficou aterrorizada.

Grady voltou despreocupado ao Café. "Eles não queriam nada. Era só uma turma de rapazes dando um susto em vocês, mais nada. Um deles andou por aqui outro dia e viu você vendendo para os negros nos fundos. Por isso resolveram dar um susto. Só isso."

Idgie quis saber o que ele lhes dissera para que fossem embora tão depressa.

Grady pegou o chapéu no cabide. "Ah, só disse que estes negros são nossos e não precisamos da rapaziada da Georgia para nos dizer o que devemos ou não fazer."

Ele olhou Idgie nos olhos. "E juro que vou garantir que eles não voltem." E saiu, pondo o chapéu na cabeça.

Mesmo sendo um membro honorário do Clube do Picles e um reconhecido mentiroso, naquele dia ele disse a verdade. O que Idgie e Ruth não sabiam era que, embora os rapazes da Georgia fossem perigosos, não eram estúpidos para se meter com a Klan do Alabama, e espertos o bastante para se mandar dali e ficar bem longe.

Foi por isso que, quando Frank Bennett voltou, veio sozinho... E no meio da noite.

Gazeta de Valdosta
15 de dezembro de 1930

Homem da cidade desaparecido

Foi comunicado hoje o desaparecimento de Frank Bennett, 38 anos, morador de Valdosta desde que nasceu, por seu irmão caçula, Gerald, depois de ter sido avisado por um antigo empregado de Bennett, Jake Box, que Frank não retornara de uma caçada.

Frank foi visto pela última vez na manhã do dia 13 de dezembro, quando disse ao sr. Box que retornaria à noite. Pede-se a quem tiver alguma informação de seu paradeiro que informe às autoridades locais.

Parada do Apito, Alabama
18 de dezembro de 1930

Era outra tarde fria no Alabama, e a carne de porco cozinhava nos panelões de ferro nos fundos do Café. O caldo fervente entornava pela boca da panela cheia de carne, que logo mais seria totalmente consumida com o molho especial para churrasco de Big George.

Big George estava ao lado do fogão com Artis quando viu três homens armados com espingardas indo em sua direção.

Grady Kilgore, o xerife local e detetive nas horas vagas da ferrovia, sempre o chamava de George. Naquele dia, para se exibir para os outros dois homens, o chamou: "Ei, negro, venha cá! Dê uma olhada nisto". Mostrou-lhe uma fotografia. "Já viu este homem por aqui?"

Artis, cuja tarefa era mexer o caldo com um longo graveto, começou a suar.

Big George olhou o homem branco de chapéu de lado na foto e balançou a cabeça. "Não, sinhô.... *Num* vi não" e devolveu-a a Grady.

Um dos homens adiantou-se e espiou a panela com carne de porco branca e rosada girando como um carrossel.

Grady guardou a fotografia no bolso do uniforme de xerife e disse: "Ei, quando é que essa carne vai ficar pronta, Big George?".

Big George examinou a panela. "Pode *vim* amanhã no *armoço*... É, ela vai *tá* pronta, sim."

"Guarde para nós, ouviu?"

Big George sorriu. "Pode *deixá, vô guardá*, sim."

Enquanto os homens seguiam para o Café, Grady ia se gabando: "Esse negro faz o melhor churrasco do estado. Vocês precisam experimentar para ver o que é uma boa carne. Acho que vocês lá na Georgia não sabem o que é um bom churrasco".

Smokey e Idgie estavam a uma mesa, fumando e tomando café. Grady pendurou o chapéu no cabide ao lado da porta e foi até eles.

"Idgie, Smokey, apresento-lhes os agentes Curtis Smoote e Wendell Riggins. São lá da Georgia e estão procurando um cara de lá."

Cumprimentaram-se e os dois se sentaram.

"O que vão querer, rapazes? Posso lhes servir um café?", perguntou Idgie.

Eles aceitaram. Idgie gritou para a cozinha: "Sipsey!". A negra apareceu na porta da cozinha.

"Sipsey, mais três cafés." Então, perguntou a eles: "Um pedaço de torta também?".

"Não, é melhor não. É uma visita oficial", disse Grady.

O mais novo e mais gordo deles mostrou-se desapontado.

"Os dois agentes estão aqui procurando uma pessoa, e eu concordei em ajudar." Ele só concordara em ajudar se ficasse encarregado da foto.

Grady limpou a garganta e tirou a foto do bolso, tentando parecer importante mas casual. "Algum de vocês viu este homem por aqui nos últimos dias?"

Idgie pegou a foto, disse que não, não o tinha visto, e passou-a a Smokey.

"O que foi que ele fez?"

Sipsey chegou com o café, e Curtis Smoote, o mais magro e rijo, cujo pescoço parecia um braço descarnado saindo do colarinho branco, disse em voz alta e estridente: "Não fez nada que saibamos. Estamos querendo descobrir o que é que foi feito dele".

Smokey devolveu a foto. "Eu nunca vi esse cara. Por que que *oceis* tão procurando ele por aqui?"

"Ele disse a um homem que trabalhava para ele lá na Georgia que viria para cá, uns dias atrás, e nunca mais voltou para casa."

Smokey perguntou em que lugar da Georgia.

"Valdosta."

"O que será que ele veio *fazê* por aqui?", disse Smokey.

Idgie virou-se e gritou em direção à cozinha: "Sipsey, traga uns pedaços dessa torta de chocolate". Depois disse ao agente Riggins: "Quero que experimente um pedaço dessa torta e me diga o que achou. Acabamos de fazê-la, é por conta da casa".

O oficial Riggins protestou: "Não, não podemos mesmo...".

Idigie disse: "Ah, vamos lá, só um pedacinho. Eu preciso da opinião de um expert".

"Está bem. Só um pedaço, então."

O mais magro comentou com Idgie: "Acho bem provável que esteja enchendo a cara por aí e, mais dia, menos dia, apareça. O que não consigo imaginar é o que ele viria fazer aqui. Não tem nada aqui que...".

Wendell disse, entre uma garfada e outra. "Talvez tenha arrumado uma namorada ou qualquer outra coisa."

Grady deu uma gargalhada. "Diabos, não tem nenhuma mulher na Parada do Apito que faria alguém vir da Georgia até aqui!" Fez uma pausa. "A não ser, talvez, Eva Bates."

Os três riram, e Smokey, que também tivera o prazer de conhecer Eva no sentido bíblico, disse: "Isso é uma verdade de Deus".

Grady partiu para outro pedaço de torta, ainda rindo da própria piada. Mas o homem magro continuava sério e inclinou-se na mesa para falar com Grady.

"Quem é Eva Bates?"

"Ah, é uma ruivona que dirige um negócio lá perto do rio", disse Grady. "É uma amiga nossa."

"Você acha que ele pode ter vindo aqui por causa dessa tal Eva?"

Grady deu uma olhada na foto sobre a mesa e mudou de ideia. "Não, por nada deste mundo."

"Por que não?", insistiu o magro.

"Bom, para começar, ele não faz o tipo dela."

Os três riram outra vez.

Wendell Riggins também ria, embora não soubesse por quê.

"O que quer dizer com 'não faz o tipo dela'?", perguntou o agente Smoote.

Grady pousou o garfo na mesa. "Olhe, não quero ferir seus sentimentos nem nada, nunca vi esse sujeito da foto, mas para mim ele parece um pouco fresco. Não acha isso, Smokey?"

Smokey concordou.

"A verdade é que, se Eva pusesse os olhos nele, o jogaria na água."

Eles riram mais ainda.

"Bem, acho que entendo o que quer dizer", disse Smoote, olhando outra vez para Idgie.

"É, são coisas da vida", continuou Grady, piscando para Idgie e Smokey. "Ouvi dizer que a rapaziada lá da Georgia é, como posso dizer, mais delicada."

Smokey deu uma risadinha. "É, eu também já ouvi isso."

Grady recostou-se na cadeira e esfregou a barriga. "Bom, vamos andando. Temos que passar em outros lugares antes que anoiteça", e guardou a foto no bolso.

Os homens se levantaram, e o agente Riggins disse: "Obrigado pela torta, senhora..."

"Idgie."

"Sra. Idgie, estava deliciosa. Obrigado mais uma vez."

"De nada."

Grady pegou o chapéu. "Eles vão voltar. Vou trazê-los amanhã para comer churrasco."

"Ótimo. Vai ser um prazer."

Grady olhou em volta. "A propósito, onde está Ruth?"

"Ela está na casa de Momma, que não anda bem."

"É, ouvi dizer. Sinto muito por isso. Bem, até amanhã."

E saíram pela porta.

Apesar de ser apenas 16h30, o céu estava cinza-chumbo com raios prateados cruzando o horizonte ao norte. A chuva de inverno que acabara de começar caía fina e gelada. Na casa vizinha, as janelas do salão de beleza de Opal já estavam decoradas com luzes natalinas, que refletiam na calçada molhada. Lá dentro, a ajudante de Opal varria, ouvindo músicas de Natal pelo rádio. Opal estava terminando de atender a última freguesa, a sra. Vesta Adcock, que iria a um banquete da L&N naquela noite, em Birmingham. Os sinos da porta anunciaram a chegada de Grady e dos dois homens.

"Opal, podemos falar com você um minuto?", disse Grady, em sua voz de oficial.

Vesta Adcock ergueu os olhos horrorizada e ajustou o avental florido na frente do peito gritando: "O QUE ESTÁ HAVENDO AQUI?".

Opal olhou igualmente assustada e correu até Grady com um pente verde na mão. "Não pode entrar aqui, Grady Kilgore. Isto é um salão de beleza! Não permitimos a entrada de homens! O que há com você? Perdeu a cabeça? Saia daqui, vamos, saia! Que ideia!"

Grady, de quase dois metros de altura, e os outros dois homens saíram à rua tropeçando um no outro, com Opal fulminando-os com o olhar pela janela embaçada.

Grady pôs a fotografia de Frank Bennett de volta no bolso e disse: "Bom, com certeza aqui ele nunca pôs os pés".

Os três ajeitaram o colarinho e seguiram em direção aos trilhos.

Café da Parada do Apito
Parada do Apito, Alabama
21 de dezembro de 1930

Três dias depois que os homens da Georgia chegaram à cidade fazendo perguntas sobre Frank Bennett, o mais magro, Curtis Smoote, voltou sozinho ao Café e pediu outro prato de churrasco e um refrigerante de laranja.

Quando Idgie chegou com o pedido ao balcão, disse: "Contando Grady e o seu parceiro, vocês são capazes de acabar com o meu churrasco. Este é o décimo prato que vocês três comem só hoje".

Ele apertou os olhos e disse com voz nasalada: "Sente-se aí".

Idgie olhou em volta e viu que o movimento era pequeno, então sentou-se do outro lado da mesa.

Ele deu uma mordida no sanduíche, olhando-a fixamente.

"Como vão as coisas? Já encontrou o sujeito que estavam procurando?", perguntou Idgie.

Dessa vez foi ele que olhou ao redor e se curvou sobre a mesa, a expressão cortante como uma lâmina. "Você não me engana, mocinha. Sei quem você é. Não pense nem por um instante que consegue me enganar... Teria que ter nascido muito antes para poder fazer troça com a cara de Curtis Smoote. Desde a primeira vez que estive aqui sabia que já tinha visto você em algum lugar, mas não conseguia saber onde. Dei uns telefonemas e ontem à noite me lembrei de onde era."

Ele recostou-se na cadeira e continuou comendo, sem tirar os olhos dela. Idgie, sem vacilar, esperou que ele continuasse.

"Muito bem, consegui uma declaração juramentada daquele tal de Jake, que trabalha na casa de Bennett, de que duas pessoas, cujas descrições correspondem exatamente a você e àquele negro gigante que fica lá nos fundos, estiveram com uma turma na casa de Bennett, levaram a mulher dele, e o tal negro ameaçou-o com uma faca."

Ele tirou um pedaço de carne endurecido de seu sanduíche, olhou-o e colocou-o no prato. "Além disso, eu estava no fundo da barbearia naquele dia, e não apenas eu como todo mundo ouviu você ameaçá-lo de morte. Agora, se me lembro tão bem, pode ter certeza de que todos vão se lembrar."

Ele deu um gole no refrigerante e limpou a boca com o guardanapo. "Agora, não posso dizer que Frank Bennett particularmente era amigo meu... Não, isso não. Minha filha mais velha está vivendo numa cabana fora da cidade, com um filho, por causa dele, e eu já soube das coisas que aconteciam lá na casa dele. Pode apostar que há mais pessoas que não derramariam uma única lágrima caso o corpo dele fosse encontrado. Mas me parece, mocinha, que você estaria bastante encrencada se isso acontecesse, porque o fato de tê-lo ameaçado está registrado no processo, e posso lhe garantir que ali é preto no branco. Estamos falando de assassinato, mocinha... Uma transgressão grave, da qual ninguém consegue se livrar."

Ele recostou-se na cadeira e assumiu um ar casual.

"Agora, falando hipoteticamente, é claro, se eu estivesse no seu lugar, me sentiria muito melhor se tivesse certeza de que o corpo nunca mais seria encontrado. Ah, muito melhor mesmo... Ou se alguma coisa que pertencesse a ele viesse a ser encontrada... Suponho que não ficaria bem se alguém provasse que Frank Bennett estivera aqui, entende, e imagino também que seria esperto, é importante ter certeza de que não há nada para ser encontrado."

Ele olhou para Idgie para se certificar de que ela ouvia atentamente. Ela ouvia.

"É, não seria nada bom, porque eu teria que vir aqui, prender você e aquele preto lá atrás como suspeitos. Agora, não vou gostar nada de vir atrás de você, mas vou ter que fazer isso porque represento a lei e jurei preservá-la. Não se pode vencer a lei. Entendeu bem isso?"

"Sim, senhor."

Tendo dito tudo o que queria, ele tirou o dinheiro do bolso e colocou-o sobre a mesa. Pôs o chapéu e disse que tinha que ir. "É claro, Grady pode ter razão. Ele pode apenas aparecer em casa qualquer dia desses. Mas não vou ficar sentado esperando."

GAZETA DE VALDOSTA
7 DE JANEIRO DE 1931

MORADOR DA CIDADE POSSIVELMENTE MORTO

A busca por Frank Bennett, 38, residente de Valdosta desde que nasceu, que está desaparecido desde a manhã de 13 de dezembro do ano passado, foi oficialmente encerrada. A exaustiva investigação conduzida pelos agentes Curtis Smoote e Wendell Riggins envolveu interrogatórios sobre o paradeiro de Bennett do Tennessee a Alabama. Contudo, nem Bennett nem a caminhonete na qual ele viajava na ocasião foram encontrados.
"Não deixamos de revolver uma só pedra", disse o agente Smoote em uma entrevista dada pela manhã. "Parece que ele simplesmente evaporou da face da Terra."

O Semanário Weems
Parada do Apito, Boletim semanal do Alabama
19 de março de 1931

Triste notícia para todos

Depois de terem perdido o pai no ano passado, Leona, Mildred, Patsy Ruth e Edward Threadgoode fizeram mais uma triste viagem de volta para casa para o funeral de sua mãe.

Depois do enterro, fomos todos à casa dos Threadgoode, e aparentemente a cidade inteira estava lá para prestar uma última homenagem a Momma Threadgoode. Metade das pessoas praticamente cresceu naquela casa com ela e Poppa. Jamais me esquecerei dos ótimos momentos que passei lá e de como ela sempre nos recebia tão bem. Também foi lá que conheci meu cara-metade, numa daquelas grandes festas de Quatro de Julho. Nós namorávamos ao mesmo tempo que Cleo e Ninny, e passávamos muitas horas juntos na varanda da frente da casa, depois da igreja.

Todos vão sentir sua falta, e aquela casa jamais será a mesma sem Momma.

... Dot Weems...

CASA DE REPOUSO ROSE TERRACE
OLD MONTGOMERY HIGHWAY,
BIRMINGHAM, ALABAMA
11 DE MAIO DE 1986

EVELYN COUCH ABRIU O SACO PLÁSTICO cheio de palitinhos de cenoura e aipo que levara para comer e ofereceu-os à amiga. A sra. Threadgoode agradeceu, mas continuou comendo seus marshmallows laranjas em formato de amendoim. "Não, querida, muito obrigada. Comida crua não me cai muito bem. E você, por que está comendo isso?"

"São os Vigilantes do Peso ou algo parecido. Eu posso comer qualquer coisa, desde que não tenha gordura ou açúcar."

"Está tentando emagrecer de novo?"

"Sim, estou sempre tentando, mas é difícil. Eu engordei muito."

"Bom, faça como preferir, mas continuo achando que você está ótima."

"Ah, sra. Threadgoode, dizer isso é muito gentil de sua parte! Mas já estou no manequim quarenta e oito."

"Eu não acho você gorda. Essie Rue... Aquela, *sim*, era pesada. Ela sempre teve tendência a ganhar peso, desde pequenininha. Acho que ela já chegou a pesar mais de noventa quilos."

"É sério?"

"É, sim. Mas isso nunca a incomodou. Ela usava vestidos lindos e sempre tinha uma florzinha no cabelo para combinar. As pessoas diziam que Essie Rue parecia ter saído de uma caixinha, e ela tinha as mãozinhas e os pezinhos mais delicados do mundo. Todos lá em Birmingham falavam sobre os pezinhos delicados quando ela conseguiu aquele emprego para tocar o potente Wurlitzer..."

"O quê?"

"O potente órgão Wurlitzer. Ele pertenceu ao Teatro Alabama por muitos anos. Diziam que era o maior piano de todo o Sul, e acho que era mesmo. Nós pegávamos o bonde e íamos até lá assistir aos filmes. Eu ia toda vez que Ginger Rogers tocava. Ela era a minha artista preferida. Aquela moça era a mais talentosa de Hollywood. Eu não faço a menor questão de ir ao cinema se ela não estiver no filme. Ginger sabia fazer tudo: dançar, cantar, atuar...

"Então, entre um show e outro, as luzes se apagavam e uma voz masculina dizia: 'E agora, o Teatro Alabama tem o orgulho de apresentar...', ele sempre dizia isso, 'tem o orgulho de apresentar', '... a srta. Essie Rue Limeway, tocando o potente Wurlitzer'. E ao longe ouvia-se uma música... Então, de repente, surgia do chão o imenso piano, e lá estava Essie Rue tocando sua música-tema, 'I'm in Love with the Man in the Moon'. Todas as luzes do teatro voltavam-se para ela e o som do órgão preenchia toda a sala e fazia tremer o telhado. Ela se virava para a plateia, sorria e nunca errava uma única nota. Então ela tocava outra música, como 'Stars Fell on Alabama' ou 'Life is Just a Bowl of Cherries'. E seus pezinhos delicados voavam sobre aqueles pedais como borboletas! Ela usava sandálias com tiras no tornozelo, especialmente encomendadas na loja de departamentos Loveman's.

"Você deve achar que ela pesava muito as mãos nas teclas do piano mas, que nada, a única coisa realmente pesada nela era seu corpo.

"Todos têm seus pontos positivos, e ela sabia usar os seus muito bem. Por isso detesto ver você com a autoestima tão baixa. Outro dia eu comentei com a sra. Otis: 'Evelyn Couch tem a pele mais linda que já vi. É como se a mãe dela mãe a tivesse mantido envolta em um algodão durante toda a vida'."

"Muito obrigada, sra. Threadgoode."

"Mas é verdade. Você não tem uma única ruga. Eu também disse à sra. Otis que você deveria pensar em vender aqueles cosméticos Mary Kay. Com a sua pele e personalidade, aposto que vai conseguir um Cadillac rosa antes do que imagina. Minha vizinha, a sra. Hartman, tem uma sobrinha que vende e ganha uma bolada. A Mary Kay logo deu a ela o Cadillac rosa como prêmio. E ela não tem nem metade de sua beleza."

Evelyn disse: "Ah, sra. Threadgoode, agradeço pelo que está dizendo, mas eu estou velha demais para começar do zero uma coisa assim. Eles preferem as mais novas".

"Evelyn Couch, como ousa dizer isso? Você ainda é uma mulher muito jovem. Quarenta e oito anos não são nada! Ainda tem metade da vida pela frente! A Mary Kay não dá a mínima para sua idade. Ela própria não é mais nenhum brotinho. Agora, se eu fosse você, tivesse essa pele e sua idade, me esforçaria para conseguir aquele Cadillac. É claro que antes teria que tirar carteira de motorista, mas tentaria de qualquer maneira.

"Pense nisso, Evelyn, se você viver tanto quanto eu, ainda tem trinta e sete anos, ou mais, pela frente..."

Evelyn riu. "Como é ter oitenta e seis anos, sra. Threadgoode?"

"Bom, não senti nada de diferente. Como eu disse, somos pegos de surpresa. Um dia se é jovem, no outro seus seios e a pele do seu rosto despencam e você começa a usar cintas redutoras de silicone. Mas você não sabe que está velha. É claro que consigo perceber quando me olho no espelho... Às vezes, quase morro de susto. Meu pescoço parece um papel crepom velho, tenho um monte de rugas e não tem nada que eu possa fazer em relação a isso. Ah, eu usava um produto da Avon para disfarçar rugas, mas, em menos de uma hora, estavam todas de volta. Até que me cansei dessa enganação. Nem máscaras eu faço mais, só passo às vezes um pouco de loção hidratante e uso um lápis para sobrancelhas, assim parece que ainda tenho sobrancelhas... Elas estão branquinhas, meu bem... E estou cheia de manchas escuras." Ela olhou as mãos. "De onde será que elas vêm?" Começou a rir. "Já estou velha demais até para tirar fotografias. Francis quis bater uma foto minha e da sra. Otis, mas escondi o rosto. Eu disse que a máquina poderia quebrar."

Evelyn perguntou se ela se sentia sozinha naquele lugar.

"Às vezes me sinto, sim. Todos os meus já se foram... De vez em quando alguém lá da igreja vem me visitar, mas passam só para dar um oi e um tchau. É assim mesmo: oi e tchau.

"Quando olho aquela foto de Cleo e do pequeno Albert, pergunto-me o que eles estariam fazendo... E começo a sonhar com os velhos tempos."

Ela sorriu para Evelyn. "É disso que estou vivendo agora, meu bem. De devaneios, de sonhos sobre o que eu costumava fazer."

Café da Parada do Apito
Parada do Apito, Alabama
18 de novembro de 1940

Toco estava no quarto dos fundos atirando nos pássaros de papel cartão com um estilingue, e Ruth corrigia provas quando Idgie chegou da viagem anual de pescaria do Clube do Picles e entrou batendo a porta.

Ele correu de encontro a ela e quase a derrubou no chão.

Ruth ficou feliz de revê-la, porque se preocupava quando Idgie viajava durante uma semana ou mais, especialmente quando ela sabia que Idgie estaria no rio com Eva Bates. Toco correu para olhar os degraus que levavam até a porta de entrada da casa.

"Cadê os peixes?"

"Sabe, Toco", disse Idgie, "na verdade pegamos um peixe tão grande que não foi possível tirá-lo da água. Tiramos uma foto dele, e só essa foto pesa quase vinte quilos..."

"Ah, tia Idgie, você não pegou peixe nenhum!"

Nesse momento, eles ouviram: "Uhu, sou eu... Albert e eu viemos fazer uma visita...", e então, como acontecia diariamente nos últimos dez anos, entraram uma mulher alta e bem bonita, com os cabelos presos na nuca por um coque, e seu filho, um menininho com deficiência mental, mais ou menos da idade de Toco. Era sempre bom quando eles chegavam.

"Que bom que vocês chegaram! Como estão?", perguntou Idgie.

"Estamos bem", disse ela, sentando-se. "E vocês, meninas?"

"Bem, Ninny", respondeu Ruth, "quase tivemos bagre para o jantar, mas eles não estavam mordendo a isca". Ela riu. "Em vez dos peixes, vamos ter fotografias."

Ninny ficou desapontada.

"Oh, Idgie, eu ia gostar muito se você tivesse trazido um bagre pra hoje... Adoro um bom bagre. Que pena, quase posso sentir o sabor dele..."

"Ninny", disse Idgie, "os bagres não mordem a isca no fim do inverno."

"Não? Bem, pensei que eles tivessem a mesma fome no inverno e no verão, não têm?"

Ruth concordou. "É mesmo, Idgie. Por que será que eles não comem nesta época do ano?"

"Ah, não é que eles não tenham fome, o problema é com a temperatura das minhocas. Os bagres não comem minhoca fria, por mais famintos que estejam."

Ruth olhou para Idgie e balançou a cabeça, sempre admirada com as histórias que ela conseguia inventar.

"Isso faz sentido", disse Ninny. "Também detesto comida fria e acho que, mesmo que se aqueçam as minhocas, elas já estarão frias quando chegarem ao fundo do rio, né? E, falando em frio, o inverno está terrível. Está fazendo um frio danado lá fora."

Albert estava no outro lado da sala brincando de acertar os pássaros de papel cartão com Toco. Enquanto tomava o café, Ninny teve uma ideia. "Toco, o que você acha de ir até a minha casa e usar esse seu estilingue para acertar os melros que ficam nos fios do telefone? Não é para machucá-los, é só para assustar... Acho que eles estão ouvindo meus telefonemas através dos pés."

Ruth, que adorava Ninny, disse: "Ah, Ninny, você não acha mesmo que isso é verdade, né?"

"Bom, isso foi o que Cleo me disse."

Noticiário da Cidade da Escória
Flotsam & Jetsam
Por sr. Milton James
19 de novembro de 1940

Fé é usada para extorquir cinquenta dólares de uma mulher

A sra. Sallie Jinx, Howell Street, nº 68-C, S.E., foi vítima de uma fraude, conforme relatou ontem à polícia. A sra. Jinx disse que uma mulher, que se apresentou como irmã Bell, foi a sua casa e, em nome da fé, pediu e embrulhou uma nota de cinquenta dólares em um guardanapo e colocou-o no tronco de uma árvore, e a instruiu para não abrir o guardanapo durante quatro horas. Quando a vítima o abriu, o dinheiro não estava mais lá.

Toncille Robinson e E. C. Robinson andam dizendo por aí que pouco se importam com o que os outros façam.

Saudade do nosso beco

A 8th Avenue não parece mais a mesma. Artis O. Peavey, aquele sujeito conhecido na cidade inteira, foi visto fugindo para Windy City. Pode ter certeza de que toda a população feminina sente demais sua falta.

Soubemos que a srta. Helen Reid teve que chamar os agentes da lei na madrugada de ontem, porque um gatuno tentou invadir sua casa, na Avenue F, chegando a causar-lhe ferimentos corporais... E, quando a polícia chegou, apreendeu um cavalheiro escondido embaixo da casa com um furador de gelo na mão, dizendo ser o geleiro.

Seria esse cavalheiro o sr. Baby Shephard, que até então tinha sido tão gentil com a srta. Reid?

... O Clube do Cavalheiro está se preparando para a sua celebração anual de flexibilidade...

Notícias da gravadora

"Black and Tan Fantasy", de Ellington, é o lançamento mais recente da Decca, que atraiu considerável interesse, devido à composição inovadora. O pianista faz um *boogie-woogie* na música "Creole" que causa certo estranhamento, mas que funciona bem.

10th Avenue
Chicago, Illinois
20 de novembro de 1940

Estava chovendo em Chicago, e Artis O. Peavey corria pela rua. Protegeu-se no umbral de uma porta, sob uma placa em que se lia: ALMOÇO: FRUTOS DO MAR E PEIXE FRITO: 35 CENTAVOS. Do outro lado da rua, o teatro RKO Alhambra apresentava *Dealers in Crime* e *Hoodlum Empire*. Ele se sentia um fugitivo, longe de casa, escondendo-se de uma donzela sombria, chamada Electra Greene.

Ficou ali, fumando um Chesterfield e contemplando a vida e seus turbilhões. Sua mãe dizia que sempre que se sentia triste, ela pensava em Jesus e seu astral logo subia.

No entanto, não foi esse tipo de pensamento que levantou o astral de Artis, mas sim a visão de uma certa beldade negra de quadris empinados e lábios grossos. E não foi só seu astral que subiu e permaneceu erguido. O maior problema de sua vida, naquele momento, era que ele sabia amar muito bem, mas não muito sabiamente.

Artis costumava entrar em jogos perigosos que envolviam os maridos dessas mulheres, simplesmente por não saber respeitar limites. Toda mulher viva era sua propriedade particular, e, por causa da falta de respeito ao território dos outros, ele frequentemente se via obrigado a fazer os próprios curativos para seus ossos quebrados e os muitos ferimentos de faca. Depois de ser flagrado com a mulher errada na hora errada, uma amazona de pele bronzeada atingiu-o com um saca-rolhas. Ele se tornou mais cuidadoso depois desse incidente infeliz, que resultou em uma cicatriz (que era no mínimo interessante), e uma hesitação instintiva antes de se meter com mulheres maiores que ele. Mesmo assim, ele continuava destruindo corações. Pedia a todas as mulheres que o procurassem na noite seguinte, e era exatamente isso que elas acabavam fazendo: ficar procurando por ele.

Esse homenzinho franzino, quase azul de tão negro, causava muitos problemas para o sexo oposto. Uma garota chegou a beber uma lata de cera para piso, completando com uma xícara de Clorox, na tentativa de deixar de viver no mesmo mundo que ele. Ao sobreviver, ela alegou que os líquidos tinham danificado sua aparência para o resto da vida. Ele não teve mais sossego, principalmente depois que escurecia, porque mais de uma vez ela o pegou de surpresa e acertou-o na cabeça com uma bolsa cheia de pedras.

Mas a situação com Electra Greene era mais grave do que uma bolsa com pedras dentro. Electra levava consigo um revólver calibre .38 que ela sabia usar, além de já ter feito ameaças grosseiras a sua masculinidade, ameaçando inclusive acabar com ela, quando descobriu que ele não tinha sido sincero. Não apenas uma vez, mas oito, com uma tal srta. Delilah Woods, sua inimiga jurada, que também tivera que fugir da cidade.

Artis permaneceu onde estava, sob o umbral da porta, sentindo-se mal a ponto de achar que fosse morrer. Sentia saudade de Birmingham e desejava voltar pra lá.

Todas as tardes, antes de fugir de Birmingham, ele dirigia seu Chevrolet azul com pneu de calotas brancas até a Montanha Vermelha e estacionava para ver o pôr do sol. Lá do alto, podia ver as chaminés das usinas de aço e ferro exalarem uma fumaça alaranjada sobre todo o Tennessee. Para ele, não havia nada mais bonito que a cidade a essa hora, quando o céu se cobria com uma névoa púrpura e vermelha vinda das usinas e as luzes de néon se acendiam por toda a cidade, piscando e dançando nas ruas do centro e sobre a Cidade da Escória.

Birmingham, que durante a Depressão foi considerada por Franklin Delano Roosevelt "a cidade mais duramente atingida dos Estados Unidos", onde as pessoas eram tão pobres que o próprio Artis conhecera um homem que aceitava levar tiros em troca de dinheiro e uma garota mergulhara o pé em salmoura e vinagre durante três dias para tentar vencer uma competição de dança... Esse lugar, com a menor renda *per capita* de toda a América do Norte, ainda assim era considerado a cidade mais animada do Sul...

Birmingham, que já teve o maior índice de analfabetismo e a maior incidência de doenças venéreas dos Estados Unidos, ostentava, ao mesmo tempo, o fato de ser a cidade com o maior número de alunos matriculados nas escolas dominicais de todo o país... A mesma cidade onde os caminhões da Lavanderia Imperial já tinham andado pelas ruas com a frase SÓ LAVAMOS PARA BRANCOS escrita na carroceria e onde os cidadãos negros ainda se sentavam, nos bondes, em bancos de madeira com a placa NEGROS, e ainda lotavam os elevadores de carga das lojas de departamento.

Birmingham, a Capital do Crime no Sul, onde 131 pessoas morreram assassinadas só em 1931...

Mesmo assim, apesar de tudo, Artis amava Birmingham com uma paixão insaciável, de norte a sul, nas chuvas geladas do inverno, quando a lama vermelha escorria das montanhas e invadia as ruas, e também no verde e exuberante verão, quando as parreiras verdejantes encobriam as montanhas e subiam pelas árvores e pelos postes telefônicos e o ar ficava úmido e pesado, cheirando a gardênia e churrasco. Artis viajara por todo o país, de Chicago a Detroit, de Savannah a Charleston, e até Nova York, mas nunca houve uma vez em que não se sentisse feliz por voltar a Birmingham. Se existe algo que se possa chamar de felicidade completa, é saber que se está no lugar certo, e Artis sentiu-se completamente feliz desde a primeira vez que pisou em Birmingham.

Por isso, ele decidiu que voltaria para casa, pois preferia estar morto do que continuar distante por mais tempo. Sentia falta de Birmingham como os homens sentem falta de suas mulheres.

E era exatamente isso que a srta. Electra Greene pretendia se tornar... Se o deixasse viver, é claro.

Ele passou pelo Fife & Drum Bar e alguém ouvia uma canção na *jukebox*:

Way down South, in Birmingham, I mean South, in Alabam',
An old place where people go to dance the night away,
They all drive or walk for miles to jive

That Southern style, slow jive, that makes you want
To dance 'till break of day.
At each junction where the town folks meet
At each function, in their tux they greet you.
Come on down, forget your care. Come on down
You'll find me there. So long town!
I'm heading for Tuxedo Junction now.*

---

* Em tradução livre: "Lá para o Sul, em Birmingham, quero dizer Sul, no Alabama,/ Há uma velha cidade onde se dança a noite inteira,/ Todo mundo vem de longe para dançar um tal de jazz,/ Aquele estilo do Sul, o jazz lento, que faz você querer/ Dançar até o dia clarear./ Em cada esquina onde o pessoal se encontra,/ Em cada espetáculo, fumando eles saúdam você./ Venha, esqueça tudo. Venha/ E me encontre lá. Adeus, cidade!/ Estou indo para a Tuxedo Junction agora". (N. T.)

NOTICIÁRIO DA CIDADE DA ESCÓRIA
FLOTSAM & JETSAM
PELO SR. MILTON JAMES
25 DE NOVEMBRO DE 1950

CONHECIDO SOLTEIRÃO DE BIRMINGHAM CASA-SE

A SRTA. ELECTRA GREENE, filha do sr. e da sra. R.C. Greene, tornou-se a encantadora sra. Artis O. Peavey, filho do sr. e da sra. George Peavey, da Parada do Apito, Alabama.

Os coloridos ritos do casamento foram oficiados pelo dr. John W. Nixon, pastor da Primeira Igreja Congressional, enquanto a música foi executada pelo talentoso sr. Lewis Jones.

Noiva radiante

A encantadora noiva vestia um conjunto verde-floresta, com acessórios cor de âmbar, o rosto emoldurado por visom. Ela usava um chapéu de feltro marrom, combinando com as luvas e os sapatos, e segurava um buquezinho de lírios do vale.

A srta. Passarinho Sapeca Peavey, irmã do noivo, estava impressionante com um vestido drapeado de crepe de lã roxo, um colar de contas coloridas, sapatos e luvas da cor cereja.

Recepção colorida

Imediatamente após a cerimônia, uma colorida recepção aconteceu na casa da sra. Lulu Butterfork, que é ligada aos mais importantes círculos de beleza da cidade e também especialista em estética facial e penteados.

Os conhecidos habitantes de Birminghan que compareceram à recepção beberam ponche, tomaram sorvete e comeram bolinhos. Eles ficaram maravilhados com a reluzente exposição dos incontáveis presentes oferecidos ao casal.

Na noite de segunda-feira, 5 de outubro, às onze horas, a festa de casamento continuou com um baile, tendo a sra. Toncille Robinson como anfitriã.

O glamour marcou a ocasião, com o Little Savoy Café, cenário do evento, ornamentado brilhantemente para a festa e com uma longa mesa que estava coberta de comidas de todo o tipo. Uma refeição com sete tipos de pratos, com frango como principal, foi servida com vinho e arrematada com café e sobremesa.

O casal vai morar na casa da noiva na Fountain Avenue.

Supermercado Pigley-Wigley
Birmingham, Alabama
19 de maio de 1986

Já fazia nove longos e difíceis dias que Evelyn Couch seguia com sua dieta, e hoje ela acordara com uma sensação de euforia. Era como se tivesse total controle sobre sua vida, sentindo-se alta e magra, movendo-se com graça e flexibilidade. Era como se tivesse escalado uma montanha ao longo desses nove dias e agora chegara ao topo. De alguma maneira, ela sabia, de todo o coração, que nunca mais na vida comeria nada que não fosse fresco e revigorante; era assim que se sentia naquele exato momento.

Quando entrou no supermercado, deixou para trás doces e bolos, pães brancos e doces enlatados, onde tinha passado a maior parte da sua vida de consumidora, e foi direto para a seção de carnes, onde pediu peito de frango sem pele. Depois foi à seção de legumes e verduras, lugar só frequentado quando precisava de batatas para fazer purê, e pegou brócolis, e limões e limas para colocar as rodelas em sua água Perrier. Parou rapidamente na gôndola de revistas para comprar uma *Town and Country* por causa de um artigo sobre Palm Beach e depois foi direto para o caixa, onde foi cumprimentada pela atendente.

"Olá, sra. Couch. Como está hoje?"

"Ótima, Mozell, e você?"

"Estou bem. Só isso por hoje, querida?"

"Isso mesmo."

Mozell colocou a mercadoria no pacote.

"A senhora está muito bonita hoje, sra. Couch."

"Obrigada, estou me sentindo muito bem."

"Bem, até logo. Tenha um ótimo dia."

"Obrigada. Para você também."

Quando Evelyn ia saindo, um rapaz de olhar frio e cara fechada, vestindo uma calça manchada e camiseta, entrou bruscamente pela porta onde estava escrito SAÍDA, esbarrando em Evelyn. Foi como se nem a visse, e Evelyn, ainda de bom humor, disse baixinho para si mesma: "Puxa, que cavalheiro!".

O garoto se virou e, com os olhos cheios de ódio, lançou: "Vá se foder, sua puta!" e seguiu em frente.

Evelyn ficou atônita. O ódio que viu nos olhos dele era de tirar o fôlego. Começou a tremer e sentiu que ia chorar. Era como se alguém tivesse batido nela. Evelyn fechou os olhos e tentou se controlar. Ele era um estranho. Pouco importava. Não se permitiria ficar aborrecida.

Mas, quanto mais ela pensava, mais achava que devia agir. Sairia, esperaria por ele e diria que gostaria de esclarecer a situação, que não pretendia magoá-lo, mas tinha certeza de que ele entrara pela porta errada por engano e não percebera que a empurrara.

Acreditava que, tendo esclarecido tudo, provavelmente ele se arrependeria, tudo ficaria bem novamente e ela poderia voltar para casa se sentindo melhor.

O rapaz surgiu na porta com um pacote e passou por ela. Evelyn apressou o passo e o alcançou.

"Desculpe, só quero lhe dizer que não havia razão para ser tão rude comigo há pouco. Só estava tentando..."

Ele lançou-lhe um olhar de nojo. "Sai do meu caminho, sua vaca!"

Evelyn ficou sem ar.

"Do que você me chamou?"

Ele seguiu em frente, ignorando-a. Agora ela corria atrás dele, em lágrimas.

"Do que você me chamou? Por que está sendo tão rude comigo? O que foi que eu lhe fiz? Você nem me conhece!"

Ele abriu a porta da caminhonete, e Evelyn, histérica, agarrou-lhe o braço.

"Por quê? Por que está sendo tão bruto?"

Ele arrancou a mão dela de seu braço e acertou-lhe um soco no rosto, os olhos e a expressão transtornados pela raiva. "Não enche meu saco, sua puta, ou vou arrebentar sua cara, cadela gorda e burra!"

E com isso ele a empurrou e jogou-a no chão.

Evelyn não podia acreditar no que estava acontecendo. Suas compras estavam espalhadas por todo o chão.

A garota de rabo de cavalo que esperava o rapaz na caminhonete olhou para Evelyn e caiu na gargalhada. Ele ligou o carro, deu marcha a ré e saiu cantando os pneus no estacionamento, gritando palavrões para Evelyn.

Ela ficou sentada no chão, com os cotovelos sangrando, novamente se sentindo gorda, velha e inútil.

O Semanário Weems
Parada do Apito, Boletim semanal do Alabama
12 de dezembro de 1941

Começa a Guerra

Grady Kilgore é o encarregado da junta de recrutamento e disse que todos os rapazes devem comparecer para se alistar.

Parece que ultimamente não há mais nada além de trens do exército e tanques passando por aqui. Gostaria de saber de onde eles vêm e para onde vão.

Wilbur afirma que a guerra não durará mais que seis meses. Espero que pelo menos uma vez na vida ele esteja certo.

O Quarteto das Senhoras da Barbearia Jolly Belles foi convidado para participar da Convenção Nacional dos Quartetos das Senhoras de Barbearia em Memphis, Tennessee, nesta primavera, para apresentar sua interpretação de "Dip Your Brush in Sunshine (and Keep On Painting Away)".

O reverendo Scroggins pede a quem está dando seu endereço e telefone àqueles que procuram por uísque que, por favor, pare de fazer isso, porque sua esposa, Arna, está tendo crises de nervos, e já teve várias nesta semana. Bobby Lee Scroggins alistou-se na Marinha. A propósito, aquela estrela na janela do Café é para Willie Boy Peavey, o garoto de Onzell e Big George, que foi o primeiro soldado negro recrutado em Troutville.

... Dot Weems...

P.S.: Todos estão se preparando para a apresentação anual de Natal e, por causa da falta de homens na cidade, Opal, eu e Ninny Threadgoode vamos interpretar os três reis magos.

Rhodes Circle, 212
Birmingham, Alabama
8 de agosto de 1986

Depois que o rapaz no supermercado a chamou daqueles palavrões, Evelyn Couch sentiu-se violentada. Estuprada por palavras. Despojada de tudo o que possuía. Ela sempre tentara evitar que uma coisa dessas lhe acontecesse, sempre tivera pavor de homens desagradáveis, vivia aterrorizada pelos nomes de que eles poderiam chamá-la. Passou a vida toda pisando em ovos, como alguém que ergue a saia ao atravessar um pasto. Toda a vida achara que, se os provocasse, aqueles palavrões estariam muito perto da superfície, prestes a emergir e destruí-la.

Por fim acontecera, mas ela continuava viva. Então começou a se questionar. Foi como se o ato de violência daquele rapaz a obrigasse a olhar para si e a fazer as perguntas que tanto evitara, por medo das respostas.

O que seria esse poder, essa insidiosa ameaça, essa arma invisível sobre sua cabeça que controlava sua vida... *Esse pavor de ser xingada?*

Permanecera virgem para não ser chamada de galinha ou vagabunda; casara-se para que não a chamassem de velha solteirona; fingira orgasmos para não ouvir que era frígida; tivera filhos para que não a chamassem de estéril; não fora feminista para não ser chamada de sapatão e misândrica; nunca falou em voz alta ou perdeu a linha para que não fosse chamada de puta...

Fez de tudo, e, ainda assim, um estranho a arrastara ao esgoto com palavrões que os homens usam contra as mulheres quando estão nervosos.

Evelyn questionava: por que sempre palavrões ligados ao sexo? E por que, quando os homens queriam ofender outros homens, chamavam de "mulherzinha"? Como se fosse a pior coisa do mundo. O que fizemos para que nos vejam dessa maneira? Para sermos chamadas de *cadelas*? As pessoas não ofendem mais os negros, pelo menos não na frente deles. Os italianos não são mais *carcamanos*, e não existem mais *japas*, *chinas* ou adjetivos preconceituosos nas conversas formais. Todo mundo tem seu grupo para protestar e todos se unem. Mas os homens ainda se referem às mulheres por palavrões. Por quê? Onde está nosso grupo? Isso não é justo. Ela se aborrecia cada vez mais. Gostaria que Idgie estivesse por perto. Ela não permitiria que aquele rapaz a chamasse por aqueles nomes. Com certeza o teria acertado com um soco.

Ela precisou parar de pensar, de repente, porque estava tendo uma sensação inédita até agora, e que a assustava. E assim, vinte anos depois que a maioria das outras mulheres, *Evelyn Couch sentia raiva.*

Sentia raiva de si mesma por ser tão medrosa. Logo toda essa raiva reprimida começou a se expressar de maneira estranha e peculiar.

Pela primeira vez na vida, quis ser homem. Não pelo privilégio de possuir aquele equipamento que eles prezam tanto. Não. Ela queria ter a força do homem, para no supermercado poder ter reduzido aquele punk boca suja a pó. É claro que ela percebeu que, se fosse homem, não teria sido chamada daqueles nomes. Em sua imaginação tinha o mesmo corpo, mas com a força de dez homens. Tornou-se a supermulher. E esmurrou sem parar o garoto boca suja até vê-lo esparramado no estacionamento, com os ossos quebrados e o nariz sangrando, pedindo pelo amor de Deus para que ela parasse. Há!

Foi assim que, aos quarenta e oito anos, começou a incrível vida secreta da sra. Evelyn Couch, de Birmingham, Alabama.

Ninguém que via aquela dona de casa de classe média, de meia-idade, rechonchuda e de aspecto simpático sair para as compras ou qualquer outra tarefa doméstica poderia adivinhar que na verdade, na cabeça de Evelyn, ela era uma perigosa arma de guerra, capaz de arrancar os órgãos genitais dos maridos estupradores e abusivos com suas botas especialmente desenhadas para a defesa das esposas.

Evelyn criara um codinome para si mesma... Um nome temido no mundo todo: Towanda, a vingadora.

Enquanto Evelyn cumpria seus afazeres com um sorriso nos lábios, Towanda cuidava de cutucar os molestadores de crianças com arames eletrificados até que não lhes restasse um único fio de cabelo. Ela colocou bombas minúsculas dentro das revistas *Playboy* e *Penthouse* para que explodissem quando fossem abertas. Injetou doses cavalares nos traficantes de drogas e os jogou na rua para morrer; forçou aquele médico que dissera a sua mãe que ela tinha câncer a andar nu pela rua, enquanto todos os seus colegas de profissão, inclusive dentistas e higienistas orais, caçoavam e lhe atiravam pedras. Vingadora impiedosa, ela esperou ele concluir sua caminhada e então abriu-lhe o crânio com um machado.

Towanda podia fazer tudo o que quisesse. Ela voltou no tempo e esmurrou o apóstolo Paulo por ter escrito que as mulheres deviam permanecer em silêncio. Towanda foi a Roma e arrancou o papa de seu trono, colocando uma freira no lugar, e os padres cozinhando e fazendo a limpeza, só para variar.

Towanda apareceu na tevê no *Encontro com a imprensa* e, com voz calma, os olhos límpidos e um sorriso encantador, debateu com todos que discordavam dela, até vê-los sucumbir a seu brilhantismo e, em lágrimas, abandonar o programa. Foi a Hollywood e obrigou todos os diretores a trabalhar com mulheres de sua própria idade e não com garotas de vinte anos, de corpo perfeito. Jogou todos os proprietários de cortiços aos ratos para que os roessem até a morte e enviou comida e anticoncepcionais, tanto para homens quanto para mulheres, aos povos miseráveis de todo o mundo.

E, por causa de suas atitudes, ela se tornou mundialmente conhecida como Towanda, a Magnânima, a Corretora das Coisas Erradas, a Rainha Incomparável.

Towanda ordenou que um número igual de homens e mulheres participasse do governo e sentasse à mesma mesa para conversar; ela e sua equipe de cientistas descobririam a cura para o câncer e inventariam uma pílula que permitiria a qualquer um comer o que quisesse sem engordar; as pessoas seriam obrigadas a tirar uma licença para ter filhos, provando que tinham condições tanto financeiras quanto emocionais — *basta de fome e agressão a crianças*. Jerry Falwell seria responsabilizado pela educação de todos os filhos ilegítimos sem lar; nunca mais um filhote de cachorro ou de gato seria morto, e eles teriam um estado só seu, talvez Novo México ou Wyoming; professores e enfermeiros passariam a receber o mesmo salário dos jogadores profissionais de futebol.

Ela impediria a construção de todos os condomínios, principalmente os de telhado vermelho; e Van Johnson ganharia um programa só seu... Ele era um dos favoritos de Towanda.

Os pichadores seriam mergulhados em uma tina de tinta indelével. Nunca mais os filhos de pais famosos poderiam escrever livros. E ela se encarregaria pessoalmente de dar aos homens e pais gentis, que trabalharam a vida toda, um barco a motor para que fizessem uma viagem ao Havaí.

Towanda foi à Madison Avenue e assumiu a direção de todas as revistas de moda; todos os exemplares que exibiam modelos com peso abaixo de sessenta quilos foram queimados e as rugas de repente se tornaram sexualmente atraentes. Queijos magros foram definitivamente banidos da face da Terra. A cenoura crua também.

Ontem mesmo, Towanda foi até o Pentágono e deu um fim em todas as bombas e mísseis, e no lugar deixou brinquedos para todos, enquanto suas irmãs faziam o mesmo na Rússia. Depois foi ao noticiário da noite e distribuiu o orçamento militar entre todos os norte-americanos com mais de sessenta e cinco anos. Towanda fazia tantas coisas durante o dia que Evelyn ia se deitar exausta.

Não é de se admirar. Naquela noite, enquanto Evelyn fazia o jantar, Towanda destruiu um barracão cheio de filmes pornográficos e de exploração infantil. Mais tarde, enquanto Evelyn lavava a louça, Towanda varreu do mapa todo o Oriente Médio a fim de evitar uma Terceira Guerra Mundial. E assim, quando Ed gritou da sala pedindo outra cerveja, sem perceber Towanda gritou de volta:

"Vá à merda, Ed!"

Em silêncio, ele levantou de sua poltrona reclinável e entrou na cozinha.

"Evelyn, você está se sentindo bem?"

O SEMANÁRIO WEEMS
PARADA DO APITO, BOLETIM SEMANAL DO ALABAMA
9 DE FEVEREIRO DE 1943

A GUERRA GANHA FORÇA

MEU CARA-METADE TRABALHA EM DOIS TURNOS, assim como todo mundo lá na ferrovia, desde que a indústria de ferro e aço começou a funcionar a todo o vapor, e, enquanto isso, sou uma das meninas solitárias. Mas, se ele está lá para ajudar os rapazes do tio Sam, eu posso aguentar.

Tommy Glass e Ray Limeway escrevem do front para dizer alô a todos.

A propósito, alguém já viu o jardim da vitória de Ruth e Idgie, ao lado da velha casa dos Threadgoode? Idgie disse que Sipsey semeou feijões do tamanho de moedas de prata. Eu só tenho conseguido colher algumas batatas-doces aqui em casa.

Três das integrantes do Quarteto das Senhoras da Barbearia Jolly Belles, Ninny Threadgoode, Biddie Louise Otis e eu, foram a Birmingham e comeram no Café Brittling, depois foram assistir a nossa Essie Rue Limeway. O filme que estava passando não era nem de longe tão bom quanto o show no intervalo. Ficamos muito orgulhosas. Queríamos que todos os que estavam naquela sala de espetáculos soubessem que ela era nossa amiga. Ninny virou-se para a pessoa que estava a seu lado e contou que Essie Rue era sua cunhada.

A propósito, não se esqueça de economizar borracha.

... Dot Weems...

P.S.: Quem disse que somos o sexo frágil? O coitado do Dwane Glass desmaiou em seu próprio casamento no último domingo e teve que ser amparado por sua futura esposa durante toda a cerimônia. Ele disse que depois de tudo o que passou está se sentindo bem. Ele partirá para a guerra depois da lua de mel.

Parada do Apito, Alabama
12 de janeiro de 1944

Em Birmingham, no grande terminal da L&N, uma banda de metais e um grupo de quinhentas pessoas davam boas-vindas aos filhos, maridos e irmãos que regressavam ao lar; heróis de guerra, todos eles. As bandeiras tremulavam à espera do expresso das seis e vinte vindo de Washington, D.C..

Naquela noite, o trem fez uma primeira parada a vinte minutos de Birmingham, e no início da plataforma estava uma família negra esperando pelo filho. Em silêncio, o caixão de madeira foi retirado do vagão de bagagens e colocado na carreta que o levaria a Troutville.

Artis, Jasper e Passarinho Sapeca seguiam atrás de Onzell, Sipsey e Big George. Grady Kilgore, Jack Butts e todos os rapazes da ferrovia tiraram o chapéu ao vê-los passar.

Não se viam bandeiras ou bandas, nem sequer medalhas, apenas uma carreta levando um caixão com um nome escrito: 1º Sdo. W. C. Peavey. Mas do outro lado da rua, na janela do Café, havia uma bandeira, uma estrela por serviços prestados e um cartaz onde se lia: seja bem-vindo, willie boy.

Ruth, Idgie e Toco já estavam esperando em Troutville.

O doce Willie Boy, o Divino Conselheiro Peavey, o garoto que fora aceito no Instituto Tuskegee... O inteligente, o futuro advogado, o líder de seu povo, a luz brilhante que viera das ruas estreitas do Alabama e fora para Washington, D.C.. Willie Boy, aquele que teve a chance de dar certo, fora morto em uma briga de bar por um soldado negro chamado Winston Lewis, de Newark, Nova Jersey.

Willie Boy estava falando de seu pai, Big George, aquele que, toda vez que seu nome era mencionado, tanto os negros quanto os brancos diziam em uníssono: "Puxa, que homem!".

Mas Winston Lewis respondeu que *qualquer* homem que trabalhasse para brancos, especialmente no Alabama, não passava de um pobre diabo, um ignorante, um trapaceiro pai Tomás.

Para se manter vivo, Willie Boy aprendera a não reagir a insultos diante da menor centelha de agressividade e raiva. Mas nessa noite, quando Winston falou, ele pensou no pai e quebrou a garrafa de cerveja na cabeça do soldado, deixando-o caído no chão, como uma lâmpada apagada.

Na noite seguinte, a garganta de Willie Boy foi cortada de uma orelha à outra enquanto ele dormia; Winston Lewis desertou logo em seguida. O Exército não deu muita importância; já estavam acostumados a brigas de faca entre os soldados negros, e Willie Boy foi mandado em um caixão.

Durante o funeral, Ruth, Smokey e todos os Threadgoode estavam na primeira fila da igreja, e Idgie falou em nome da família. O pastor disse que Jesus só estava levando seu querido discípulo para junto dele e que cumpria a vontade do Pai Todo-Poderoso sentado em seu trono dourado no céu. A congregação curvou-se e respondeu:

"Seja feita a Sua vontade."

Artis respondeu ao pastor junto dos demais, mas, ao curvar-se, viu sua mãe chorando de agonia. Depois da cerimônia, ele não foi ao cemitério. Enquanto Willie Boy era abaixado naquela fria cova de terra vermelha do Alabama, Artis pegou o trem e seguiu para Newark, Nova Jersey, à procura de alguém chamado Winston Lewis.

E a congregação cantava: "Senhor, não remova a montanha, mas dê-me forças para escalá-la..."

Três dias depois, o coração de Winston Lewis foi encontrado embrulhado em jornal, a poucos quarteirões de sua casa.

O Semanário Weems
Parada do Apito, Boletim semanal do Alabama
24 de fevereiro de 1944

A divertidíssima Farra da Geladeira

O Clube do Picles realizou sua anual "Farra da Geladeira", e esta foi uma das melhores até agora.

Grady Kilgore fantasiou-se de Shirley Temple e cantou "On the Good Ship Lollipop". Quem podia imaginar que nosso xerife tem pernas tão bonitas?

E meu cara-metade, Wilbur Weems, cantou "Red Sails in the Sunset". Eu gostei, mas sou suspeita para julgar. Ouço-o cantar todo dia no chuveiro. Ha! Ha!

As imitações mais engraçadas foram as do reverendo Scroggins, feita por Idgie Threadgoode, e a de Vesta Adcock, feita por Pete Tidwell.

Opal se encarregou dos cabelos e das maquiagens, e Ninny Threadgoode e Biddie Louise Otis fizeram as roupas.

O tal "animal perigoso" na paródia de Mutt e Jeff não era outro senão o buldogue do dr. e da sra. Hadley, o Ring, com uma máscara de gás.

Toda a renda será revertida ao fundo de Natal para os necessitados da Parada do Apito e Troutville.

Gostaria que essa guerra acabasse logo; sentimos saudade de nossos rapazes.

A propósito, outro dia Wilbur tentou se alistar no Exército. Graças a Deus ele é velho demais e tem pé chato, senão nós realmente teríamos problemas.

... Dot Weems...

Casa de repouso Rose Terrace
Old Montgomery Highway,
Birmingham, Alabama
28 de julho de 1986

Evelyn recuperara todo o peso que perdera na dieta e ganhara quatro quilos mais. Estava tão aborrecida que nem sequer notou que a sra. Threadgoode tinha vestido a roupa do avesso novamente.

As duas estavam ocupadas comendo uma caixa de Divinity Fudge quando a sra. Threadgoode disse: "Daria a vida por um pouco de manteiga. Esta margarina que eles usam tem gosto de graxa. Tivemos que comer muito disso durante a Depressão, e preferia nunca ter que comer de novo. Por isso não a uso nunca, prefiro minhas torradas secas, só com pasta de maçã.

"Imagine, Idgie e Ruth compraram o Café em 1929, em plena Depressão, e acho que elas nunca usaram margarina por lá. Pelo menos, não que eu me lembre. É estranho, enquanto todo mundo sofria por aqui, no Café aqueles anos da Depressão foram alguns dos mais felizes para mim, mesmo com toda a dificuldade por que passávamos. Nós éramos felizes e não sabíamos.

"Muitas noites íamos ao Café para ouvir rádio. Ouvíamos Fibber McGee e Molly, Amos e Andy, Fred Allen... Ah, não me lembro de tudo o que ouvíamos, mas era muito bom. Hoje não consigo assistir a esses programas na televisão. Só gente atirando uma na outra e se insultando. Fibber McGee e Molly não gritavam um com o outro. Amos e Andy costumavam gritar um pouco, mas era engraçado. E os negros que aparecem na televisão hoje não são tão gentis como antigamente. Sipsey colocaria Big George de castigo se ele dissesse as coisas que se ouve hoje.

"E não é só na televisão. Um dia desses, a sra. Otis foi ao supermercado e ofereceu uma moeda a um garotinho negro que passava, para que ele a ajudasse a levar as compras até o carro. Ela contou que ele a olhou de um jeito esquisito, meio zangado, e seguiu adiante. Ah, e não são só as pessoas negras, não. Quando a sra. Otis ainda dirigia, antes de ela atropelar uma carroça de verduras, os carros vinham atrás buzinando de um jeito desagradável, e, quando nos ultrapassavam, as pessoas mostravam o dedo para nós. Nunca vi um comportamento desses. É muito feio agir assim.

"Também não assisto mais às notícias. Todo mundo brigando entre si. Deviam dar um tranquilizante para esses meninos, para ver se acalmam um pouco. Foi isso o que fizeram ao sr. Dunaway. Acho que essas notícias ruins afetam as pessoas, fazem muito mal. Por isso, quando começa o noticiário, eu desligo.

"Ultimamente, faz uns dez anos mais ou menos, assisto a meus programas religiosos. Gosto do *P. T. L. Club*. Tem um monte de homens inteligentes naquele programa. De vez em quando mando dinheiro, quando tenho. E assisto ao *Camp Meeting USA*, das sete às oito da noite. Gosto de *Oral Roberts* e o *Seven Hundred Club*. Gosto igualmente de todos eles, menos daquela moça cheia de maquiagem, que não devia ficar chorando o tempo todo. Ah, ela chora se está feliz ou se está triste. Acho que ela chora por qualquer coisa. Também não gosto desses pregadores que ficam gritando sem parar. Não sei por que eles gritam se têm um microfone na mão o tempo todo. Quando começam a gritar, simplesmente desligo.

"E tem outra coisa: os quadrinhos nos jornais não são mais engraçados. Lembro-me de quando se podia dar boas risadas de *Gasoline Alley* ou *Wee Willie Winkle*. Eu adorava aquele Pequeno Henry. Ah, ele se metia em cada uma!

"Não consigo mais acreditar que as pessoas sejam felizes, pelo menos não como costumavam ser. Não se vê mais um rosto feliz. Eu disse à sra. Otis no dia em que Francis nos levou ao shopping: 'Olha como essa gente fica fazendo careta, têm uma cara azeda, até mesmo os jovens...'."

Evelyn deu um suspiro. "Por que será que as pessoas sentem tanta raiva?"

"Ah, isso é no mundo inteiro, meu bem. O fim dos tempos está chegando. Estamos quase no ano 2000, mas duvido que cheguemos até lá. Sabe, ouço muito os bons pregadores, e todos eles dizem que estamos chegando ao final. Dizem que está no Apocalipse, na Bíblia... É claro que eles não sabem de nada. Só quem sabe é Deus.

"Não sei por quanto tempo o Senhor vai querer que eu viva, mas estou chegando quase lá, você sabe disso. Por isso vivo cada dia como se fosse o último. Quero estar pronta. E é por isso também que não comento nada sobre o sr. Dunaway e Vesta Adcock. Temos que viver e deixar que os outros vivam."

Evelyn achou que devia perguntar: "O que têm eles?".

"Ah, eles acham que estão apaixonados. É o que dizem. Ah, você tinha que vê-los de mãos dadas passeando por aí. A filha do sr. Dunaway descobriu e ameaçou processar a casa de repouso. Chamou a sra. Adcock de sirigaita!"

"Não me diga!"

"Foi, sim, meu bem... Disse que ela estava querendo roubar seu pai. Foi uma confusão e levaram o sr. Dunaway embora. Temiam que ele e a sra. Adcock tivessem relações sexuais, eu acho. Mas acho que esse sonho já acabou faz tempo. Geneene disse que ele encerrou suas atividades há muitos anos e não conseguiria fazer mal a uma mosca... Então, que mal há em dar uns abraços e beijinhos? Vesta está desolada. Não sei o que ela vai fazer agora.

"Sabe de uma coisa? Acho que eles não dão muita folga por aqui."

"Não, acho que não mesmo", concordou Evelyn.

O Semanário Weems
Parada do Apito, Boletim semanal do Alabama
1º de agosto de 1945

Homem cai no verniz

Se eu não fosse casada com ele, jamais acreditaria... Meu cara-metade estava lá no pátio da ferrovia, andando entre as pessoas que pintavam os vagões, e caiu dentro de um galão de verniz. Ele conseguiu sair, mas o verniz secou tão depressa que ele ficou completamente endurecido antes de conseguir colocar os pés no chão. Tivemos que chamar Opal em casa para cortar o que sobrou dos cabelos dele. Por sorte não temos filhos. Eu não teria tempo de cuidar de outras crianças.

Será que alguém conhece alguma babá para meu marido?

Estamos todos felizes porque a guerra acabou. Bobby Scroggins chegou em casa ontem, e Tommy Glass e Ray Limeway voltaram na última quinta-feira. Oba!

Só boas notícias. Ninny Threadgoode esteve aqui ontem e me trouxe um trevo de quatro folhas. Disse que ela e Albert encontraram três no jardim de sua casa. Obrigada, Ninny.

... Dot Weems...

Casa de repouso Rose Terrace
Old Montgomery Highway,
Birmingham, Alabama
15 de agosto de 1986

Geneene, a enfermeira negra que se orgulhava de ser dura como uma pedra, mas na verdade não era, queixou-se de cansaço. Naquele dia ela estava dobrando o seu turno e foi até o quarto delas para sentar um pouco e fumar um cigarro. A sra. Otis estava na aula de artes, por isso a sra. Threadgoode ficou feliz por ter uma companhia.

"Sabe aquela moça com quem converso aos domingos?"

"Que moça?", perguntou Geneene.

"Evelyn."

"Quem?"

"Aquela gordinha com os cabelos meio grisalhos. Evelyn... Evelyn Couch... A nora da sra. Couch."

"Ah, sim."

"Ela me confessou que, desde que aquele garoto a xingou lá no Pigley-Wigley, ela começou a odiar as pessoas. Eu lhe disse: 'Ah, querida, não é bom sentir ódio. Isso só vai servir para transformar seu coração em uma fonte de amarguras. As pessoas não têm culpa do que são, assim como o gambá não tem culpa de ser um gambá. Se elas tivessem a opção de ser outra coisa, certamente seriam. Tenho certeza. É só que as pessoas são fracas'.

"Evelyn disse que às vezes sente ódio do próprio marido. Ele fica em casa sem fazer nada, assistindo a jogos de futebol ou falando ao telefone, e ela tem uma vontade irresistível de acertar a cabeça dele com um taco de beisebol, sem razão alguma. A pobrezinha acha que só ela no mundo tem maus pensamentos. Eu lhe disse que seu problema é uma coisa natural, que acontece aos casais depois de estarem juntos há muito tempo.

"Eu me lembro de quando Cleo começou a usar seu primeiro par de dentaduras e quanto ele estava contente por isso. Elas faziam um clique toda vez que ele mordia alguma coisa, e aquilo me irritava tanto que algumas vezes eu precisava sair da mesa para não dizer alguma coisa... E olha que eu amava aquele homem mais que tudo neste mundo. Mas há períodos da vida em que a gente se irrita um com o outro. E de repente, um dia, não sei se os dentes dele pararam de fazer barulho ou se me acostumei, mas aquilo nunca mais me aborreceu. Essas coisas acontecem nas melhores famílias.

"Veja Idgie e Ruth. Nunca se viu duas pessoas mais devotadas uma à outra do que as duas, e, mesmo assim, elas passaram por fases problemáticas. Uma vez Ruth mudou-se para a nossa casa. Nunca soube o motivo, nem perguntei, pois não era da minha conta, mas acho que ela não gostava que Idgie fosse ao rio, onde morava Eva Bates. Talvez achasse que Eva a incentivava a beber demais, o que era verdade.

"Mas, como eu disse a Evelyn, todo mundo tem suas implicâncias.

"Coitadinha da Evelyn, me preocupo com ela. Essa menopausa pegou-a de tal forma. Ela disse que não só sente vontade de acertar a cabeça de Ed como também tem fantasias de sair vestida toda de preto durante a noite para matar os malvados com sua arma. Imagine!

"Eu disse a ela: 'Meu bem, você está assistindo à televisão demais. Tire essas ideias da cabeça imediatamente! Além do mais, não cabe a nós julgar as outras pessoas. Está muito claro na Bíblia que, no dia do juízo final, Jesus descerá à Terra com sua hoste de anjos para julgar os abençoados e os mortos'.

"Evelyn me perguntou quem eram os abençoados, e, sabe, juro pela minha vida que não soube o que lhe dizer!"

Clube de pesca e acampamento A Roda do Vagão
Rio Warrior, Alabama
3 de junho de 1946

As luzes azuis estavam acesas e ouvia-se o burburinho das pessoas conversando lá dentro e o som da música da jukebox ecoava do outro lado do rio. Idgie estava sentada no meio de toda a balbúrdia, bebendo uma cerveja Pabst Blue Ribbon e arrematando com mais Pabst Blue Ribbon. Não queria uísque nessa noite, porque já bebera o suficiente na noite anterior.

Sua amiga Eva dançava com alguns rapazes do interior, que deveriam estar em uma reunião do Clube Elks, em Gate City. Ela passou por Idgie e a olhou.

"Ei, garota, o que há com você? Parece um lagarto de ressaca!"

A voz de Hank Williams cantava dolorosamente sobre estar se sentindo tão sozinho que poderia morrer.

"Ruth se mudou", disse Idgie.

O humor de Eva também mudou. "O quê?"

"Foi embora. Para a casa de Cleo e Ninny."

Eva se sentou. "Meu Deus, Idgie, por que ela fez isso?"

"Está zangada comigo."

"Imaginei. O que que você fez?"

"Menti pra ela."

"Ah... O que você disse?"

"Disse que ia a Atlanta visitar minha irmã Leona e John."

"E não foi?"

"Não."

"Foi aonde?"

"Para o mato."

"Com quem?"

"Sozinha. Queria estar comigo mesma, só isso."

"E por que não disse isso pra ela?"

"Não sei. Acho que já estava irritada de ter que dizer a alguém o tempo todo o que vou fazer. Não sei. Comecei a me sentir sufocada e quis respirar um pouco. Por isso menti. Só isso. Qual é o problema? Grady mente para Gladys, Jack mente para Mozell."

"É, só que você não é Grady ou Jack... Nem Ruth é Gladys ou Mozell. Ah, menina, não gosto de ver isso acontecer. Lembra do jeito que você *tava* antes de ela vir *pra* cá?"

"Lembro, mas às vezes preciso sair e ficar fora um pouco. É como se eu precisasse de liberdade, sabe."

"Eu sei, Idgie, mas você tem que ver as coisas do lado dela. Essa moça abriu mão de tudo *pra vir pra* cá. Deixou a cidade que nasceu, os amigos, abriu mão de tudo só *pra* vir *pra* cá e viver com você. Você e o Toco são tudo o que ela tem. Você tem todos os seus amigos e sua família..."

"É verdade, e às vezes acho que eles gostam muito mais dela do que de mim."

"Olha, Idgie, quero dizer uma coisa. Você não acha que ela teria qualquer um que quisesse por aqui? Era só estalar o dedo. Se eu fosse você, ia pensar duas vezes antes de dar minhas escapadas."

Nesse momento, Helen Claypoole, uma mulher de meia-idade que frequentava há alguns anos o Clube do Rio, procurando por homens e bebendo com qualquer coisa que se mexesse e lhe pagasse os drinques, saiu do banheiro tão bêbada que nem percebeu que o vestido ficara preso no elástico da calcinha. Cambaleava em direção à mesa, onde um homem a esperava.

Eva apontou para ela. "Olha lá uma mulher que fez muita questão de ter sua liberdade. Ninguém dá a mínima pra saber onde ela *tá* ou procura por ela. Pode apostar no que eu *tô* te dizendo."

Idgie observou Helen com o batom borrado e os cabelos caídos no rosto, com um olhar desnorteado para os homens, sem sequer vê-los.

"Preciso ir", disse Idgie logo depois. "Tenho que pensar um pouco."

"É, você tá precisando mesmo."

Dois dias depois, Ruth recebeu um bilhete datilografado: "Se você aprisionar um animal selvagem, tenha certeza de que vai matá-lo; mas, se o deixar livre, nove entre dez vezes ele voltará para casa".

Ruth telefonou para Idgie pela primeira vez em três semanas. "Recebi seu bilhete e pensei muito. Acho que precisamos conversar."

Idgie ficou extasiada. "Também acho. Estou indo aí." Saiu correndo do Café, pensando em passar pela casa do reverendo Scroggins e jurar sobre a Bíblia que jamais mentiria de novo para Ruth.

Ao virar a esquina e ver a casa de Ninny e Cleo, lembrou-se de repente de uma coisa que Ruth dissera... Que bilhete? Ela não tinha mandado nenhum bilhete.

Jornal de Birmingham
15 de outubro de 1947

Zagueiro de um só braço leva o time à quinta vitória consecutiva

Com um placar de 27 a 20 sobre Edgewood, e com o quarto tempo empatado em 20 a 20, a vitória da Parada do Apito chegou em um emocionante passe realizado pelo armador de um só braço Buddy "Toco" Threadgoode, já veterano.

"Toco é o nosso melhor jogador", disse hoje o treinador Delbert Naves à imprensa. "Sua sede de vitória e o espírito de equipe fizeram toda a diferença. Apesar da deficiência, ele conseguiu completar 33 dos 37 passes tentados deste ano. É capaz de pegar no centro, matar a bola no peito, segurá-la corretamente e lançá-la em menos de dois segundos. Sua velocidade e precisão são surpreendentes."

Aluno mediano, ele também faz parte dos times de basquete e beisebol da escola. É filho da sra. Ruth Jamison, da Parada do Apito, e, quando perguntado como se tornou tão hábil nos esportes, disse que sua tia Idgie, que ajudou a criá-lo, ensinou-lhe tudo o que sabe sobre futebol americano.

Café da Parada do Apito
Parada do Apito, Alabama
28 de outubro de 1947

Toco tinha acabado de chegar do treino e abriu uma Coca-Cola. Idgie estava atrás do balcão enchendo a segunda xícara de café para Smokey Solitário. Ela disse, enquanto Toco passou por ela: "Quero falar com você, rapaz".

Epa, pensou Smokey, e escondeu-se atrás de seu pedaço de torta.

Toco disse: "O que foi? Eu não fiz nada...".

"É o que você pensa, mocinho", ela disse a Toco, que a essa altura da vida já media mais de um metro e oitenta e se barbeava. "Vamos lá no quartinho dos fundos."

Ele a seguiu sem pressa e sentou-se diante de uma mesa. "Onde está a mamãe?"

"Está em reunião na escola. Bem, o que foi que você disse a Peggy esta tarde?"

Ele olhou-a com ar de inocência. "Peggy? Que Peggy?"

"Sabe muito bem que Peggy. Peggy Hadley."

"Eu não disse nada."

"Você não disse nada."

"Não."

"Então por que será que ela apareceu aqui no Café, não faz uma hora, com os olhos vermelhos de tanto chorar?"

"Eu não sei, por que saberia?"

"Ela não pediu para você levá-la ao Baile Sadie Hawkins esta tarde?"

"É, acho que pediu. Não me lembro."

"E o que foi que você respondeu?"

"Ah, tia Idgie, eu não estou a fim de ir a baile algum com Peggy. Ela não passa de uma criança."

"Mas o que foi que você disse?"

"Disse que estaria ocupado, sei lá. Ela *tá* maluca, isso sim."

"Moço, eu perguntei o que foi que você disse àquela garota."

"Ah, eu só estava brincando."

"Estava brincando, hein? O que fez foi se mostrar a seus amigos, tentando bancar o durão na frente deles. Foi isso o que você fez."

Ele se mexeu incomodado na cadeira.

"Você disse a ela para se mandar e só aparecer quando tivesse os peitos bem crescidos. Acha isso certo?"

Ele não respondeu.

"Acha certo?"

"Tia Idgie, eu só estava brincando!"

"Teve é sorte de não levar um tapa na cara."

"O irmão dela também estava lá comigo."

"Ele também merecia um chute no traseiro."

"Ela está fazendo tempestade em copo d'água."

"Tempestade em copo d'água? Já pensou na coragem que aquela criatura precisou tomar para te pedir que a levasse a esse baile, para depois ouvir você dizer aquilo na frente de todo mundo? Ouça bem, rapazinho, sua mãe e eu não o criamos para ser grosseiro, um burro tapado. Como se sentiria se alguém dissesse uma coisa dessas a sua mãe? Ou se uma garota o mandasse voltar só quando tivesse o pênis grande?"

Toco enrubesceu. "Não fale assim, tia Idgie."

"Falo, sim. Não vou permitir que você seja como esses caras que há por aí. Agora, se você não quer ir ao baile, isso é outro assunto, mas nunca mais vai falar com Peggy ou qualquer outra garota dessa maneira, ouviu bem?"

"Sim..."

"Quero que vá agora mesmo à casa dela e peça desculpas. Estou falando sério, ouviu bem?"

"Sim, senhora..."

Ele se levantou.

"Sente-se. Ainda não acabei."

Toco suspirou fundo e jogou-se de novo na cadeira. "O que é agora?"

"Precisamos conversar uma coisa. Quero saber o que está havendo entre você e as garotas."

Toco sentiu-se desconfortável. "O que quer dizer?"

"Nunca me meti em sua vida pessoal. Você tem dezessete anos e tamanho para ser um homem, mas está preocupando sua mãe e eu."

"Por quê?"

"Nós entendemos que você superará essa fase, mas achamos que está na hora de parar de andar só com meninos."

"O que há de errado com meus amigos?"

"Nada, só que são todos homens."

"E daí?"

"Há um bando de garotas doidas por você, e nunca o vi tirar um minuto de seu dia para elas."

Silêncio.

"Você as chuta como um cavalo toda vez que uma delas tenta se aproximar. Pensa que não notei isso?"

Toco começou a enfiar o dedo num buraco da capa de oleado que cobria a mesa.

"Olhe para mim quando eu falo com você... Seu primo Buster já está casado, com um filho a caminho, e só é um ano mais velho que você."

"E daí?"

"E daí que você nunca convidou uma garota para ir ao cinema e toda vez que tem um baile na escola prefere sair para caçar."

"Eu gosto de caçar."

"Eu também. Mas na vida existem outras coisas além de caçadas e esportes."

Toco suspirou outra vez e fechou os olhos. "É só o que gosto de fazer."

"Comprei aquele carro, arrumei-o todo, porque achei que gostaria de levar Peggy para passear, mas só o que faz é correr de um lado para o outro na estrada com os rapazes."

"Por que Peggy?"

"Bem, Peggy ou qualquer outra; não quero ver você solitário por aí, como o pobre Smokey lá dentro."

"Smokey é muito feliz."

"Sei que é, mas seria muito mais se tivesse mulher e família. O que será de você se acontecer alguma coisa comigo ou com sua mãe?"

"Eu me viro. Não sou burro."

"Sei que você se vira, mas preferiria saber que alguém o ama e cuida de você. Quando você se der conta, todas as meninas da cidade já terão encontrado seus pares. E o que há de errado com Peggy?"

"Não há nada de errado."

"Sei que gosta dela. Costumava dar presentinhos para ela no Dia dos Namorados antes de crescer e se tornar tão forte."

Silêncio.

"Bem, não existe ninguém de quem você goste?"

"Não."

"Por que não?"

Toco começou a tremer e gritar: "Porque não, só isso. Agora me deixe em paz!".

"Escute, mocinho", disse Idgie, "você pode ser muito bom lá no campo de futebol, mas eu troquei suas fraldas e tenho o direito de dar um chute nesse seu traseiro. O que é isso agora?"

Toco não respondeu.

"O que está acontecendo, filho?"

"Não sei do que você está falando. Preciso sair."

"Sente-se. Você não vai a lugar algum."

Ele suspirou e sentou.

Idgie disse com calma: "Toco, você não gosta de meninas?"

Ele desviou os olhos. "Sim, eu gosto delas."

"Então por que não sai com elas?"

"Bom, eu não sou veado, se é isso que a preocupa. Mas é que..." As mãos dele estavam molhadas de suor.

"Vamos lá, Toco, diga o que é, filho. Nós dois sempre conseguimos conversar sobre qualquer coisa."

"Sei disso. É que não quero conversar com ninguém sobre isso."

"Sei que não quer, mas é preciso que fale. O que é?"

"É que... Ai, Jesus!" Ele quase sussurrava. "É que se alguma delas quiser fazer aquilo..."

"Quer dizer, fazer sexo?"

Toco fez que sim com a cabeça, os olhos voltados para o chão.

"Bem, se eu fosse você, me acharia um cara de sorte, não? Para mim, isso é um elogio", disse Idgie.

Toco enxugou o suor no lábio superior.

"Filho, você está tendo algum problema físico? Não está conseguindo ter ereção? Porque se for, pode ir ao médico e fazer um exame."

Toco balançou a cabeça. "Não, não é isso. Não tem a ver comigo, eu já fiz isso milhares de vezes."

Idgie espantou-se com o número, mas manteve a calma. "Bom, pelo menos sabemos que está tudo bem."

"Sim, comigo está tudo bem. É só que... Bom, é que eu nunca fiz com ninguém... Sabe... Só fiz comigo mesmo."

"O que não faz nenhum mal, mas não acha que está na hora de experimentar com uma garota? Não acredito que nunca teve uma chance, sendo assim bonitão."

"Já, já tive chance. Não que... É que...", sua voz falhou.

"É o quê, filho?"

Ele não pôde mais impedir que as lágrimas escorressem pelo rosto. Olhou para ela. "Eu tenho medo, tia Idgie. Morro de medo."

Idgie jamais imaginara que Toco, sempre tão corajoso, pudesse ter medo de alguma coisa.

"Medo do quê, filho?"

"Acho que é medo de cair em cima dela, ou perder o equilíbrio por causa do braço, ou de não saber direito como fazer. Sabe, medo de machucá-la... Não sei."

Ele evitava olhar para ela.

"Toco, olhe para mim. Do que exatamente você tem medo?", perguntou ela.

"Eu já disse."

"Tem medo de que a garota possa rir de você, não é?"

Finalmente, depois de um momento, ele admitiu:

"É, deve ser isso." Cobriu o rosto com a mão, envergonhado por chorar.

Foi então que Idgie fez uma coisa rara: foi até ele, envolveu-o com os braços e embalou-o como uma criança.

"Ah, querido, não chore. Tudo vai se resolver. Nada vai acontecer com você. Tia Idgie nunca vai permitir que algo de mau lhe aconteça. Não, não deixarei, não. Já o decepcionei alguma vez?"

"Não, senhora."

"Nada de mau vai lhe acontecer. Não vou deixar que isso aconteça." Abraçada a Toco, Idgie se sentia inútil e tentava pensar em alguém que pudesse ajudá-lo.

No sábado de manhã, Idgie pegou Toco e dirigiu até o outro lado do rio, como havia feito anos atrás. Atravessaram o portão com a roda de vagão, chegaram a uma cabine com porta de tela e ela pediu para ele descer do carro.

A porta da cabine se abriu e uma mulher recém-banhada, perfumada, com cabelos cor de fogo e olhos da cor de maçãs-verdes chamou-o da porta:

"Vem cá, benzinho."

Idgie pegou o carro e foi embora.

O Semanário Weems
Parada do Apito, Boletim semanal do Alabama
30 de outubro de 1947

Toco Threadgoode faz melhor

Toco Threadgoode, filho de Idgie Threadgoode e Ruth Jamison, ganhou grande destaque no *Jornal de Birmingham*. Parabéns. Por mais orgulhosos que possamos estar, só vá ao Café se estiver disposto a ouvir Idgie falar do jogo durante uma hora. Nunca vi pais mais orgulhosos. Depois do jogo, o time inteiro, a banda e as líderes de torcida ganharam hambúrgueres grátis no Café.

Meu cara-metade não tem a menor noção de moda. Outro dia cheguei em casa com o novo penteado preso com rede, feito por Opal lá no salão de beleza, e ele disse que parecia cocô de cabra com um ninho de mosca dentro... Bom, no nosso aniversário, ele me levou a Birmingham para comer espaguete em um restaurante, sabendo que estou de dieta... Homens! Difícil com eles, mas não se pode viver sem eles.

A propósito, sentimos muito pelas notícias que chegaram sobre a falta de sorte de Artis O. Peavey.

... Dot Weems...

Cidade da Escória, Alabama
17 de outubro de 1949

Artis O. Peavey vivia com sua segunda mulher, a ex-srta. Madeline Poole, uma empregada doméstica de primeira classe que trabalhava em uma casa de família na exclusiva Highland Avenue. Moravam na casa dela, na Tin Top Alley, nº 6, zona sul da cidade. Tin Top Alley não era mais que seis fileiras de casas de madeira, com telhado de zinco e jardins maltratados, em geral decorados com flores coloridas cultivadas em canos de água, para compensar a cinzenta monotonia dos barracos.

Ficava pouco adiante do último endereço deles, que, por sua vez, era no fundo de uma casa, no alojamento dos antigos empregados, identificado simplesmente como Alley G, nº 2.

Artis achava a vizinhança muito agradável. Uma quadra à frente ficava a Magnolia Point, onde ele podia ir se divertir diante das lojas com outros maridos de empregadas domésticas. À noite, depois do jantar, que era em geral a sobra dos patrões brancos, todos se sentavam nos terraços, e quase sempre alguma família começava a cantar, atraindo as demais. Havia muita distração, uma vez que as paredes eram tão finas que se podia ouvir o rádio ou a vitrola da casa ao lado. Quando a voz de Bessie Smith cantava "I Ain't Got Nobody" em alguma vitrola, todo mundo em Tin Top lamentava sua sorte.

Não faltavam por ali atividades sociais, e Artis era convidado para todas. Era o homem mais popular da rua, tanto entre os homens quanto entre as mulheres. Toda noite havia pelo menos uma ou duas fritadas de torresmo ou um churrasco... Ou, se o tempo não estava bom, reuniam-se sob a luz amarelada de um terraço para ouvir a chuva cair no telhado de zinco.

Nesse fim de tarde, Artis estava, como sempre, no terraço, observando a fina fumaça azulada que saía de seu cigarro, contente porque Joe Louis era campeão do mundo e o time de beisebol de Birmingham, os Black Barons, ganhara o campeonato. Foi então que surgiu um cachorro magro e amarelado, farejando a terra, procurando alguma coisa para comer; ele pertencia a Segundo John, um amigo de Artis que tinha esse nome porque nascera depois do irmão, John. Com o focinho na terra, o cachorro subiu os degraus, aproximou-se de Artis e ganhou um afago na cabeça.

"*Num* tem nada aqui *pra* você hoje, rapaz."

O cachorro ficou nitidamente desapontado e voltou a descer os degraus na esperança de encontrar um resto de pão ou mesmo de verdura. A Depressão nunca tinha terminado por ali, nem mesmo para os cães, fosse para o bem ou para o mal. A maioria das vezes para o mal.

Artis viu surgir a carrocinha e um homem de uniforme branco sair de dentro dela, segurando uma rede. A carroceria já estava lotada de infelizes cães barulhentos, que tinham sido recolhidos durante a tarde.

O homem assobiou para o cachorro amarelado, agora já no meio da rua.

"Aqui, vem, vem..."

O pobre cachorrinho correu em direção ao homem e em poucos segundos estava dentro da rede, sendo levado para o caminhão.

Artis saiu. "Ei, moço. Esse bicho tem dono."

"É seu?"

"Não. É de Segundo John. Você *num* pode levar ele assim, não, *sinhô*."

"Pouco me importa de quem é. O cachorro está sem coleira de identificação e vamos levá-lo."

Outro homem saiu do caminhão e ficou ali parado.

Artis insistiu, porque sabia que, uma vez dentro do canil da Prefeitura, nunca mais seria possível recuperar o cachorro. Principalmente se pertencesse a um negro.

"*Faz favor*, moço, deixa eu ir lá chamar o Segundo John. Ele trabalha em Five Points *pro seo* Fred Jones fazendo sorvete. Vou lá chamar ele."

"Tem telefone?"

"Eu, não, mas *vô* correndo lá no mercado *pra* telefonar. É só um minuto." Artis implorava com insistência. *"Faz favor*, moço, o Segundo John não é muito inteligente e nenhuma *muié* se casaria com ele, esse bicho aí é tudo que ele tem. É capaz até de se *matá*."

Os homens se entreolharam, e um deles disse: "Bom, vá lá. Mas se demorar cinco minutos nós vamos embora, está me ouvindo?".

Artis já se punha a caminho. *"Tá*, eu volto já, já."

Enquanto corria, lembrou-se de que não tinha ficha e rezou para que o sr. Leo, o italiano dono do mercadinho, lhe emprestasse uma. Sempre correndo, já quase sem fôlego, avistou o sr. Leo:

"Seo Leo, seo Leo, preciso duma ficha... Eles vão levá embora o cachorro do Segundo John... E tão lá esperando. Faz favor, seo Leo..."

O homem, sem entender uma palavra do que Artis dizia, pediu-lhe que se acalmasse e explicasse tudo outra vez. Artis conseguiu a ficha, mas havia um rapaz branco ao telefone.

Artis suava, andando de um lado para o outro, sabendo que não poderia fazer nada para tirá-lo do telefone. Um minuto... Dois... Artis gemeu. "Ai, senhor..."

Finalmente o sr. Leo bateu na porta da cabine. "Saia daí!"

O rapaz, muito a contragosto, despediu-se da pessoa do outro lado da linha e em sessenta segundos saiu da cabine.

Depois que o rapaz saiu, Artis se lembrou de que não sabia o número. Suas mãos molhadas tremiam enquanto procuravam na lista presa a uma corrente. "Jones... Jones... Ai, meu Deus... Jones... Jones... Quatro páginas cheias... Fred B... Ai, esse é na casa dele..."

Tinha que começar tudo de novo nas *Páginas amarelas.* "Onde *vô* procurar? Sorvete? Mercearia?" Não conseguiu. Ligou então para Informações.

"Informações", disse uma voz metálica do outro lado.

"Tô precisando do número do Fred B. Jones."

"Pode repetir o nome, por favor?"

"Sim, senhora, é Fred B. Jones, em Five Points." O coração dele batia acelerado.

"Tenho três Fred B. Jones em Five Points... Quer os três números?"

"Quero, sim, senhora." Ele procurou um lápis no bolso.

"Sr. Fred Jones, 18th South, 68799; sr. Fred Jones, Magnolia Point, nº 141, 68745; e Fred C. Jones, 15th Street, 68721..."

Ele não encontrou o lápis e a telefonista desligou. De volta à lista.

Artis mal podia respirar. O suor escorria pelos olhos, atrapalhando a visão. Mercearia... Farmácia... Sorvete... Comida... É ISTO! Aqui está, Fred B. Jones, Comida Pronta, 68715...

Ele pôs a ficha e discou o número. Ocupado. Tentou outra vez. Ocupado... Ocupado...

"Ai, meu Deus!"

Depois de discar oito vezes, Artis não não sabia o que fazer, então voltou para onde os homens estavam. Virou a esquina e, graças a Deus, eles continuavam lá, encostados no caminhão. O cachorro estava amarrado a uma corda.

"Conseguiu?", perguntou o gordo.

"Não, *sinhô*", disse, engasgando. "*Num* deu *pra* falar, mas vocês podiam me levar lá em Five Points e eu encontro ele."

"Não vamos fazer isso. Já perdemos muito tempo com você." E começaram a levar o cachorro para a traseira do caminhão.

Artis estava desesperado. "Eu *num* vou deixar vocês *fazê* isso."

Ele enfiou a mão no bolso e, antes que os homens pudessem perceber, cortou a corda com sua lâmina de dez centímetros e gritou: "Se manda!".

Artis voltou-se para ver o cachorro agradecido virar a esquina em uma corrida desenfreada, e sorria quando o cassetete o atingiu atrás da orelha esquerda.

DEZ ANOS PELA TENTATIVA DE ASSASSINATO DE UM SERVIDOR PÚBLICO COM UMA ARMA MORTAL. Teriam sido trinta, se os homens fossem brancos.

Birmingham, Alabama
1º de setembro de 1986

Ed Couch chegou em casa na noite de quinta-feira dizendo que estava tendo problemas com uma moça do escritório que era "um verdadeiro pé no saco" e que, por isso, nenhum dos homens queria mais trabalhar com ela.

No dia seguinte, Evelyn saiu para comprar um cardigã para a sogra, e, enquanto comia um lanche no Café Pioneer, um pensamento lhe veio à cabeça: "O que ele quer dizer com 'pé no saco'?".

Ela ouvia Ed usar muito esse termo, junto com "Ela deu *pra* torrar o meu saco" e "Que ela não me venha puxar o saco".

Por que Ed temia tanto pelo seu saco? Afinal, o que é o saco? Nada mais que um par de bolsinhas cheias de esperma; mas, pela maneira como os homens se preocupavam com ele, parecia a coisa mais importante do mundo. Ed quase teve um ataque quando um dos testículos do filho não descera adequadamente. O médico garantiu que não afetaria a capacidade dele de ter filhos, mas Ed agira como se fosse uma tragédia, querendo mandá-lo a um psiquiatra para evitar que se sentisse menos homem. Ela se lembrava de, na época, ter achado aquilo uma bobagem... Seus seios também não cresceram muito e ninguém jamais achou que ela precisasse de ajuda.

Mas Ed conseguiu convencê-la, dizendo-lhe que ela não entenderia porque só um homem era capaz de entender a importância disso. Ele também teve outro ataque quando ela quis castrar o gato, Valentine, quando engravidou a siamesa puro-sangue que morava na casa em frente.

"Se você quer cortar o saco dele fora", disse Ed, "é melhor matá-lo de uma vez."

Sem dúvida, ele tinha um comportamento muito peculiar quando o assunto era saco.

Certa vez vira Ed elogiar essa mesma mulher do escritório quando enfrentou o próprio chefe. Para demonstrar sua admiração, Ed chamou-a de "colhões de aço".

Pensando melhor, o que tinha a força dessa mulher a ver com a anatomia de Ed? Ele nunca dizia "Cara, ela tem ovários", mas sim "Ela tem *colhões*". Os ovários têm ovos dentro, ela pensou. Por que seriam menos importantes que o esperma?

E como aquela mulher tinha deixado de ter colhões de aço e passado a ter colhões de mais?

Coitada. Teria que passar a vida toda equilibrando aqueles sacos imaginários para seguir vivendo. Equilíbrio era tudo. Mas e quanto ao tamanho? Evelyn nunca ouvira Ed mencionar o tamanho. Era o de outra parte que os preocupava, por isso ela concluiu que não devia ser tão importante. Só o que realmente importava nesse mundo era *ter* colhões. Foi então que ela se tocou da veracidade simples e pura dessa conclusão. Como se alguém corresse um lápis por sua espinha e pingasse o "i" bem na cabeça. Aprumou-se na cadeira, espantada de que ela, Evelyn Couch, de Birmingham, Alabama, tivesse chegado à resposta. Subitamente soube o que Edison sentiu quando inventou a lâmpada elétrica. Claro! Era isso... Ter colhões era a coisa mais importante do mundo. Não era de admirar que tivesse se sentido tantas vezes como um automóvel sem buzina em pleno trânsito.

A verdade era esta: dois meros sacos que abriam todas as portas do mundo. Eram os cartões de crédito de que ela necessitava para viver, ser ouvida, levada a sério. Agora entendia por que Ed quisera tanto ter um menino.

Ocorreu-lhe também outra verdade. Outra triste e irrevogável verdade: ela não tinha sacos e jamais poderia tê-los. Estava sentenciada. Castrada para o resto da vida. A menos, pensou, que os sacos da família servissem. Havia quatro na sua... Os de Ed e os de Tammy... Não, um momento... Eram seis, se contasse os do gato. Não, calma, só mais um minuto... Se Ed a amava tanto quanto dizia, por que não lhe cedia um dos seus? Um transplante de saco... Isso. Ou quem sabe fosse melhor aceitar logo dois, de um doador anônimo. Pronto. Ela compraria os de um defunto, guardaria em uma caixa e os levaria às reuniões importantes para batê-los na mesa quando fosse necessário. Poderia comprar logo quatro...

Não era de surpreender que o cristianismo fizesse tanto sucesso. Bastava ver Jesus e os apóstolos... E, se João Batista fosse levado em conta, ali estavam, bem à mão, catorze pares, ou vinte e oito exemplares individuais!

Ah, tudo se tornava tão simples agora! Como pôde ser tão cega por tanto tempo?

Sim, ela conseguira. Descobrira o segredo que as mulheres tentavam desvendar há séculos...

ESSA ERA A RESPOSTA...

Afinal, Lucille Ball* não era a maior estrela da televisão?

Evelyn bateu a xícara de chá contra o pires sobre a mesa, triunfante. "É isso mesmo!"

Todos no Café olharam para ela.

Evelyn terminou de comer em silêncio e pensou: *Lucille Ball? Ed tem razão. Devo estar ficando louca.*

---

* *Ball*, em inglês, significa "saco". (N. T.)

O Semanário Weems
Parada do Apito, Boletim semanal do Alabama
10 de junho de 1948

Ajuda para novas bolas

O Clube do Picles encenará uma festa de casamento* em prol do colégio, que precisa de novas bolas para os times de futebol, basquete e beisebol. Vai ser uma noite e tanto. Nosso querido xerife Grady Kilgore será a linda noiva, e Idgie, o noivo. Julian Threadgoode, Jack Butts, Flarold Vick, Pete Tidwell e Charlie Fowler serão damas de honra.

A festa será no colégio, no dia 14 de junho, às sete da noite. Os ingressos custarão vinte centavos para os adultos e cinco centavos para as crianças.

Essie Rue Limeway tocará o órgão durante a celebração.

Venham, venham todos! Eu vou estar lá, uma vez que meu cara-metade, Wilbur, será o florista.

Meu cara-metade e eu fomos ao cinema e assistimos A comédia de um crime. É engraçado, mas chegue antes das sete horas porque os preços mudam.

A propósito, o reverendo Scroggins disse que alguém pôs seus acessórios de jardinagem no telhado da casa.

... Dot Weems...

---

* No original "womanless wedding". Festejo tradicional nos Estados Unidos, no início do século XIX, no qual era encenada uma festa de casamento sem nenhuma mulher. (N. E.)

Presídio de Kilbey
Atmore, Alabama
11 de julho de 1948

Artis O. Peavey foi mandado para o presídio de Kilbey, mais conhecido como Fazenda da Morte, por ter puxado uma faca para os apanhadores de cachorros. Idgie e Grady levaram seis meses para tirá-lo de lá.

A caminho do presídio, Grady dizia a Idgie: "Ainda bem que ele vai sair. Acho que não ia suportar mais um mês aquele lugar".

Grady sabia do que estava falando, uma vez que já tinha sido guarda de lá.

"Se os guardas não o pegassem, os próprios negros o fariam. Já vi homens decentes virarem animais lá dentro. Homens com mulher e filhos acabam se matando por uma besteira qualquer... Todas as noites são ruins nas celas, mas quando a lua está cheia... Aí, sim, eles ficam doidos e começam a espetar uns aos outros. A gente entra lá na manhã seguinte e encontra uns vinte e cinco esfaqueados. Depois de um tempo lá dentro, a única diferença entre os prisioneiros e os guardas é a arma. Muitos daqueles guardas não passam de uns garotões crescidos... Vão ao cinema, assistem a Tom Mix ou Hoot Gibson, depois voltam e ficam cavalgando pela fazenda de armas em punho, pensando que são caubóis. Chegam a ser piores que os prisioneiros. Foi por isso que me mandei de lá. Vi homens baterem nos negros até a morte, só para ter o que fazer. Aquele lugar deixa a gente maluco depois de um tempo, e ouvi dizer que agora puseram uns caras da Scottsboro lá dentro e as coisas pioraram ainda mais."

Idgie ficava cada vez mais preocupada e gostaria que ele dirigisse mais depressa.

Quando cruzaram o portão e pegaram o caminho para o prédio central, viram centenas de prisioneiros de uniformes esfarrapados no pátio, cavando ou capinando, e os guardas, tal como Grady dissera, exibindo-se para o carro que passava, galopando em círculos em seus cavalos. Idgie achou todos um tanto imbecis, e, quando trouxeram Artis, foi um alívio vê-lo vivo e bem.

Apesar das roupas amassadas, ele estava com os cabelos penteados. Artis nunca se sentira tão feliz. As cicatrizes nas costas causadas pelo chicote estavam escondidas sob a camisa, e os galos na cabeça, ocultos sob os cabelos. Ele sorria de uma orelha à outra ao entrar no carro. Estava voltando para casa...

"Agora sou responsável por você, Artis. Por favor, não se meta mais em confusões, ouviu?", disse Grady.

"Ouvi, sim, *sinhô*. Nunca mais quero voltar nesse lugar."

Grady olhou pelo retrovisor. "É duro aí, hein?"

Artis riu. "É, sim, *sinhô*. É bem duro... Muito duro..."

Depois de quatro horas de viagem, ao avistarem as usinas de aço de Birmingham, Artis, animado como uma criança, quis sair do carro.

Idgie tentou convencê-lo a ir antes para casa, na Parada do Apito. "Seu pai, sua mãe e Sipsey estão esperando."

Mas ele implorou que o deixassem ficar em Birmingham só por algumas horas. Seguiram então para a 8th Avenue North, onde ele desceu.

"Por favor, vá logo para casa", pediu Idgie, "porque eles estão esperando. Promete?"

"Sim, eu prometo, senhora", disse Artis. E, rindo, saiu correndo pela rua, feliz por estar de novo em seu lugar.

Uma semana depois apareceu no Café com os cabelos brilhantes como espelho, espetacular com um chapéu Revel novinho em folha, feito no Harlem, com abas extralargas; um presente de Madeline, que estava feliz por tê-lo de volta.

Casa de repouso Rose Terrace
Old Montgomery Highway,
Birmingham, Alabama
7 de setembro de 1986

O cardápio de Evelyn e Ninny, nessa semana, era salgadinho de milho, Coca-Cola e brownies caseiros.

"Benzinho, você devia ter visto o que aconteceu aqui hoje de manhã. Perdeu um show e tanto. Estávamos tomando café quando de repente Vesta Adcock apareceu com um bolinho integral na cabeça, dançando hula na frente de todo mundo, no meio do refeitório. Que espetáculo! O coitado do sr. Dunaway ficou tão animado que teve que tomar calmante e ser levado para o quarto. Geneene, aquela enfermeira negra, obrigou Vesta a se sentar e comer o bolinho. Eles querem que a gente coma um desses por dia, assim ninguém fica constipado. Quando se fica velho, o sistema digestivo entra em pane."

Ela chegou mais perto e cochichou: "Alguns dos idosos aqui têm gases e nem percebem quando soltam um".

Ninny tomou um gole da Coca. "Sabe, também existem os que não gostam de ser cuidados por enfermeiras negras. Há quem diga que, no fundo, os negros detestam os brancos, e, se as enfermeiras pudessem, matariam todos nós quando estivéssemos dormindo."

Evelyn disse que nunca ouvira uma besteira maior.

"Também acho isso, mas, como foi sua sogra que disse, tratei de calar a boca."

"Bem, não me surpreende."

"Ah, mas não é só ela. Você nem imagina quantos pensam assim. Mas eu não acredito nisso nem um instante. Vivi rodeada de negros durante toda a vida. No dia em que Momma Threadgoode estava deitada naquele caixão lá na sala, pela janela nós vimos chegar, uma a uma, todas as mulheres negras de Troutville, e no quintal elas cantaram um antigo *spiritual*, 'Quando eu chegar ao céu, vou me sentar e descansar um pouco...' Ah, não me esqueço disso. Nunca ouvi nada igual, e até hoje fico emocionada.

"Idgie, por exemplo, tinha tantos amigos em Troutville quanto na Parada do Apito. Estava sempre por lá, rezando em algum enterro, se um amigo dela morria. Uma vez ela me confessou que os preferia a alguns brancos que conhecia. Lembro-me do que ela disse: 'Ninny, um negro mau é apenas mau, mas um branco sem caráter é pior que um cão'.

"É claro que não são todos iguais, mas nunca vi alguém mais dedicado a outra pessoa do que Onzell o foi para Ruth, que tinha por ela o maior xodó e fazia questão de deixar isso bem claro. Ai daquele que a magoasse!

"Uma vez, Idgie pintou o sete durante toda a noite e não apareceu em casa para dormir. De manhã, Onzell estava esperando por ela, ali mesmo na cozinha, e disse: 'Olha, dona Idgie, fique sabendo de uma coisa... A dona Ruth *num* merece isso, e, se ela quiser ir embora, eu mesma vou *ajudá* ela a fazer as *mala*'.

"Idgie só saiu da cozinha e não disse uma palavra. Sabia que era melhor não discutir com Onzell quando se tratava de Ruth.

"Onzell sabia ser tão severa quanto gentil. Tinha que ser, com todos aqueles filhos para criar e trabalhando o dia todo no Café. Quando Artis e Passarinho Sapeca aprontavam das suas, ela os punha da cozinha para fora com um tapa no traseiro, sem jamais deixar queimar um biscoito.

"Mas era doce como um cordeirinho diante de Ruth. E, quando Ruth descobriu aquele câncer terrível no útero e teve que ir a Birmingham para operar, Onzell foi junto comigo e Idgie. Estávamos as três na sala de espera quando o médico chegou. Ele ainda estava de touca e luvas quando disse: 'Sinto muito ter que dizer que não há mais nada que se possa fazer por ela'. A coisa já tinha se espalhado para o pâncreas, e, quando atinge o pâncreas, minha filha, não tem mais jeito. Então ele a costurou e deixou um tubo para drená-la.

"Nós a levamos para a casa dos Threadgoode e a pusemos em um dos quartos do andar de cima, para deixá-la mais confortável. Onzell se mudou para lá e não saiu mais do lado dela.

"Idgie queria contratar uma enfermeira, mas Onzell não quis nem ouvir falar nisso. Seus filhos já estavam grandes e Big George podia fazer a própria comida.

"Coitados de Idgie e Toco, eles ficaram devastados... Eles ficavam lá embaixo, sentados naquela sala, olhando para o vazio. Ruth piorava rapidamente. Ah, quanta dor ela sentia! Onzell dava-lhe remédio 24 horas por dia, e na última semana só permitiu que Toco e Idgie entrassem no quarto. Ela dizia que Ruth não queria que ninguém a visse naquele estado.

"Nunca me esquecerei do que ela falou, parada na porta daquele quarto. Ela disse que Ruth era uma dama e sempre soube a hora de sair da festa; e que ela, Onzell, não permitiria nenhuma exceção enquanto estivesse por perto.

"Manteve a palavra. Big George, Toco e Idgie estavam no bosque colhendo pinhas secas para colocar no quarto quando Ruth morreu. E quando voltaram, ela já havia sido tirada de lá.

"Onzell avisou o dr. Hadley, que pediu uma ambulância para levar o corpo de Ruth ao necrotério de Birmingham. Cleo e eu estávamos lá quando a puseram na ambulância. O dr. Hadley disse: 'Vá para casa agora, Onzell. Eu tomarei todas as providências'.

"Sabe, Onzell não arredou o pé de onde estava. 'Meu lugar é aqui', disse ela caminhando ao lado do médico, entrando na parte de trás da ambulância e fechando a porta. Foi ela quem vestiu e maquiou Ruth, e só se deu por satisfeita quando achou que Ruth estava como gostaria que a vissem.

"Por isso, não há ninguém que me convença de que os negros odeiam os brancos. Não há mesmo! Conheci muitos em minha vida para saber o que estou dizendo.

"Outro dia pedi a Cleo que me levasse a um passeio de trem até Memphis, só para eu saber como anda o Jasper. Ele trabalha no vagão-restaurante."

Evelyn olhou para a amiga e percebeu que novamente ela estava confundindo o tempo.

Parada do Apito, Alabama
7 de fevereiro de 1947

Naquela manhã chuvosa, Onzell tinha pedido a Idgie e Toco que fossem até a beira do rio colher pinhas secas para o quarto da doente. Agora, lavava o rosto de Ruth com um pano úmido.

"Paciência, dona Ruth, vou acabar já, já. *Num* vai demorar, filhinha."

Ruth tentou sorrir, mas a dor que transparecia em seus olhos era terrível. Já não havia paz para ela; não havia sono nem repouso.

Onzell, uma das fundadoras da Primeira Igreja Batista Monte Sião e primeira cantora do Coro Aleluia, que acreditava de corpo e alma na misericórdia divina, tinha tomado uma decisão.

Nenhum Deus, em lugar algum do mundo, nem certamente seu doce e precioso Jesus, que morrera por nossos pecados e nos amava acima de todas as coisas, jamais quiseram que alguém sofresse daquela maneira.

Então foi na mais pura alegria e de todo o coração que ela deu a Ruth a morfina, que diariamente ela própria economizara gota a gota. Onzell viu Ruth relaxar pela primeira vez em muitas semanas. Sentou-se ao lado dela na cama, abraçou o corpo magro e, embalando-o, começou a cantar:

In the sweet by and by... there's a land that's fairer by day
And by faith we can see it afar...
For the Father waits over the way
To prepare us in a dwelling place

*There in the sweet by and by... we shall meet on the beautiful shore
In the sweet by and by...**

Onzell cantava de olhos fechados, mas podia sentir a luz do sol atravessar as nuvens e iluminar todo o quarto. Começou a chorar, emocionada. Quando cobriu o espelho e fez parar o relógio ao lado da cama, ela agradeceu ao doce Jesus por ter levado dona Ruth para casa.

---

* Em tradução livre: "Lá no paraíso... Há um lugar de delícias/ E pela fé de longe podemos vê-lo.../ Porque o Pai nos espera no caminho/ E prepara a nossa morada/ Lá no paraíso... Vamos nos encontrar na bela praia/ No paraíso...". (N. T.)

O Semanário Weems
Parada do Apito, Boletim semanal do Alabama
10 de fevereiro de 1947

Morre uma cidadã muito querida

O Café ficará fechado amanhã por causa do falecimento da sra. Ruth Jamison, neste fim de semana.

Os velório será na Igreja Batista. Consultem o reverendo Scroggins sobre a hora. Até lá, ela ficará na funerária de John Rideout, em Birmingham.

Sentiremos falta de seu jeito gentil e rosto sorridente. Todos os que conheceram "dona Ruth" terão saudade. Nossas condolências e muito amor a Idgie e Toco.

... Dot Weems...

Supermercado Pigley-Wigley
Birmingham, Alabama
13 de setembro de 1986

Aos sábados, quando Evelyn Couch ia às compras, usava sempre o grande Ford LTD de Ed, porque era mais espaçoso, embora fosse difícil estacioná-lo. Há mais de cinco minutos que ela procurava uma vaga no estacionamento do supermercado quando viu um senhor pôr suas compras no porta-malas e levar mais uns três minutos para encontrar as chaves, entrar no carro e finalmente sair. Enquanto manobrava, um pequeno Volkswagen vermelho, meio amassado, surgiu do nada e entrou direto no espaço tão esperado.

Duas adolescentes magrinhas, mascando chicletes, de jeans rasgado e chinelos, saíram do carro batendo a porta e passaram por ela.

Evelyn baixou o vidro e disse à garota cuja camiseta tinha a inscrição ELVIS NÃO MORREU: "Desculpe, mas eu estava aqui esperando a vaga e vocês entraram na minha frente".

A garota deu um sorriso pretensioso e respondeu: "Vamos encarar a verdade, senhora, sou mais jovem e mais rápida que você". E seguiu com a amiga para o supermercado.

Evelyn ficou ali, olhando para o Volkswagen com um adesivo no vidro traseiro que avisava: ESTOU COM OS LAVRADORES DO SUL.

Doze minutos depois, as garotas saíram no momento em que as quatro calotas de seu carro voavam pelo estacionamento, enquanto Evelyn investia seu Ford contra o Volkswagen, dava a ré e batia novamente. Quando as duas moças, histéricas, chegaram ao carro, Evelyn praticamente o demolira. A mais alta perdeu as estribeiras e começou a gritar e a puxar os cabelos: "Viu o que você fez? Ficou doida?".

Evelyn pôs out o rosto na janela e disse calmamente: "Para falar a verdade, meu bem, sou mais velha que você, por isso meu seguro é bem maior que o seu". E foi embora.

Ed, que trabalhava na companhia de seguros, tinha muita cobertura, mas não conseguia entender como ela fora capaz de bater o carro seis vezes por engano.

Evelyn pediu-lhe que se acalmasse e não criasse um caso por nada; acidentes aconteciam. Mas no fundo ela tinha gostado bastante de destruir o carro da menina. Recentemente, as únicas horas que não sentia raiva e conseguia ficar em paz eram quando estava com a sra. Threadgoode ou se imaginando na Parada do Apito antes de adormecer. Towanda tinha tomado conta de sua vida, e em algum lugar, lá no fundo, um tênue alarme avisava que ela corria o risco de cruzar a linha de fronteira e não voltar nunca mais.

Café da Parada do Apito
Parada do Apito, Alabama
9 de maio de 1949

Nessa noite, Grady Kilgore, Jack Butts e Smokey Solitário estavam com o riso frouxo no Café. Era a sétima semana seguida que eles amarravam um foguete-de-assovio no carro do reverendo Scroggins. E, quando Toco apareceu no salão, de terno e gravata-borboleta azuis, o motivo das piadas passou a ser ele.

"Ei, lanterninha, onde fica o meu assento?", provocou Grady.

"Ora, rapazes", disse Idgie, "deixem-no em paz. Até que ele está bem bonito. E tem um encontro com Peggy Hadley, a filha do doutor."

"Ah, a filha do doutor...", repetiu Jack em tom de gozação.

Toco abriu uma Coca-Cola e lançou um olhar fulminante para Idgie. Não fosse por ela, não estaria sendo obrigado a ir ao Banquete do Coração com Peggy Hadley, uma garotinha por quem estivera apaixonado, mas de quem há muito já se esquecera. Além de ser dois anos mais nova, Peggy usava óculos. Durante todo o colegial, Toco nem se lembrara de sua existência. Mas, tão logo Peggy soube que ele chegara da Escola Técnica da Georgia para o verão, apareceu para perguntar a Idgie se achava que Toco a levaria ao Banquete do Coração dos Veteranos. E Idgie, sem ao menos consultá-lo, respondera que sim, que ele a levaria.

Como um cavalheiro que era, decidira que uma noite não mataria ninguém... Apesar de agora já não ter tanta certeza.

Idgie foi até a cozinha e apareceu com um buquê de rosinhas vermelhas. "Tome, eu as colhi no jardim do casarão. Dê a Peggy. Sua mãe adorava esses pequenos gestos."

Ele revirou os olhos. "Ai, Cristo! Tia Idgie, por que não vai você no meu lugar? Pelo visto, já planejou a noite toda."

E virou-se para a turma na mesa. "Ei, Grady, você não quer ir?"

Grady balançou a cabeça. "Se eu pudesse, iria, mas Gladys me mataria se me pegasse com uma garota mais nova. Ah, mas você não conhece essas coisas... Espere só até ser um velho marido, como eu. Sabe, já não sou mais o mesmo de antes."

"Imagine se não", brincou Jack.

Todos riram, e Toco abriu a porta. "Bom, já vou indo. Encontro vocês mais tarde."

Anualmente, depois do banquete, os jovens iam para o Café; e aquela noite não foi exceção. Quando Peggy entrou, muito bonita com um vestido enfeitado de ilhoses e um buquê de rosinhas preso ao ombro, Idgie disse: "Graças a Deus, você está bem. Estava morta de preocupação".

Peggy perguntou por que ela ficou tão preocupada.

"Não soube daquela garota de Birmingham, na semana passada? Ela estava tão animada por causa do Banquete do Coração que, ao posar para a fotografia, pegou fogo na frente da máquina. Um caso de combustão espontânea. Ela desapareceu em poucos segundos. Não sobrou nada, a não ser seu sapato de salto alto. O rapaz que a acompanhava precisou levá-la para casa dentro de um copo descartável."

Peggy acreditou na história até certo ponto. "Idgie, você está de brincadeira comigo!"

Toco sentiu-se aliviado por estar de volta e a noite ter acabado. O fato de ter sido campeão de futebol no ano anterior o tornara o centro das atenções entre os garotos mais novos e motivo de risadinhas excitadas e comentários entre as meninas.

Ele parou o carro na frente da casa de Peggy e se preparava para sair e abrir a porta para ela do outro lado quando ela tirou os óculos, inclinou-se e encarou-o com seus grandes olhos míopes e castanhos, como os de Susan Hayward: "Bem, boa noite".

Ele olhou dentro daqueles olhos e se deu conta de que os via pela primeira vez: eram dois lagos de veludo castanho nos quais ele se deixou mergulhar. O rosto dela estava a menos de um palmo do seu, e dava para sentir o aroma intoxicante do seu perfume White Shoulders. Foi nesse momento que ela se transformou em uma Rita Hayworth, em *Gilda*; não, em uma Lana Turner, em *O destino bate a sua porta*. E, quando a beijou, foi o momento mais apaixonante de sua vida.

Nesse verão, o terno azul foi usado regularmente, e no outono ele foi levado na viagem para Columbus, na Georgia, onde um juiz de paz os uniu para sempre. Idgie apenas comentou: "Eu não disse?".

Daí em diante, bastava Peggy tirar os óculos e olhar para ele para deixá-lo totalmente perdido.

Birmingham, Alabama
24 de maio de 1949

As classes média e alta da sociedade negra de Birmingham estavam no auge, e o *Noticiário da Cidade da Escória* tinha muito trabalho para publicar todas as atividades das centenas de clubes sociais; quanto mais clara a pele, melhor era o clube.

A sra. Blanche Peavey, esposa de Jasper, cuja pele era tão clara quanto a dele, tinha sido nomeada presidenta da famosa Sociedade Real Saxônica do Clube da Salvação e da Beneficência Social, uma organização cujos membros tinham a pele de tonalidades tão claras que a foto anual dos sócios fora publicada por engano em um jornal de brancos.

Jasper acabara de ser reeleito vice-grão-chanceler do prestigiado Cavaleiros de Pítias, portanto era natural que sua primogênita, Clarissa, fosse a principal debutante daquele ano, para ser apresentada à Liga dos Cravos.

Com seus sedosos e reluzentes cabelos ruivos, a delicada pele de pêssego e seus olhos verdes, era vista como um modelo para todas as demais debutantes.

No dia do baile, Clarissa foi à cidade comprar um perfume para a noite. Subiu ao segundo andar pelo elevador social usado pelos brancos, como fizera tantas vezes quando ia sozinha à cidade, mesmo sabendo que os membros de sua raça usavam o elevador de serviço.

Sabia também que seus pais a matariam se soubessem que andava pelo centro da cidade, porque, embora fosse incentivada a se relacionar apenas com os de pele mais clara, fazer-se passar por branca era um pecado imperdoável. Mas ela já se cansara dos olhares dos negros quando tomava os elevadores de serviço. Além disso, estava com pressa.

A bela senhora de tailleur de lã azul-royal atrás do balcão tratava Clarissa com delicadeza e consideração: "Já experimentou White Shoulders?".

"Não, senhora, não experimentei."

A mulher se abaixou para pegar o vidro na vitrine. "Experimente um pouco deste. Shalimar é muito procurado, mas acho um pouco forte para a sua pele clara."

Clarissa sentiu o aroma no pulso. "Adorei. Quanto custa?"

"É um precinho especial. Apenas dois dólares e vinte e nove para o frasco de duzentos e cinquenta mililitros. E dura no mínimo seis meses."

"Vou levar, então."

"Vai ficar satisfeita. Dinheiro ou cartão?"

"Dinheiro."

A mulher pegou a nota e foi embrulhar o perfume.

Um negro de capa e chapéu-panamá estivera observando Clarissa. Lembrava-se de tê-la visto em uma foto no jornal e foi até ela.

"Por acaso você não é a filha de Jasper?"

Aterrorizada, Clarissa fingiu não ouvir.

"Sou seu tio Artis, irmão de seu pai."

Artis, que tinha tomado alguns drinques e não sabia que naquele dia Clarissa se fazia passar por branca, pousou a mão no braço dela. "Sou seu tio Artis, meu bem. Não se lembra?"

A vendedora de perfumes viu Artis com a garota e começou a gritar: "Afaste-se dela". E segurou Clarissa para protegê-la. "Vamos, saia de perto dela! Harry! Harry!"

O gerente veio correndo. "O que está acontecendo aqui?"

Sempre segurando Clarissa, a mulher gritava para que todos ouvissem: "Este negro estava pondo suas patas na minha cliente! Ele mexeu com ela! Eu vi!".

O gerente chamou os guardas, olhando para Artis através das pálpebras apertadas. "Você tocou nesta moça branca?"

"Mas ela é minha sobrinha!", disse Artis, chocado. Ele tentava explicar, mas o guarda já o levava para a porta dos fundos da loja, prendendo-lhe o braço torcido às costas.

A vendedora tentava confortar Clarissa: "Está tudo bem agora, meu bem. Ou esse negro está bêbado ou é doido".

O grupo de clientes que se juntara mostrava solidariedade. "Mais um deles que se embriaga... Veem no que dá tratá-los bem?"

Artis, que tinha ferido as mãos e os joelhos ao ser atirado na calçada de cimento nos fundos da loja, pegou o bonde para a zona sul e seguiu em direção à placa de madeira em que se lia NEGROS. Uma vez sentado, já não tinha tanta certeza se aquela menina era mesmo Clarissa.

Anos depois, quando Clarissa já estava casada e com filhos, ela foi ao Café Brittling, onde ele trabalhava como garçom, e deixou-lhe uma moeda de gorjeta; mas não o reconheceu, e ele também não a reconheceu.

O SEMANÁRIO WEEMS
PARADA DO APITO, BOLETIM SEMANAL DO ALABAMA
10 DE AGOSTO DE 1954

MUITO AZAR!

DEVO ESTAR FICANDO MALUCA, ou então envelhecendo... Meu cara-metade, Wilbur, entrou em casa três dias seguidos queixando-se de dor de cabeça... Existe algo pior do que homem com uma dorzinha? É por isso que somos nós que temos os bebês...

Eu, por minha vez, estava sentindo uma dificuldade terrível para ler o jornal, então, ontem pela manhã, fomos a Birmingham para fazer um exame nos olhos, e, acreditem se quiser, eu estava usando os óculos de Wilbur e ele os meus. Vou fazê-los de cores diferentes da próxima vez.

Mas não estou tão mal. Ouvi dizer que outro dia houve um incêndio no salão de beleza de Opal, e Biddie Louise Otis, que estava presa a um secador, começou a gritar como doida porque achava que era sua cabeça que estava pegando fogo. Mas eram apenas cabelos cortados que estavam queimando em uma cesta de lixo. Passarinho Sapeca, a menina que lava os cabelos para Opal, apagou o fogo e ficou tudo bem.

Não se esqueça de votar. Não há ninguém concorrendo com Grady Kilgore, mas, se isso faz bem a ele, vote assim mesmo.

A propósito, Jasper Peavey foi citado outra vez pelo *Jornal da Ferrovia*, e sabemos que Big George e Onzell estão muito orgulhosos.

... Dot Weems...

P.S.: O Clube do Picles promoveu novamente sua "Farra da Geladeira" anual, divertida como sempre. Meu cara-metade cantou "Red Sails in the Sunset" outra vez. Desculpem, amigos... Simplesmente não consigo fazê-lo aprender uma música nova.

Casa de repouso Rose Terrace
Old Montgomery Highway,
Birmingham, Alabama
14 de setembro de 1986

Evelyn e a sra. Threadgoode caminhavam nos fundos da casa de repouso quando um bando de gansos do Canadá passou voando, grasnando feliz rumo ao horizonte.

"Oh, Evelyn, você não adoraria voar com eles? Aonde será que eles vão?"

"Para a Flórida, ou talvez Cuba."

"Você acha mesmo?"

"Provavelmente."

"Bem, eu não me importaria de ir para a Flórida, mas não tiraria um tostão furado do meu bolso para ir a Cuba. Smokey costumava dizer que esses gansos eram seus companheiros e, quando lhe perguntávamos para onde ele estava indo, respondia: 'Estou indo para onde vão todos os gansos selvagens'."

Elas ficaram olhando o bando passar e seguiram andando.

"Você não adora os patos?"

"É, eles são bonitos, sim."

"Eu simplesmente os adoro. Acho que se pode até dizer que sempre fui parcial em relação a esses pássaros de cativeiro."

"O quê?"

"De cativeiro. Você sabe, aves domésticas, essas coisas com penas, pássaros, galinhas, galos."

"Ah..."

"Cleo e eu todos os dias tomávamos nosso café da manhã no quintal para ver o sol nascer e ouvir os pássaros... Sempre bebíamos umas três ou quatro boas xícaras de café Red Diamond acompanhadas de torradas e geleia de pêssego ou de pimenta verde. Depois conversávamos; bem, eu falava e ele ouvia. Havia tantos pássaros bonitos que pousavam em casa: cardeais, rouxinóis e as pombas mais lindas... Já não se veem pássaros como antigamente.

"Um dia, Cleo estava saindo de casa e apontou para o bando de melros pousados no fio do telefone em frente de casa. Disse: 'Cuidado com o que vai dizer hoje ao telefone, Ninny. Lembre-se de que eles ouvem tudo o que você diz. Ouvem pelos pés'." Ela olhou para Evelyn. "Você acredita nisso?"

"Não. Certamente ele estava só brincando, sra. Threadgoode."

"Bem, devia estar mesmo. Mas, sempre que eu tinha um segredo para contar, ia até a porta e me certificava de que eles não estavam por lá. Ele nunca deveria ter me dito isso, sabendo como eu adorava papear ao telefone. Eu ligava para todo mundo da cidade.

"Acho que numa ocasião havia mais de duzentas e cinquenta pessoas morando na Parada do Apito. Mas, depois que a maioria dos trens deixou de passar por lá, as pessoas debandaram como pássaros ao vento... Foram para Birmingham, ou sei lá onde, e nunca mais voltaram.

"Lá onde ficava o Café, ergueram um Big Mac e construíram um supermercado na estrada, que a sra. Otis gostava muito de frequentar porque ganhava cupons. Mas nunca consegui encontrar nada do que eu precisava lá, e além disso as luzes machucavam muito meus olhos, por isso preferia ir até Troutville, no mercadinho de Ocie, para comprar as coisinhas de que eu precisava."

A sra. Threadgoode parou. "Evelyn, sinta só... Alguém está fazendo churrasco!"

"Não, querida, acho que estão queimando folhas."

"Bem, o cheiro me lembra churrasco. Você gosta de churrasco, não gosta? Eu daria um milhão de dólares por uma carne como aquelas que Big George fazia e por um pedaço da torta gelada de limão de Sipsey. George era o melhor churrasqueiro do mundo.

"Ele assava a carne em um velho tambor de ferro, no quintal do Café, e sentia-se o cheiro a quilômetros, especialmente nos dias de outono. Eu ia até a minha casa sentindo aquele cheiro no ar. Smokey disse que uma vez ele sentiu do trem, a quase quinze quilômetros da Parada do Apito. As pessoas vinham de Birmingham para comer. Onde você e Ed comem churrasco?"

"Em geral, lá no Golden Rule ou no Ollie's."

"Devem ser bons, mas, verdade seja dita, não há no mundo quem faça churrasco melhor que os negros."

"Parece que eles fazem tudo muito melhor. Gostaria de ser negra", disse Evelyn.

"Quer dizer, escura?"

"Sim."

A sra. Threadgoode ficou completamente desconcertada.

"Meu Deus, querida, por quê? A maioria deles gostaria de ser branca, vivem dando um jeito de clarear a pele ou alisar os cabelos."

"Não é mais assim."

"Talvez não seja agora, mas é o que faziam. Agradeça ao bom Deus por tê-la feito branca. Simplesmente não posso entender por que alguém queira ser negra quando não tem que ser."

"Ah, eu não sei, é que eles parecem se dar tão bem entre si... Divertem-se muito mais, sei lá. Sempre os achei... Bem... Mais fortes, acho, sempre tão divertidos..."

A sra. Threadgoode pensou por um tempo. "Talvez você tenha razão, eles se divertem, sim, e são bem mais soltos, mas também têm suas tristezas como todos nós. Sabe, nunca se viu nada mais triste que os enterros de negros. Eles choram alto e se lamentam, como se alguém lhes arrancasse o coração. Acho que a dor os atinge mais do que a nós. Foram precisos três homens para segurar Onzell quando Willie Boy foi enterrado. Ela ficou doida e quis se jogar na cova com ele. Nunca mais na minha vida quero estar presente em um enterro como esse."

"Sei que em todas as coisas há um lado bom e outro ruim", disse Evelyn, "mas eu os invejo e não posso fazer nada quanto a isso. Gostaria de ser livre e feliz como eles são."

"Bem, sobre isso não posso dizer nada", disse a sra. Threadgoode. "Só sei que, se eu comesse um bom churrasco e um pedaço de torta, me daria por muito feliz."

Parada do Apito, Alabama
15 de outubro de 1949

Passarinho Sapeca tinha dezesseis anos quando colocou os olhos em Le Roy Grooms pela primeira vez. Soube imediatamente que ali estava seu homem; e foi o que disse a ele. Le Roy trabalhava na cozinha do *The Crescent*, que passava pela Parada do Apito a caminho de Nova York, via Atlanta. Um ano depois, nasceu uma menina, a quem o pai chamou de Almondine, por causa do prato de trutas oferecido no cardápio servido no vagão pullman.

Le Roy era um rapaz bonito, amável e trabalhador, e fazia muitas paradas ao longo da rota. Quando Passarinho Sapeca soube que ele tinha se encantado por uma mulher quase branca, mas não muito, uma parda de Nova Orleans, quase morreu.

Ficou desesperada com os anúncios no *Noticiário da Cidade da Escória*:

pele muito escura? gostaria de ter uma cútis atraente?
Experimente o branqueador de pele do dr. Fred Palmer

pele clara e luminosa ganha todos os beijos
Os homens adoram uma pele macia e sedosa
Use unguento do sucesso *e tenha a pele mais brilhante e macia em cinco dias.*

a beleza começa com um rosto bem cuidado
Revele toda sua beleza natural usando creme facial white *(Branqueador).*

CABELOS MUITO CRESPOS?
Deixe que a ciência moderna ponha rapidamente um fim nos seus cabelos crespos e enrolados. Tenha cabelos lisos e sedosos com o genuíno MODELADOR PARA CABELOS PRETO E BRANCO DA PLUKO.
Experimente... E seus cabelos estarão lisos em sete dias.

Diga
ADEUS À CARAPINHA
Se seus cabelos são curtos e crespos, use diariamente ANTICARAPINHA.
Faz o cabelo baixar temporariamente.

    Passarinho Sapeca experimentou de tudo e mais um pouco, mas um mês depois ainda continuava a mesma lavadora de cabelos, negra como carvão, da Parada do Apito, e Le Roy ainda estava em Nova Orleans com sua namorada parda.
    Então ela levou sua filhinha para ficar com Sipsey, foi para casa, deitou-se na cama e começou a morrer de amor.
    Não havia nada que se pudesse fazer. Opal implorava a ela que voltasse ao trabalho no salão de beleza, mas Passarinho Sapeca continuava deitada, dia após dia, bebendo gim Turkey e ouvindo a mesma música vezes sem fim. Sipsey disse que seria melhor para Passarinho Sapeca que Le Roy tivesse morrido em vez de viver com outra, porque, mesmo depois de beber gim durante dois meses seguidos, ela não tivera nenhum alívio.
    Por sorte, as palavras de Sipsey acabaram se tornando proféticas, pois o sr. Le Roy Grooms foi desta para melhor ao ser atingido fatalmente na têmpora por um caminhãozinho de ferro que pertencia a um de seus filhinhos pardos.
    Quando Passarinho Sapeca recebeu a trágica notícia, levantou-se da cama, lavou o rosto no banheiro e preparou um bom desjejum com ovos, presunto, canjica, molho *red-eye*, biscoitos amanteigados e melaço Eagle Brand. Bebeu três xícaras de café preto. Tomou um banho, vestiu-se, passou um pouco de óleo para cabelos Dixie Peach e debruçou-se no espelho para aplicar ruge laranja-tangerina e batom para combinar. Saiu de casa e foi circular em Birmingham.
    Uma semana depois estava de volta com um homem surpreendentemente jovem, de chapéu-panamá com pena verde e terno de gabardine marrom.

Igreja Batista Memorial Martin Luther King
4th Avenue North, 1049,
Birmingham, Alabama
21 de setembro de 1986

Evelyn prometera à sra. Threadgoode que falaria de suas dificuldades ao Senhor Deus e pediria a Ele que a ajudasse a superar os maus momentos. Infelizmente, não sabia onde encontrá-lo. Ela e Ed não frequentavam uma igreja desde que os filhos tinham crescido, mas agora estava necessitando desesperadamente de ajuda, precisava de algo em que se agarrar. Então se arrumou e foi à Igreja Presbiteriana da Highland Avenue, aquela que costumavam frequentar.

Mas, no caminho, por alguma razão passou direto por ela e, de repente, viu-se do outro lado da cidade, parada no estacionamento da Igreja Batista Memorial Martin Luther King — a maior igreja negra de Birmingham —, perguntando-se o que diabos estava fazendo lá. Talvez fossem todos aqueles meses que vinha ouvindo falar de Sipsey e Onzell. Ela não sabia.

A vida toda Evelyn se considerara liberal. Jamais usara a palavra *preto*. Mas seu contato com eles tinha sido o mesmo que o da maioria da classe média branca antes dos anos 1960 — no máximo, conhecer a empregada ou os empregados da casa de alguma amiga.

Quando pequena, costumava ir com o pai levar de carro a empregada para a zona sul da cidade, onde ela morava. Eram só dez minutos de viagem, mas, para Evelyn, era como estar em outro país: a música, as roupas, as casas... Tudo era diferente.

Na Páscoa frequentemente iam de carro à zona sul da cidade para ver os trajes novinhos em folha: cor-de-rosa, roxos e amarelos, com chapéus de pluma combinando.

Obviamente, tudo isso se referia às negras que ficavam trabalhando dentro das casas. Se aparecesse um negro por perto, a mãe de Evelyn ficava histérica e começava a berrar para que ela se cobrisse porque *"há um negro na vizinhança!"*. Desde então Evelyn não se sentia confortável quando um negro se aproximava.

Salvo isso, a atitude de seus pais perante os negros sempre fora a usual: achavam a maioria deles estranha e encantadora, crianças crescidas que precisavam ser cuidadas. Todos tinham uma história engraçada para contar sobre o que dissera sua empregada ou balançavam a cabeça admirados com a quantidade de filhos que elas conseguiam ter. A maioria dava suas roupas velhas e as sobras para eles levarem para casa e os ajudava se tivessem algum problema. Mas, quando Evelyn ficou um pouco mais velha, já não ia mais à zona sul e pensava muito pouco nos negros; já tinha muito no que pensar em sua própria vida.

Assim, nos anos 1960, quando os conflitos começaram, ela, como a maioria dos brancos de Birmingham, ficou chocada. Todos concordavam que não eram "os nossos negros" que estavam causando aquilo, e sim agitadores forasteiros vindos do Norte.

Em geral, estavam todos de acordo com a máxima "nossos negros estão felizes do jeito que são". Anos mais tarde, Evelyn se perguntava onde estava com a cabeça e por que não se dera conta do que estava acontecendo logo ali, do outro lado da cidade.

Depois de Birmingham ter sofrido tantos ataques por parte da imprensa, nos jornais e na televisão, o povo, confuso, sentiu-se ofendido. Nenhuma das muitas delicadezas que aconteciam entre as duas raças jamais foi mencionada.

Mas vinte e cinco anos depois, Birmingham teve um prefeito negro, e, em 1975, a cidade, conhecida como a "cidade do ódio e do medo", foi nomeada a "terra de todos os americanos" pela revista *Look*. Disseram que várias pontes foram erguidas, e os negros, que antes tinham partido para o Norte, estavam agora voltando. Chegavam de todos os lados.

Evelyn sabia de tudo isso e, mesmo assim, ali parada no estacionamento da igreja, espantava-se com todos os Cadillacs e Mercedes que chegavam. Tinha ouvido dizer que havia muitos negros ricos em Birmingham, mas nunca os tinha visto.

Assistindo à chegada da congregação, o antigo medo que sentia dos homens negros veio subitamente à tona.

Ela verificou se todas as portas do carro estavam trancadas e preparava-se para dar o fora dali quando um casal com dois filhos passou ao lado do carro, rindo; Evelyn voltou à realidade e se acalmou. Logo em seguida, armou-se de coragem e entrou na igreja.

Mesmo depois que o recepcionista de vermelho sorriu para ela e disse "Bom dia", conduzindo-a para os bancos, ela ainda estava tremendo. Seu coração palpitava pelo caminho e os joelhos falhavam. Evelyn esperava sentar-se atrás, mas foi escoltada até o meio da igreja.

Por um momento, sentiu que o ar lhe faltava e o suor brotava de seus poros. Parecia que todo mundo a observava. Duas crianças viraram-se no banco e a encararam; ela sorriu, mas não recebeu nenhum sorriso de volta. Estava decidida a se retirar quando um homem e uma mulher entraram em sua fileira e se sentaram ao lado dela. E ali estava Evelyn, presa no meio, exatamente como sempre estivera. E, pela primeira vez na vida, rodeada de negros por todos os lados.

Tudo ao mesmo tempo, ela era um nada, o Pracinha de *Pillsbury*, uma página em branco de um livro para colorir, uma flor sem graça no jardim.

A jovem esposa ao seu lado era belíssima e vestia-se como só se via nas revistas. Poderia ser confundida com uma modelo de alta-costura de Nova York em seu traje de seda cinza-pérola, sapatos e bolsa de pele de cobra para combinar. Ao olhar em volta, percebeu que nunca vira tanta gente bem vestida em um único lugar. Ainda se sentia incomodada com os homens — as calças eram justas demais para seu gosto —, por isso concentrou-se nas mulheres.

Pensando bem, ela sempre admirara a força e compaixão dessas mulheres. Sempre se perguntou como eram capazes de amar e tratar tão bem das crianças brancas ou cuidar dos idosos com tanto carinho e delicadeza. Ela mesma não seria capaz de tanto.

Observava a maneira como eles se cumprimentavam, a maravilhosa e completa desinibição entre eles, a maneira suave e a graça natural de seus gestos, mesmo os menos sutis. Jamais desejaria que um deles se zangasse com ela, mas adoraria ver alguém se atrevendo a chamar um deles de "vaca gorda".

Percebeu então que durante toda a vida olhara para os negros, mas nunca os vira realmente. As mulheres eram mesmo muito bonitas; as meninas magras de rosto anguloso, como as rainhas egípcias, e as mulheres de seios grandes e quadris arredondados, magníficas.

E todas aquelas que, no passado, tentavam se passar por brancas? Deviam estar se divertindo muito em seus túmulos ao ver que, hoje, os garotos brancos de classe média se esforçam muito para cantar como os negros, e as meninas frisam os cabelos, aderindo à moda afro. Os papéis tinham se invertido...

Evelyn começou a relaxar e sentiu-se um pouco mais à vontade. De certa maneira, esperava que o interior da igreja fosse um pouco diferente. Olhando em volta, convenceu-se de que não diferia muito das dezenas de igrejas de brancos que havia em Birmingham; então, subitamente, o órgão fez soar uma nota e os duzentos e cinquenta membros do coro, usando vestes vermelho vivas e marrons, se ergueram e começaram a cantar com um poder e uma força que por pouco não a jogaram de volta ao assento.

> *Oh happy day...*
> *Oh happy day...*
> *When Jesus washed my sins away...*
> *He taught me how to sing and pray...*
> *And live rejoicing every day...*
> *Oh happy day...*
> *Oh happy day...*
> *When Jesus washed my sins away...*
> *Oh happy, happy day...**

Eles voltaram a sentar, e o reverendo Portor, um homem grande cuja voz enchia toda a igreja, ergueu-se e começou o sermão intitulado "A alegria de

---

* Em tradução livre: "Oh, dia feliz.../ Oh, dia feliz.../ Em que Jesus livrou-me de todos os pecados.../ Ensinando-me a cantar e a orar.../ E viver em júbilo todos os dias.../ Oh, dia feliz.../ Oh, dia feliz.../ Em que Jesus livrou-me de todos os pecados.../ Oh, dia feliz, feliz...". (N. T.)

amar a Deus". Enquanto pregava, jogava a grande cabeça para trás, gritava e ria de felicidade. E a congregação e o órgão respondiam da mesma maneira.

Evelyn se enganara; não era igual às igrejas de brancos, certamente não como os sermões frios e inócuos com os quais estava acostumada.

O entusiasmo do pastor pelo Senhor Deus era contagiante e se espalhava como fogo por toda a sala. Ele garantiu a todos, com grande e poderosa autoridade, que o seu Deus não era um Deus vingativo, mas sim pleno de bondade... Amor... Perdão... E *alegria*. E começou a dançar e a proferir cantando seu sermão com a cabeça voltada para o alto, o suor brilhando em seu rosto, pelo qual de vez em quando passava o lenço branco que mantinha na mão direita.

Ele cantava, e toda a igreja respondia.

"VOCÊS NÃO PODEM TER ALEGRIA SE NÃO AMAREM SEU PRÓXIMO..."

"*Certo, senhor.*"

"AMEM SEUS INIMIGOS..."

"*Sim, senhor.*"

"LIVREM-SE DOS VELHOS RANCORES..."

"*Sim, senhor, nos livraremos.*"

"LIVREM-SE DO GRANDE DEMÔNIO, A INVEJA..."

"*Sim, senhor.*"

"SE DEUS PODE PERDOAR..."

"*Sim, Ele pode.*"

"POR QUE VOCÊS TAMBÉM NÃO PODEM?"

"*Você está certo, senhor.*"

"ERRAR É HUMANO... PERDOAR É DIVINO..."

"*Sim, senhor.*"

"NÃO HÁ RESSURREIÇÃO PARA CORPOS CONSUMIDOS PELAS LARVAS DO PECADO..."

"*Não, senhor.*"

"MAS DEUS PODE ELEVAR VOCÊS..."

"*Sim, Ele pode.*"

"OH, DEUS É BOM..."

"*Sim, senhor.*"

"QUE AMIGO É JESUS!"

"*Se é, senhor!*"

"VOCÊS PODEM SER BATIZADOS, CIRCUNCIDADOS, GALVANIZADOS OU ENCE-RADOS, MAS ISSO NÃO QUER DIZER NADA SE NÃO FOREM CIDADÃOS DA GLÓRIA..."

"Não, senhor."

"OBRIGADO, JESUS! OBRIGADO, JESUS! BOM DEUS TODO-PODEROSO! GLORIFICAMOS SEU NOME ESTA MANHÃ E LHE AGRADECEMOS, JESUS! ALELUIA! ALELUIA, JESUS!"

E, quando ele acabou, a igreja explodiu em "Améns" e "Aleluias", e o coro começou novamente, até que todo o espaço pulsava com:

"VOCÊS SÃO LAVADOS EM SANGUE? O SANGUE PURIFICADOR DO CORDEIRO... OH, DIGAM-ME, DOCES CRIANÇAS... VOCÊS SÃO LAVADOS EM SANGUE?"

Evelyn nunca fora uma pessoa religiosa, mas nesse dia ela foi alçada muito acima do medo que há tanto tempo a mantinha presa ao chão.

Sentiu o coração se abrir e se encher de puro encantamento, pelo simples fato de estar viva.

Flutuava até o altar, onde um Jesus branco, pálido e magro, com uma coroa de espinhos, olhava-a do alto do crucifixo e dizia: "Perdoe-os, criança, eles não sabem o que estão fazendo...".

A sra. Threadgoode tinha razão. Ela ofertara a Deus os seus problemas e tinha se livrado deles.

Evelyn respirou profundamente, e um fardo de ressentimento e ódio saiu de dentro dela com o ar, levando também Towanda. Ela estava livre! E foi nesse instante que perdoou o garoto do supermercado, o médico de sua mãe e as garotas do estacionamento... E perdoou também a si mesma. Ela estava livre. Livre! Assim como todas as pessoas que estavam ali, que tinham atravessado tanto sofrimento sem permitir que o ódio e o medo matassem seu espírito de amor.

Nesse momento, o reverendo Portor convocou a congregação a dar a mão ao vizinho. A bela jovem sentada ao lado de Evelyn pegou sua mão e disse: "Deus a abençoe". Evelyn apertou a mão dela e respondeu: "Obrigada. Eu lhe agradeço muito".

Ao sair da igreja, voltou-se à porta e a olhou uma última vez. Talvez tivesse chegado lá na esperança de descobrir o que era ser negro. Agora entendia que jamais saberia, tanto quanto as pessoas que estavam ali jamais saberiam o que era ser branco. Sabia também que nunca mais voltaria. Aquele lugar pertencia a eles. Mas pela primeira vez na vida conheceu o júbilo. O verdadeiro júbilo. Fora júbilo que vira nos olhos da sra. Threadgoode e não soube reconhecer. Talvez nunca mais voltasse a senti-lo. Mas, uma vez sentido, jamais poderia se esquecer dessa sensação. Seria maravilhoso se pudesse dizer a todos naquela igreja o que aquele dia tinha significado.

Seria maravilhoso, também, se Evelyn soubesse que a jovem a quem dera a mão era a filha mais velha de Jasper Peavey, o cabineiro do vagão pullman, que, como ela própria, tinha conseguido superar as dificuldades.

Notícias da Ferrovia do Sul
1º de junho de 1950

O ferroviário do mês

"Seu único objetivo é ver as pessoas felizes e tornar a viagem mais agradável. Por favor, não se esqueçam desse incrível funcionário da ferrovia quando forem cumprimentar o 'ferroviário do mês'."

Foi assim que o passageiro do *Silver Crescent*, Cecil Laney, descreveu o cabineiro do vagão pullman, Jasper Q. Peavey.

Esse genial cabineiro tem recebido medalhas desde que começou a trabalhar na ferrovia, aos dezessete anos, como carregador do terminal em Birmingham, Alabama. Desde então, foi cozinheiro, trocador de carga, cabineiro de estação, garçom do vagão-restaurante e cabineiro do vagão-de-estar, sendo promovido a cabineiro do vagão pullman em 1935. Tornou-se presidente no Terminal de Birmingham da Irmandade dos Cabineiros de Vagões-dormitórios, em 1947.

O sr. Laney continua: "As pequenas cortesias de Jasper começam tão logo o passageiro embarca no trem. Ele faz um esforço especial para que todos tenham sua bagagem devidamente acondicionada e, durante a viagem, presta atenção a todas aquelas pequenas coisas inesperadas que podem ser feitas para melhorar o conforto, com seu sorriso e sua risada sempre presentes.

"Antes de chegar a uma estação, ele anuncia: 'Em cinco minutos estaremos chegando a... Se precisarem de ajuda com a bagagem, terei prazer em servi-los'.

"Para todos nós ele é um amigo fiel, um recepcionista atencioso, um guardião atento, provedor de confortos, prestador de favores. Cuida das crianças e ajuda as mães a atendê-las; é sempre cortês, prestativo e eficiente, pelo que nós, passageiros, lhe somos muito gratos. É difícil encontrar homens assim nos dias de hoje."

Jasper é pastor leigo da Igreja Batista da 16th Street, em Birmingham, e pai de quatro filhas: duas são professoras, uma estuda enfermagem e a caçula tem planos de estudar música em Nova York.

Parabéns a Jasper Q. Peavey, nosso ilustre "ferroviário do mês".

O Semanário Weems
Parada do Apito, Boletim semanal do Alabama
27 de agosto de 1955

Pátio da ferrovia fechado

É CLARO QUE FICAMOS MUITO TRISTES quando soubemos que o pátio da ferrovia foi fechado. Agora que perdemos a maior parte de nossos trens, parece que estamos perdendo nossos velhos amigos, que estão de mudança para outros lugares. Só podemos torcer para que os trens voltem a circular. Não parece justo que só alguns deles o façam.

Grady Kilgore, funcionário aposentado da Companhia Ferroviária L&N, disse que o país não sobrevive sem trens, e não vai demorar para que o governo entenda isso. Garanto que a L&N logo criará juízo e os colocará de volta em circulação.

A Orla do Pacífico da Georgia, e agora a L&N. Sobrou apenas a Ferrovia do Sul... Parece que não se quer mais pessoas viajando.

Soubemos também que o Café vai fechar. Idgie disse que o movimento caiu muito.

A propósito, meu cara-metade queixou-se de que teve a pneumonia de oito dias, mas que ela durou dez... Homens!

...Dot Weems...

Arredores de Roanoke, Virginia
Vagão Pullman nº 16
23 de dezembro de 1958

Jasper Peavey viajava, na noite silenciosa, no trem que chacoalhava através da paisagem coberta de neve com a lua brilhando sobre os campos brancos.

Estava gelado lá fora, mas agradável e aconchegante dentro do vagão. Era assim que ele se sentia mais seguro e à vontade. Não mais os sorrisos diurnos... Apenas o silêncio.

As luzes vermelhas e verdes dos entroncamentos anunciavam cada parada, e ao raiar do dia outras luzes começavam a surgir, uma a uma, nas cidadezinhas.

Ele estava a um mês da aposentadoria, com uma ótima pensão garantida pela Ferrovia do Sul. Jasper chegara a Birmingham um ano depois de seu irmão Artis, e, apesar de serem gêmeos e classificados como "negros" perante a lei, suas vidas seguiram rumos completamente diferentes.

Jasper gostava muito do irmão, mas raramente o via.

Artis encontrara rapidamente um lugar para morar no meio da agitação e do movimento da 4th Avenue North, onde o jazz era quente e os dados rolavam dia e noite. Jasper fixou residência em um pensionato cristão, quatro quarteirões adiante, e passou a frequentar a Igreja Batista da 16th Street desde seu primeiro domingo em Birmingham. Foi lá que a srta. Blanch Maybury pôs os olhos nele e se encantou com a pele clara do rapaz, sardenta como a da mãe. Blanch era filha única do sr. Charles Maybury, um cidadão respeitado, educador conhecido e diretor da escola secundária para negros.

E, por intermédio dessa moça, Jasper foi automaticamente aceito na exclusiva classe média ascendente da sociedade negra.

Quando se casaram, se o pai de Blanch ficara de certa forma decepcionado com a falta de educação formal e os antecedentes de Jasper, dera-se por muito satisfeito com sua cor e os bons modos.

Depois de casado, Jasper deu duro no trabalho. E, enquanto Artis gastava seu dinheiro em roupas e mulheres, Jasper pernoitava em dormitórios frios e infestados de ratos que a companhia oferecia aos cabineiros quando estavam fora da cidade. Ele economizou até poder ir com Blanch à loja de pianos e comprar um à vista. Um *piano* em casa significava muito. Dava dez por cento de seu salário à Igreja e começou a poupar para a faculdade das filhas no banco Penny Saving, só para negros. Jamais tocou em uma só gota de uísque, nunca tomou emprestado um centavo ou fez uma dívida. Foi ele um dos primeiros negros de Birmingham a se mudar para o bairro branco Enon Ridge, que depois ficou conhecido como Dynamite Hill. E, quando a Klan destruiu a casa de tijolinhos vermelhos de Jasper e as de vários outros vizinhos, alguns foram embora, mas Jasper ficou. Suportou anos de humilhações, esvaziou escarradeiras, limpou banheiros, lustrou sapatos e carregou tanta bagagem que à noite não podia dormir com dor nas costas e nos ombros. Não era raro vê-lo chorar de humilhação quando algo desaparecia e os chefes da estação procuravam primeiro nos armários dos cabineiros do vagão pullman.

Ele dissera "Sim, senhor" e "Sim, senhora" a muita gente que não merecia; sempre com um sorriso servira bebida no meio da noite a vendedores barulhentos; fora explorado por mulheres brancas arrogantes e chamado de preto por crianças; fora tido como sujo por alguns maquinistas brancos; e teve suas gorjetas roubadas por outros cabineiros. Limpara o vômito de muitos estranhos e passara centenas de vezes pelo condado de Cullman, onde uma placa advertia: PRETO... NÃO DEIXE O SOL POUSAR EM SUA CABEÇA.

Ele suportara tudo. Mas...

Seu seguro de vida estava pago, mantivera as quatro filhas na faculdade, e jamais nenhuma delas teve que viver de gorjetas. Esses eram os pensamentos que lhe davam forças para suportar os anos longos e difíceis.

Os pensamentos... E os trens. Se seu irmão Artis se apaixonara por uma cidade, Jasper tinha paixão por trens. *Os trens*, com vagões de madeira polida e poltronas de veludo vermelho. Os trens, que tinham poesia no nome... *Pôr do Sol... Palmeira Imperial... Cidade de Nova Orleans... Dixie Voador... Mosca de Fogo... Lusco-fusco... Palmetto... Diamante Negro... A Bela do Sul... Estrela de Prata...*

E nessa noite ele viajava no *Grande Cometa Prateado...* De linhas delgadas e paralelas como as de um cilindro de prata... De Nova Orleans a Nova York, ida e volta, um dos últimos grandes ainda em circulação. Ele lamentara cada um desses trens que, um a um, foram tirados das linhas e encostados em algum pátio, como velhos aristocratas, desfazendo-se; relíquias de tempos que se foram. E nessa noite ele se sentia como um desses trens... Fora dos trilhos... Fora de moda... Ultrapassado... Inútil.

No dia anterior ele ouvira seu neto Mohammed Abdul Peavey dizer à mãe que não queria sair mais com o avô porque ficava envergonhado pela maneira como ele se curvava para cumprimentar os brancos e se comportava na igreja, cantando a plenos pulmões aqueles gospels antiquados.

Jasper tinha claro para si que seu tempo tinha chegado ao fim, assim como o de seus velhos amigos encalhados nos pátios. Gostaria que tivesse sido diferente; vivera da única maneira que sabia. Mas era carta fora do baralho.

Hotel St. Clair
(Hotel moderníssimo de Birmingham)
2nd Avenue North, 411,
Birmingham, Alabama
23 de dezembro de 1965

Smokey estava do outro lado da rua, em frente ao sempre movimentado terminal da L&N, no centro da cidade, em um quarto de hotel que devia ter sido moderníssimo há trinta e cinco anos, mas agora consistia apenas de uma cama, uma poltrona e uma lâmpada de quarenta watts presa a um soquete pendurado. O quarto estava todo escuro, a não ser pela pálida luz amarelada que entrava pela janela basculante envidraçada no alto da porta, coberta por uma grossa camada de tinta marrom.

Smokey Solitário estava lá dentro, fumando seu cigarro e olhando pela janela a rua fria e úmida embaixo, pensando no passado, quando ainda existia um anel de pequenas estrelas em volta da lua e todos os rios e uísques eram doces. Quando ele ainda conseguia inspirar ar puro sem tossir suas vísceras para fora. Quando Idgie, Ruth e Toco ainda moravam nos fundos do Café, e todos os trens ainda circulavam. Essa época, uma época muito especial, há tanto tempo... Não é mais que um momento distante em sua mente.

As lembranças continuavam ali, e nessa noite ele as evocava, como sempre fazia, na esteira de um raio de lua. De vez em quando pegava um deles e partia em uma viagem; era mágico. Mentalmente, uma velha canção se repetia infinitas vezes:

Smoke rings
Where do they go?

Those smoke rings I blow?
Those circles of blue, that
Keep reminding me of you...*

---

* Em tradução livre: "Anéis de fumaça/ Para onde eles vão?/ Esses anéis de fumaça que sopro?/ Esses círculos de saudade, que/ Me fazem lembrar de você...". (N. T.)

Casa de repouso Rose Terrace
Old Montgomery Highway,
Birmingham, Alabama
22 de setembro de 1986

Quando Evelyn chegou ao saguão de visitas, encontrou a sra. Threadgoode cochilando. Só então percebeu sua idade. Evelyn se deu conta de que sua amiga estava realmente velha, e isso a assustou. Chamou-a:

"Sra. Threadgoode?"

Ela abriu os olhos e, ao mesmo tempo, arrumou o cabelo e começou a falar: "Oh, Evelyn, faz tempo que está aqui?".

"Não, acabei de chegar."

"Por favor, nunca me deixe dormir na frente das visitas. Promete?"

Evelyn sentou-se e deu à amiga um prato de papel com sanduíche de churrasco, um pedaço de torta gelada de limão, garfo e guardanapo.

"Oh, Evelyn!" A sra. Threadgoode endireitou-se na cadeira. "Onde foi que conseguiu isto? Lá no Café?"

"Não, eu mesma fiz especialmente para a senhora."

"Foi mesmo? Ah, que Deus a abençoe."

Evelyn já tinha notado que nos últimos meses sua amiga vinha misturando cada vez mais passado com presente e chegava até a chamá-la por Cleo. Às vezes ela percebia e ria; mas, com o passar do tempo, isso acontecia cada vez menos.

"Desculpe por eu ter dormido desse jeito. Mas não sou só eu; parece que todos aqui andam exaustos."

"Não anda dormindo bem durante a noite?"

"Meu bem, há algumas semanas que ninguém tem conseguido dormir por aqui. Vesta Acdcock inventou de dar telefonemas noturnos. Liga para todo mundo, do presidente ao prefeito. Outro dia ligou para a rainha da Inglaterra reclamando não sei do quê. De repente ela fica toda eriçada como um gato velho e não sossega a noite inteira..."

"E por que ela não fecha a porta do quarto?"

"Ela fecha."

"Bom, então por que não tiram o telefone do quarto dela?"

"Meu bem, já foi tirado, só que ela não sabe. Simplesmente fica dando telefonemas."

"Meu Deus... Ela está louca?"

"Bem, digamos que...", disse a sra. Threadgoode delicadamente, "ela está nesse mundo, mas não vive nele."

"É, eu entendo."

"Meu bem, eu adoraria beber alguma coisa gelada com esta torta. Será que você pode ir buscar? Eu mesma o faria, mas não estou enxergando muito bem para encontrar o lugar de se pôr a moeda."

"É claro. Desculpe-me, eu devia ter lhe oferecido."

"Aqui está a moeda."

"Ah, sra. Threadgoode, deixe disso. Vou lhe comprar a bebida."

"Não. Evelyn, pegue este dinheiro. Você não tem nada que gastar comigo", insistiu ela. "Prefiro não beber, se você não deixar que eu mesma pague."

Evelyn pegou a moeda e, como sempre fazia, comprou um refrigerante de 75 centavos.

"Obrigada, meu bem... Evelyn, já lhe contei que detesto couve-de-bruxelas?"

"Não. E por que não gosta?"

"Não sei. Só não gosto. Mas adoro qualquer outra coisa da família dos vegetais. Não gosto deles congelados ou enlatados, no entanto. Prefiro que sejam frescos. Um milho doce inteirinho, feijão-de-lima, um bom feijão-fradinho e tomates verdes fritos..."

"Sabia que tomate é uma fruta?", perguntou Evelyn.

A sra. Threadgoode mostrou-se surpresa. "É?"

"É, sim."

A sra. Threadgoode estava perplexa. "Veja você! E eu, aqui, pensando a minha vida inteira que era um vegetal... Sempre servi como vegetal. Tomate é *fruta*? Tem certeza?"

"Aprendi nas aulas de economia doméstica."

"Eu jamais poderia imaginar uma coisa dessas, por isso vou fingir que nunca recebi essa informação. Mas a couve-de-bruxelas é vegetal, não é?"

"É."

"Que bom! Isso me faz sentir melhor... E a vagem? Não venha me dizer que é fruta também."

"Não, é um vegetal."

"Melhor assim." Ela comeu o último pedaço de torta, lembrou-se de uma coisa e sorriu.

"Sabe, Evelyn, essa noite eu tive um sonho maravilhoso. Parecia real. Sonhei que Momma e Poppa Threadgoode estavam sentados no terraço da velha casa e acenaram para que eu me aproximasse... Na mesma hora Cleo, Albert e todos os Threadgoode apareceram no terraço e chamaram por mim. Eu queria muito ir, mas não podia. Disse-lhes que não poderia ir enquanto a sra. Otis não melhorasse. E Momma, naquela sua voz doce, disse: 'Então não demore, Ninny, porque nós estamos aqui esperando'."

A sra. Threadgoode virou-se para Evelyn. "Tem horas que mal posso esperar para chegar logo ao céu. O primeiro que vou procurar lá vai ser Bill Estrada-de-Ferro; nunca se soube quem era. É claro que era um negro, mas tenho certeza de que ele está no céu. Você acha que ele vai estar lá, Evelyn?"

"Ah, tenho certeza."

"Se há alguém que mereça estar no céu, esse alguém é ele. Vou saber quando o vir."

Café da Parada do Apito
Parada do Apito, Alabama
3 de fevereiro de 1939

O salão estava cheio de gente da ferrovia para o almoço, por isso Grady Kilgore foi até a porta da cozinha e pediu: "Ei, Sipsey, veja aí um bom prato de tomates verdes fritos e um chá gelado, tá? Estou com pressa". Sipsey deu o prato a Grady, que voltou ao salão para almoçar.

O ano de 1939 somava o quinto inverno que Bill Estrada-de-Ferro vinha atacando os trens. Quando Kilgore passou, Charlie Fowler, engenheiro da Ferrovia do Sul, disse: "Ei, Grady, eu soube que o Bill Estrada-de-Ferro atacou outro trem essa noite. Será que vocês nunca vão pegar esse cara?".

Todos riam quando Grady se sentou em um canto do salão.

"Podem rir à vontade, mas não tem graça nenhuma. Esse foi o quinto trem que aquele filho da puta pegou em duas semanas."

"Esse negão está fazendo você pular miudinho, não está, não?", provocou Jack Butts.

Wilbur Weems, sentado ao lado de Grady, ria, mascando um palito. "Ouvi dizer que ele esvaziou um vagão cheio de enlatados no caminho entre Anniston e aqui, e os negros recolheram tudo antes de o dia clarear."

"É, e não foi só isso", disse Grady. "Aquele desgraçado jogou três peças de presunto do governo dos Estados Unidos pela porta daquele vagão, em plena luz do dia."

Sipsey pôs o chá gelado na frente dele, com uma risadinha irônica.

Grady pegou o açúcar. "Não tem graça nenhuma, Sipsey. Tem um inspetor do governo que está vindo de Chicago que não vai me dar sossego. Vamos ter que ir a Birmingham encontrar com ele. E olha que já pusemos mais seis homens espalhados pela linha. Aquele filho da puta está a fim mesmo de acabar comigo."

"Eu ouvi que ninguém consegue descobrir como ele entra nos trens e como ele sabe quais trens têm comida. Ou como ele consegue escapar antes que seus consigam chegar", disse Jack.

"Grady", interrompeu Wilbur, "estão dizendo por aí que você nunca chegou nem perto do cara."

"É, mas Art Bevins quase o pegou outra noite, lá para os lados de Gate City. Só o perdeu por dois minutos, portanto fiquem sabendo que os dias dele estão contados... Escrevam o que estou dizendo."

Idgie vinha em sua direção. "Ei, Grady, acho que vou mandar o Toco lá para a estação para dar uma força a vocês. Quem sabe ele não consegue pegar o Bill?"

"Cale essa boca, Idgie, e busque mais um pouco disso para mim." Deu o prato para ela.

Ruth estava atrás do balcão pegando o troco para Wilbur. "Francamente, Grady, não consigo entender que mal há nisso. Aquela pobre gente está morrendo de fome, e se não fosse ele para jogar carvão do trem muitos já tinham morrido de frio."

"Concordo em parte com você, Ruth. Ninguém ia se importar com algumas latas de feijão, uma vez ou outra, ou um pouco de carvão. Mas a coisa está saindo do controle. Mais adiante, entre aqui e a linha estadual, a companhia já colocou mais doze homens, e eu estou fazendo turno dobrado durante a noite."

Smokey Solitário estava na ponta do balcão tomando um café e deu sua opinião. "Doze homens só pra pegar aquele neguinho? Isso é como querer matar uma mosca com um canhão, né?"

"Não se sinta mal", disse Idgie, batendo nas costas de Grady. "Sipsey me contou que vocês não conseguem pegar o cara porque ele vira raposa ou coelho quando quer. O que acha disso? Você concorda, Grady?"

Wilbur quis saber de quanto era a recompensa.

"Até hoje de manhã, eram duzentos e cinquenta dólares. Provavelmente chegue a quinhentos se a coisa continuar assim."

"*Pô*! É um monte de dinheiro", disse Wilbur. "Como ele é?"

"Pelo que disse o pessoal que já viu o cara, parece que é um negro retinto que usa uma touca de meia."

"Um nego muito esperto, eu acho", acrescentou Smokey.

"É, talvez seja mesmo. Mas posso garantir que, quando eu puser as mãos naquele filho da puta, ele vai se arrepender de ter nascido negro. Há várias semanas que não volto pra casa e não posso dormir na minha própria cama."

"Bom, Grady", ironizou Wilbur, "que eu saiba, isso não é nenhuma novidade."

Todos riram.

E então, quando Jack Butts, que também era membro do Clube do Picles, disse: "Deve estar mesmo difícil. Até Eva Bates está se queixando disso". O salão explodiu em gargalhadas.

"Ei, Jack, tome vergonha nessa cara", disse Charlie. "Você não devia insultar Eva desse jeito."

Grady levantou-se e olhou em volta. "Sabem de uma coisa? Todo mundo que está aqui neste Café não passa de burro. Um bando de ignorantes."

Ele foi até o cabide pegar o chapéu e então se voltou para todos. "Este lugar devia se chamar Café dos Ignorantes. Vou cuidar da minha vida em outro lugar."

Todo mundo riu, inclusive Grady, porque não havia outro lugar para se ir. Ele abriu a porta e foi para Birmingham.

Willina Lane, 1520
Atlanta, Georgia
27 de novembro de 1986

Toco Threadgoode, ainda um homem bem-apessoado aos cinquenta e sete anos, estava na casa de sua filha Norma para o jantar de Ação de Graças. Já tinha assistido à partida de futebol entre Alabama e Tennessee e agora estava sentado à mesa com o marido de Norma, Macky, a filha deles, Linda, e seu namorado magrinho e de óculos que estudava quiroprática. Eles tomavam café e comiam torta de nozes-pecã.

Toco dirigiu-se ao rapaz. "Meu tio Cleo era quiroprático. É claro que ele nunca ganhou um tostão com isso... Atendia todo mundo de graça. Mas isso foi na época da Depressão e ninguém tinha dinheiro mesmo.

"Minha mãe e tia Idgie eram donas de um café. Era uma coisinha de nada, mas eu lhe garanto uma coisa: sempre tivemos o que comer, assim como qualquer um que aparecesse por lá pedindo comida... Fosse branco, fosse negro. Nunca vi tia Idgie negar a uma só alma, e sabia-se que, se um homem precisasse, ela sempre tinha uma bebida para oferecer.

"Ela as guardava no avental, e minha mãe dizia a ela: 'Idgie, você fica incentivando essas pessoas ao vício'. Mas tia Idgie, que não dispensava um bom drinque, respondia: 'Ruth, não se vive só de pão'.

"Diariamente apareciam por lá cerca de dez ou quinze sem-teto. Mas era gente que não tinha medo de fazer pequenos trabalhos. Diferentes dos que existem hoje. Capinavam o quintal ou varriam a calçada. Tia Idgie sempre conseguia alguma coisa para eles fazerem de modo a não lhes ferir o orgulho. Às vezes ela os deixava ficar na casa dos fundos brincando comigo, para que achassem que estavam trabalhando. Em geral eram gente boa, só que sem sorte. O melhor amigo de tia Idgie era um sem-teto chamado Smokey Solitário. Era um cara em quem se podia confiar cegamente. Jamais se apossou de algo que não lhe pertencesse.

"Aqueles sem-teto tinham um código de honra. Smokey me contou que pegaram um deles que roubara uma peça de prata de uma casa e o mataram na mesma hora e, então, devolveram a peça ao dono... Naquela época, ninguém trancava as portas. Esse pessoal que anda hoje por aí sem eira nem beira é diferente. São todos bandidos ou viciados, capazes de roubar os olhos da gente.

"Nunca roubaram nada de tia Idgie." Ele riu. "Também, só podia ser por causa daquela espingarda que ela guardava embaixo da cama... Ela era durona como aço, não era, Peggy?"

Peggy respondeu da cozinha: "Ponha durona nisso".

"É claro que a maioria das vezes era só encenação, mas ela virava o capeta se não fosse com a cara de alguém. Tinha uma rixa eterna com o velho pastor da Igreja Batista, em cuja escola dominical minha mãe dava aulas, e vivia o aterrorizando. Ele era abstêmio e aos domingos incluía em seus sermões críticas à amiga dela, Eva Bates. Tia Idgie nunca conseguiu perdoá-lo por isso. Toda vez que chegava um estranho à cidade para comprar uísque, ela o conduzia para fora do Café, apontava a velha casa do reverendo Scroggins e dizia: 'Está vendo aquela casa verde? Vá até lá e bata na porta. Lá mora o homem que tem o melhor uísque de todo o estado'. Era a casa dele que ela também apontava quando os rapazes estavam precisando de qualquer outra coisa."

Peggy saiu da cozinha e sentou-se à mesa. "Toco, não conte essas coisas a eles."

"Mas era o que ela fazia", confirmou, rindo. "Vivia fazendo maldades para aquele pobre coitado. Mas, como eu sempre disse, ela adorava que as pessoas a achassem má... Por dentro, era mais doce que marshmallow. Como aquela vez em que o filho do pastor, Bobby Lee, foi preso... Foi a ela que o rapaz pediu ajuda para não ficar na prisão."

"Ele tinha ido a Birmingham com mais dois ou três amigos, e eles beberam tanto que ficavam andando pelo corredor do hotel de cueca, jogando bexigas cheias de água pela janela do sétimo andar; o azar de Bobby Lee foi ter enchido uma delas com tinta e acertado na esposa de um dos figurões da cidade, quando eles estavam entrando no hotel para uma reunião social.

"Tia Idgie teve que desembolsar duzentos dólares para tirá-lo da cadeia e mais outros duzentos para livrá-lo de um processo. Dessa maneira, ele não ficaria fichado na polícia e seu pai jamais saberia do acontecido... Eu fui com ela buscar Bobby. Tia Idgie ameaçou-o com um chute certeiro naquele lugar se ele ousasse contar a alguém que ela fizera aquela boa ação, principalmente em se tratando do filho do pastor.

"A turma toda do Clube do Picles era assim. Eles faziam um bocado de coisas boas das quais ninguém ficava sabendo. Mas a melhor parte da história é que mais tarde Bobby Lee acabou se tornando um bom advogado e até foi nomeado procurador-geral do governador Folsom."

Sua filha, Norma, começou a tirar os pratos da mesa. "Pai, conte a ele sobre Bill Estrada-de-Ferro."

Linda lançou um olhar suplicante à mãe.

"Bill Estrada-de-Ferro?", perguntou Toco. "Ah, vocês não estão nem um pouco interessados nele, estão?"

O namorado, cuja vontade era sair com Linda para algum lugar, pediu: "Estamos, sim. Conte sobre ele".

Macky sorriu para a mulher. Já tinham ouvido essa história centenas de vezes, mas sabiam que Toco adorava contá-la.

"Bem, foi durante a Depressão que essa pessoa chamada Bill Estrada-de-Ferro jogava dos trens os suprimentos do governo para os negros que viviam perto dos trilhos. E sempre saltava do trem antes que alguém o pegasse. Isso aconteceu durante anos, e não demorou para que os negros começassem a inventar histórias a seu respeito. Diziam que já o tinham visto se transformar em raposa e correr sobre cercas de arame farpado. Aqueles que o tinham visto realmente diziam que ele usava um sobretudo preto e touca de meia preta na cabeça. Fizeram até uma música para ele... Sipsey contava que, aos domingos, rezavam por ele na igreja para mantê-lo a salvo.

"A ferrovia ofereceu uma boa recompensa, mas na Parada do Apito não houve ninguém que o entregasse, mesmo que soubesse quem era ele. Não havia quem não tivesse uma opinião e arriscasse nomes.

"Eu achava que Bill Estrada-de-Ferro era Artis Peavey, o filho do nosso churrasqueiro. O tamanho dele correspondia às descrições e ele era rápido como um raio. Eu o seguia dia e noite, mas nunca consegui alcançá-lo. Devo ter feito isso umas dez vezes, daria qualquer coisa para vê-lo em ação só para ter certeza.

"Um dia, o sol começava a despontar, e eu precisava ir ao banheiro. Quando ia entrar, ainda meio dormindo, encontrei mamãe e tia Idgie lá dentro, com a torneira da pia aberta. Minha mãe pareceu assustada e disse: 'Espere um instante, meu bem'. E fechou a porta.

"'Depressa, mamãe, estou apertado', implorei. Vocês sabem como são as crianças. Ouvi-as conversando e logo depois saíram. Tia Idgie enxugava as mãos e o rosto. Quando entrei no banheiro, a pia estava cheia de poeira de carvão. E no chão, atrás da porta, havia uma touca de meia.

"Foi então que me dei conta de que ela e o velho Grady Kilgore, detetive da ferrovia, estavam sempre cochichando pelos cantos. Era ele quem lhe passava os horários e as paradas dos trens... E minha tia Idgie era a pessoa que assaltava aqueles trens."

"Nossa, vovô, tem certeza disso?", perguntou Linda.

"Sua tia Idgie era capaz de cometer qualquer tipo de loucura. Eu já lhe contei o que ela fez quando Wilbur e Dot Weems se casaram e foram passar a lua de mel em um hotel em Birmingham?", perguntou ele a Macky.

"Não, não me lembro."

"Toco, por favor, não vá contar essa história na frente das crianças", pediu Peggy.

"Fique tranquila. Bem, o velho Wilbur era sócio do Clube do Picles, e, pouco antes do casamento, tia Idgie e a turma foram correndo de carro para Birmingham e subornaram o recepcionista do hotel para deixá-los entrar na suíte nupcial, onde espalharam todo tipo de coisas engraçadas pela cama... Só Deus sabe o quê..."

"Toco, por favor...", advertiu-o Peggy.

"Bem, eu não sei o que era. Em seguida, entraram no carro e voltaram. E, quando Wilbur e Dot regressaram da lua de mel, eles perguntaram a Wilbur o que tinha achado do quarto do Hotel Redmont. E acabaram descobrindo que tinham ido ao hotel errado e outro infeliz casal deve ter levado o maior choque de suas vidas."

"Podem imaginar uma coisa dessas?", disse Peggy, balançando a cabeça.

Norma pediu, atrás do balcão entre a sala e a cozinha: "Pai, conte a eles sobre os bagres que você costumava pescar no rio Warrior".

A expressão de Toco se iluminou. "Ah, vocês não acreditariam de que tamanho eles eram. Lembro-me de um dia que estava chovendo, e um deles mordeu a isca com tanta força que me arrastou na margem do rio e eu tive que fazer um tremendo esforço para não cair dentro dele. Os raios cruzavam o céu, e eu lutava pela minha vida, mas depois de quatro horas consegui arrancar aquele bagre coberto de lama de dentro da água. Juro a vocês que ele pesava mais de quinze quilos e era deste tamanho..."

Toco esticou o braço.

O futuro quiroprático olhava-o com uma expressão estúpida, tentando seriamente adivinhar de que tamanho era o bagre. Linda, exasperada, colocou as mãos na cintura. "Francamente, vovô."

Norma morria de rir, na cozinha.

Casa de repouso Rose Terrace
Old Montgomery Highway,
Birmingham, Alabama
28 de setembro de 1986

Elas se divertiam criando diferentes combinações: Coca-Cola com batatas fritas Golden Flake e, de sobremesa — outro pedido da sra. Threadgoode —, figos Newtons. Ela contou a Evelyn que a sra. Otis comia três figos Newtons por dia há trinta anos, para manter o intestino funcionando. "Pessoalmente, como porque gosto do sabor. Mas vou confessar uma coisa: quando eu estava em casa e não tinha vontade de cozinhar, ia até a loja de Ocie e comprava um pacote daqueles pequenos rocamboles, espalhava melaço Log Cabin sobre eles, e era isso o meu jantar. Não são muito caros. Você deveria experimentar."

"Quer saber do que eu gosto mesmo, sra. Threadgoode? Gosto de pão de mel."

"Pão de mel?"

"Sim, fazem lembrar aqueles pães de canela, sabe?"

"Ah, adoro pãezinhos de canela. Vamos comer qualquer dia, Evelyn?"

"Vamos, sim."

"Sabe, Evelyn, fico muito feliz que você tenha desistido daquela dieta. Aquelas coisas cruas iam acabar com você. Não quis dizer isso antes, mas a sra. Adcock quase se matou por causa de uma dessas dietas. Comeu tanta coisa crua que teve que sair correndo para o hospital com dores de estômago, foi preciso fazer uma cirurgia exploratória. Ela contou que, quando o médico a observava internamente, pegou o fígado para examinar mais de perto e deixou-o cair no chão. Ele quicou umas quatro ou cinco vezes antes que conseguissem recolhê-lo. A sra. Adcock disse que desde então sente dores de cabeça terríveis."

"A senhora não acredita nisso, não é?"

"Bem, foi o que ela contou à mesa do jantar outra noite."

"Ah, ela estava inventando. O fígado está preso ao corpo."

"Bem, talvez ela tenha feito confusão e era o rim, ou qualquer outra coisa. Mas, se eu fosse você, nunca mais comeria nada cru."

"Tudo bem, sra. Threadgoode, se a senhora está dizendo..." Evelyn mordeu uma batata frita. "Tem uma coisa que estou querendo lhe perguntar. A senhora me disse uma vez que alguém achou que Idgie tinha matado um homem. Foi isso mesmo?"

"Não, meu bem. Muita gente achou isso. Principalmente quando ela e Big George foram julgados por assassinato na Georgia..."

"Ela foi julgada?"

"Nunca lhe contei isso?"

"Não. Nunca."

"Ah... Bem, foi uma manhã horrível. Eu estava lavando louça, ouvindo *The Breakfast Club,* quando Grady Kilgore chegou procurando por Cleo. Ele estava em um estado deprimente. E disse: 'Cleo, eu preferiria perder um braço a fazer o que preciso, mas vou ter que levar Idgie e Big George ao tribunal, e quero que você venha comigo'. Sabe, Idgie era uma de suas melhores amigas e, para ele, isso era como a morte. Grady contou a Cleo que tinha pensado em se demitir do cargo de xerife, mas achava pior que ela fosse presa por um estranho.

"Cleo perguntou: 'Meu Deus, Grady, o que foi que ela fez?'. Grady contou que ela e Big George eram suspeitos do assassinato de Frank Bennett, em 1930. Eu nem sabia que ele tinha morrido, ou desaparecido, ou sei lá o quê."

"E o que os fez pensar que Idgie e Big George tivessem feito isso?", perguntou Evelyn.

"Bem, parece que os dois tinham ameaçado matá-lo várias vezes, e a polícia da Georgia tinha isso registrado. Depois que acharam a caminhonete, tiveram que intimá-los..."

"Que caminhonete?"

"A caminhonete de Frank Bennett. Estavam procurando o corpo de alguém que tinha se afogado e descobriram a caminhonete no fundo do rio, não muito longe da casa de Eva Bates. Foi assim que souberam que ele estivera na Parada do Apito em 1930.

"Grady estava louco da vida pelo fato de um imbecil qualquer ter sido suficientemente estúpido para ligar para a Georgia e dar o número da placa... Ruth já tinha morrido há oito anos, Toco e Peggy estavam casados e morando em Atlanta, então isso deve ter acontecido entre 1955 e 1956.

"No dia seguinte, Grady levou Idgie e Big George para a Georgia, e Sipsey foi com eles. Ninguém conseguiu fazê-la desistir dessa ideia. Mas Idgie não permitiu que ninguém mais fosse, por isso tivemos que ficar em casa, esperando.

"Grady tentou manter tudo em sigilo. Ninguém na cidade falava nada a esse respeito... Dot Weems era uma das que sabiam, mas jamais publicou uma só palavra em seu jornal.

"Lembro-me de que, na semana do julgamento, Albert e eu fomos para Troutville ficar com Onzell, que, aterrorizada, sabia que se Big George fosse considerado culpado da morte de um homem branco, ele iria direto para a cadeira elétrica, tal como o sr. Pinto."

Nesse ponto, Geneene chegou para fumar um cigarro e relaxar um pouco.

"Ah, Geneene", disse a sra. Threadgoode, "esta é minha amiga Evelyn. Aquela que eu lhe contei que está tendo problemas com a menopausa."

"Como vai?"

"Muito prazer."

A sra. Threadgoode se pôs então a dizer a Geneene como Evelyn era uma pessoa adorável, e a perguntar se ela não achava que Evelyn devia vender os cosméticos Mary Kay.

Evelyn estava ansiosa para que Geneene saísse e a sra. Threadgoode terminasse a história, mas ela não o fez. E, quando Ed chegou para buscá-la, ela saiu frustrada porque teria que esperar a semana seguinte para saber o que tinha acontecido no julgamento. Ao se despedir, Evelyn pediu: "Não vá se esquecer de onde parou".

A sra. Threadgoode olhou-a sem entender. "Parou o quê? Você se refere a Mary Kay?"

"Não, ao julgamento."

"Ah, foi um julgamento e tanto..."

Tribunal do Condado
Valdosta, Georgia
24 de julho de 1955

Lá fora, o prenúncio de uma tempestade. Dentro do tribunal, o ar estava quente e pesado.

Idgie olhava em volta, o suor escorrendo pelas costas. Seu advogado, Ralph Root, amigo de Grady, tinha soltado a gravata e tentava conseguir um pouco de ar.

Era o terceiro dia de julgamento, e todos os homens que estavam na barbearia de Valdosta, no dia em que Idgie tinha ameaçado matar Frank Bennett, já tinham subido ao banco das testemunhas. Agora era a vez de Jake Box dizer o que sabia.

Idgie corria os olhos pelo tribunal procurando por Smokey Solitário. Onde ele tinha se metido? Grady tinha lhe mandado uma mensagem dizendo que ela estava com problemas e precisava dele. Havia alguma coisa errada. Ele deveria estar lá. Ela ficou se perguntando se ele teria morrido.

Nesse momento, Jake Box apontou para Big George e disse: "Foi ele. Foi esse negro que mostrou uma faca para Frank, e a mulher estava com ele".

Um murmúrio ocupou a sala do Tribunal do Condado de Loundes. Incomodava muito a todos ali presentes que um negro tivesse ameaçado um branco. Grady Kilgore moveu-se pouco à vontade em seu lugar. Sipsey, a única negra na assistência, rezava baixinho pelo seu único filho, que naquela época já tinha quase sessenta anos.

Sem sequer se preocupar em interrogar Big George, o advogado de acusação convocou Idgie, que se dirigiu ao banco.

"Conheceu Frank Bennett?"

"Não, senhor."

"Tem certeza?"

"Sim, senhor."

"Está querendo dizer que nunca conheceu o homem cuja mulher, Ruth Bennett, foi sua sócia durante dezoito anos?"

"Isso mesmo."

Ele deu meia-volta, com os dedões enfiados nas vestes e olhou para os jurados. "Está querendo dizer que nunca esteve na barbearia de Valdosta, em agosto de 1928, e ameaçou matar Frank Bennett, um homem que você não conhecia?"

"Eu fui lá, sim. Pensei que estivesse perguntando se tínhamos sido apresentados alguma vez, e a resposta continua sendo não. Ameacei matá-lo, mas nunca fomos, pense o senhor o que quiser, formalmente apresentados."

Algumas pessoas na assistência, que não gostavam do pomposo advogado, riram.

"Digamos, então, que a senhora admite que ameaçou matar Frank Bennett."

"Sim, senhor."

"Também não é verdade que esteve na Georgia com aquele seu negro em setembro de 1928 e saiu de lá levando a mulher de Frank Bennett e seu filho?"

"Só a mulher, o filho veio depois."

"Quanto tempo depois?"

"O tempo normal, nove meses."

O tribunal começou a rir novamente. O irmão de Frank, Gerald, olhava fixo para ela, sentado na primeira fila.

"É verdade que a senhora falou contra o caráter de Frank Bennett à mulher dele e a fez acreditar que ele não era um homem de bem? Convenceu-a de que ele não era um bom marido?"

"Não, senhor. Ela sabia disso há muito tempo."

Mais risadas.

O advogado estava ficando irritado. "A senhora forçou ou não a mulher dele a segui-la para o Alabama com uma faca apontada para ela?"

"Não foi preciso. Ela já estava com as malas prontas quando chegamos lá."

Ele ignorou a resposta. "Não é verdade que Frank Bennett foi à Parada do Apito, no Alabama, para tentar reaver o que lhe pertencia, sua mulher e seu filho recém-nascido, e que a senhora e o seu negro o mataram para impedir que ela voltasse ao seu lar feliz e devolvesse o filho ao pai?"

"Não, senhor."

O homem enrubescia, o peito inflado como o de uma pomba, já perdendo a paciência. "Tem consciência de que a senhora foi responsável pelo rompimento de uma das coisas mais sagradas desta vida, um lar cristão constituído por um pai dedicado, a mãe e o filho? De que destruiu a união sagrada entre um homem e uma mulher, um casamento sacramentado por Deus na Igreja Batista Pomba da Manhã, em Valdosta, no dia 1º de novembro de 1924? De que fez com que uma boa cristã transgredisse as leis de Deus e rompesse seus votos nupciais?"

"Não, senhor."

"Suponho que tenha iludido aquela mulher fraca com promessas de dinheiro e bebidas, que ela tenha perdido o controle sobre suas ações, e, quando o marido apareceu para levá-la de volta para casa, a senhora e seu negro o assassinaram a sangue-frio para impedir que ela voltasse."

Ele ficou de frente para ela e começou a berrar: "ONDE VOCÊS ESTAVAM NA NOITE DE 13 DE NOVEMBRO DE 1930?".

Idgie começou a suar. "Eu estava na casa de minha mãe, na Parada do Apito."

"Quem estava com você?"

"Ruth Jamison e Big George. Ele estava conosco nessa noite."

"Ruth Jamison pode testemunhar sobre isso?"

"Não, senhor."

"Por que não?"

"Ela morreu há oito anos."

"E sua mãe?"

"Também está morta."

Ele desceu do pedestal e virou-se novamente para o júri, ficando na ponta dos pés. "Então, srta. Threadgoode, espera que doze homens inteligentes acreditem que, mesmo que duas testemunhas estejam mortas e a outra seja um negro amigo seu e que estava com a senhora no dia em que sequestrou Ruth Jamison da felicidade de seu lar, e que todos sabem que é um negro inútil e mentiroso... Quer que esses homens acreditem em suas palavras só porque é a senhora quem as diz?"

Mesmo nervosa, Idgie jamais permitiria que o advogado dissesse aquelas coisas de Big George. "É isso mesmo, seu canalha bundão, filho de uma cadela."

A sala explodiu em risadas e o juiz batia o martelo na mesa inutilmente.

Big George gemeu baixinho. Ele tinha implorado a Idgie para que ela não desacatasse o tribunal, mas ela estava determinada a conseguir um álibi para ele naquela noite. Ela sabia que era sua única saída. As chances de uma branca ser inocentada eram muito maiores do que as dele; principalmente se seu álibi dependesse do testemunho de outro negro. Ela não permitiria que Big George fosse para a cadeia nem que sua vida dependesse disso; e certamente dependeria.

O julgamento não ia bem para Idgie, e, quando a testemunha inesperada entrou na sala do tribunal no último dia, ela teve certeza de que agora iria de mal a pior. Ele chegou mais piedoso e beatificado que nunca... Seu velho e jurado inimigo, o homem que há anos ela vinha atormentando.

Lá vamos nós, pensou ela.

"Seu nome, por favor."

"Reverendo Herbert Scroggins."

"Profissão?"

"Pastor da Igreja Batista da Parada do Apito."

"Ponha sua mão direita sobre a Bíblia."

O reverendo Scroggins informou que tinha a sua, agradeceu e pôs a mão sobre sua Bíblia, jurando dizer toda a verdade, e só a verdade, e que Deus estava com ele.

Idgie não estava entendendo. Fora seu próprio advogado que trouxera o reverendo. Por que não a consultara antes? Ela teria dito que aquele homem não tinha nada de bom a dizer a seu respeito.

Mas era tarde demais, ele já estava depondo.

"Reverendo Scroggins, poderia dizer a esta Corte por que fez um interurbano para mim e o que me disse ontem à noite?"

O reverendo limpou a garganta. "Sim. Telefonei para lhe dizer que tinha uma informação sobre onde estava Idgie Threadgoode e George Pullman Peavey na noite de 13 de dezembro de 1930."

"Ela e seu criado negro não estavam na casa da mãe nessa noite, como foi dito neste tribunal?"

"Não, não estavam."

Merda, pensou Idgie.

O advogado insistiu: "Está dizendo, reverendo Scroggins, que ela mentiu sobre onde estavam nessa noite?".

O reverendo passou a língua pelos lábios.

"Bem, senhor, como cristão que sou não posso afirmar se ela mentiu ou não. Talvez tenha feito confusão com as datas." Ele abriu a Bíblia que tinha na mão, voltou algumas páginas e parou em uma determinada. "Há muitos anos tenho o costume de escrever todas as datas das atividades da igreja na minha Bíblia, e, enquanto eu a folheava ontem à noite, descobri que na noite de 13 de dezembro foi o início do encontro campestre de fé que fazemos todos os anos lá no acampamento batista. E a irmã Threadgoode estava lá, com seu criado, George Peavey, que era o encarregado dos refrigerantes, exatamente como tem sido nos últimos vinte anos."

O promotor da acusação deu um salto. "Protesto! Isso não quer dizer nada. O crime pode ter sido cometido em qualquer dia depois disso."

O reverendo Scroggins lançou um olhar de desaprovação a ele, em seguida voltou-se para o juiz. "Foi isso, meritíssimo. Nosso encontro em geral dura três dias e três noites."

"E o senhor pode afirmar *com certeza* que a srta. Threadgoode estava lá?"

O reverendo Scroggins mostrou-se ofendido com a possibilidade de alguém duvidar de sua palavra. "É claro que ela estava." Olhou para os jurados. "A irmã Threadgoode comparece religiosamente a todas as nossas atividades na igreja, além de ser líder do nosso coro."

Pela primeira vez na vida Idgie não tinha palavras, estava surda, muda, sem saber o que pensar. Em todos aqueles anos do Clube do Picles, ela mentira e inventara histórias, certa de que era muito boa nisso, e em cinco minutos Scroggins fora capaz de superá-la de longe. Estava tão convicto do que dizia que até ela era capaz de acreditar nele.

"Na verdade, na nossa igreja pensamos tanto na irmã Threadgoode que toda a congregação veio em um ônibus para testemunhar a seu favor."

Dito isso, as portas do tribunal se abriram e a sala se encheu do mais estranho bando que Deus pôs na face da Terra: Smokey Solitário, Jimmy Joelho Harris, Al Lasca-de-madeira, Sacket Tiro-pela-culatra, Pardue Pintado, BoWeevil Jake, Elmo Williams, Willy Javali e muitos mais... Todos de cabelos recém-cortados no salão de beleza de Opal e roupas emprestadas... Alguns dos muitos sem-teto que Idgie e Ruth alimentaram durante anos, e Smokey tinha conseguido reuni-los a tempo.

Um por um, sentaram-se no banco e prestaram um sólido testemunho, lembrando com riqueza de detalhes o encontro campestre na beira do rio em dezembro de 1930. E, por fim, entrou a irmã Eva Bates, com um chapéu florido e de bolsa na mão. Ela subiu ao banco e quase rompeu o coração dos jurados ao relembrar como a irmã Threadgoode se curvara na frente dela na primeira noite do encontro, e observou como Deus tocara seu coração, graças às inspiradas preces do reverendo Scroggins contra os males do uísque e das luxúrias da carne.

O juiz, pequeno e franzino, cujo pescoço mais parecia um braço, nem mesmo se preocupou em consultar o júri para dar o veredicto. Bateu o martelo e disse ao procurador da acusação: "Percy, não acho que o que temos aqui se caracterize como uma causa. Em primeiro lugar, nenhum corpo foi encontrado; em segundo, ouvimos testemunhos bastante confiáveis de que ninguém pode duvidar. O que temos aqui, afinal, é um monte de nadas. Para mim, esse tal de Frank Bennett encheu a cara e caiu dentro do rio, que deu conta de tragá-lo. Vamos considerar isto como morte acidental. É exatamente nisso que se resume nosso caso". Ele bateu novamente o martelo. "Caso encerrado."

Sipsey dançava no balcão da assistência. Grady respirou aliviado.

O juiz, o meritíssimo Curtis Smoote, sabia muito bem que não tinha existido nenhum acampamento de fé durante três dias no final de dezembro. E de onde estava, em sua mesa, vira que o pastor não tinha uma Bíblia entre a capa do livro sobre o qual jurara dizer a verdade. Vira, sim, um monte de rabiscos e palavras mal escritas. Por outro lado, sua filha tinha morrido há poucas semanas, depois de levar, por muito tempo, uma vida de cão nos arredores da cidade por causa de Frank Bennett; por isso pouco lhe importava quem tinha matado o filho da puta.

Depois que tudo terminou, o reverendo Scroggins pegou a mão de Idgie: "Quero ver você na igreja no próximo domingo, irmã Threadgoode". Piscou para ela e se afastou.

Seu filho, Bobby, que sabia sobre o julgamento, contara a ele sobre a vez que Idgie o tirara da cadeia. Por isso Scroggins, apesar de maltratado por ela durante tantos anos, decidiu interceder a seu favor.

Idgie ficou prostrada com tudo o que acontecera durante um bom tempo. Mas, ao dirigir de volta para casa, pensou: *Não sei o que é pior, ir para a cadeia ou ter que ser boazinha com o pastor pelo resto da minha vida.*

Casa de repouso Rose Terrace
Old Montgomery Highway,
Birmingham, Alabama
9 de outubro de 1986

Evelyn estava com pressa para chegar à casa de repouso nesse dia. Insistira com Ed para dirigir mais depressa durante todo o caminho. Parou, como sempre fazia, no quarto de Big Momma e ofereceu-lhe o costumeiro pão de mel, e, como sempre, a sogra recusou, dizendo: "Se eu comer isso, vou ficar pior do que já estou. Não entendo como você consegue comer essa grande porcaria".

Evelyn pediu licença e foi logo para o saguão de visitas.

A sra. Threadgoode, que nesse dia usava um vestido florido em tons de verde, recebeu Evelyn com um alegre "Feliz Ano-novo!".

Evelyn sentou-se, um pouco preocupada. "Meu bem, ainda faltam três meses para o Ano-novo. Ainda não tivemos o Natal."

A sra. Threadgoode riu.

"Eu sei disso. Só pensei em adiantar um pouco. Quero me divertir. É que as pessoas andam tão tristes que há um clima desagradável por toda parte."

Evelyn deu um pacotinho à sra. Threadgoode.

"Oh, Evelyn, são os pães de mel?"

"São, sim. Lembra de que falei deles?"

"Têm cara de ser bem gostosos, não?" Ela abriu um. "Nossa, parecem muito com Dixie Cream Donut. Obrigada, benzinho... Você conhece Dixie Cream Donut? É leve como uma pluma. Eu vivia dizendo a Cleo: 'Cleo, se você passar perto de onde vendem Dixie Cream Donuts, traga uns doze para mim e Albert; seis de creme e seis de geleia'.

"Eu também gostava daqueles fechados. Você sabe, como pãozinho francês. Não me lembro do nome..."

Evelyn não podia mais esperar.

"Sra. Threadgoode, conte logo o que aconteceu no tribunal."

"No julgamento de Idgie e Big George?"

"Isso mesmo."

"Bem, é uma história e tanto. Todo mundo estava morrendo de preocupação. Achávamos que eles jamais voltariam para casa, mas no final foram considerados inocentes. Cleo disse que conseguiram provar, sem a menor sombra de dúvida, onde estavam na hora em que o crime acontecera, por isso não poderiam ser responsabilizados. Disse também que Idgie só estava naquela situação para proteger outra pessoa."

Evelyn pensou um pouco. "Quem mais queria matá-lo?"

"Bem, querida, não é uma questão de quem poderia querer, mas quem o teria matado. Esse é o ponto. Alguns achavam que foi Smokey Solitário. Outros que tinham sido Eva Bates e a turma do rio, Deus sabe que aquela turma não era de brincadeira, e o pessoal do Clube do Picles era unido como unha e carne... É difícil saber. E, é claro", ela fez uma pausa, "restava ainda a própria Ruth."

Evelyn ficou surpresa. "Ruth? Mas onde ela estava no dia do crime? Alguém deveria saber."

A sra. Threadgoode balançou a cabeça. "É exatamente esse o problema, meu bem. Ninguém sabia com certeza. Idgie disse que ela e Ruth estavam na casa de Momma Threadgoode, que estava doente. E eu acredito nela. Mas há os que duvidam disso. Tudo o que sei é que seria mais fácil Idgie morrer e ser enterrada que permitir que o nome de Ruth fosse envolvido em um assassinato."

"Chegaram a encontrar o responsável?"

"Nunca, ele jamais foi encontrado."

"Bem, se não foram Idgie e Big George, quem a senhora acha que foi?"

"Essa é a pergunta de um milhão, não acha?"

"Não tem curiosidade de saber quem foi?"

"Claro que sim, quem não tem? Esse é um dos grandes mistérios do mundo. Mas ninguém nunca vai saber, a não ser o próprio responsável e, é claro, Frank Bennett. E, como dizem, os mortos não falam."

Missão central de socorro Jimmy Hatcher
23rd Avenue South, 345, Birmingham, Alabama
23 de janeiro de 1969

Smokey Solitário sentou na cama de ferro da missão, tossindo ao fumar o primeiro cigarro do dia. Depois que o Café fechou, Smokey vagou pelo país por muito tempo. Mais adiante, arrumou um emprego de ajudante de cozinha no Primeiro Refeitório dos Bondes, em Birmingham, mas a bebida logo fez com que fosse despedido.

Duas semanas mais tarde, o irmão Jimmy o encontrou gelado sob o viaduto da 16th Street e levou-o para a missão. Ele já estava muito velho para viver como sem-teto, andava mal de saúde e quase não tinha dentes. Mas o irmão Jimmy e sua mulher deram-lhe banho e comida, e a Missão Central de Socorro tornou-se sua casa durante mais ou menos quinze anos.

Irmão Jimmy era um bom homem, também fora alcoólatra, mas, como ele mesmo dizia, fizera uma longa viagem "do Jack Daniel's a Jesus" e passou a dedicar sua vida a auxiliar outros desafortunados.

Smokey ficou encarregado da cozinha. A comida consistia mais de restos congelados que haviam sido doados; iscas de peixe e purê de batata em caixa eram o que mais se comia. Mas ninguém reclamava.

Quando não estava cozinhando ou bebendo, Smokey passava os dias no andar superior, tomando café e jogando cartas com os outros homens. Já vira muita coisa acontecer na missão... Um homem com um dedo só encontrara lá o filho que não via desde que nascera. Pai e filho, ambos abandonados pela sorte, encontravam-se de repente no mesmo lugar, na mesma hora. Vira outros que tinham sido ricos médicos e advogados, e até um que fora senador pelo estado de Maryland.

Smokey quis saber por que homens como aqueles chegavam a tal estado. "A principal razão é que a maioria deles já passou por alguma desilusão", disse Jimmy. "Em geral por causa de mulher. Ou tiveram a sua e perderam, ou jamais conseguiram aquela que queriam... Então eles se perdem e vivem por aí. E, é claro, o velho uísque cumpre seu papel. Mas, por todos esses anos que os tenho visto entrar e sair deste lugar, posso dizer que a desilusão tem sido a principal causa."

Havia seis meses que Jimmy tinha morrido, o centro de Birmingham tinha começado a ser remodelado e a missão seria demolida. Smokey teria que sair logo dali. Para onde, ele não tinha a menor ideia...

Desceu as escadas e na rua encontrou um dia claro e frio com o céu azul, então resolveu caminhar.

Seguiu pela esquina do Cachorro-quente do Gus e desceu a 16th Street, passou pelo terminal, sob o viaduto Rainbow, sempre pelos trilhos, até descobrir que caminhava em direção à Parada do Apito.

Ele nunca fora nada mais que um fraco, um sem-teto, um mendigo, um cavaleiro andante, um forasteiro. Um espírito livre que seguira as estrelas cadentes dos muitos vagões que atravessavam as noites. Sua noção de como ia o país era determinada pela quantidade de restos que encontrava pelas sarjetas. Já respirara o ar puro do Alabama a Oregon. Fizera de tudo, vira tudo, não pertencera a nada. Era apenas mais um joão-ninguém, mais um bêbado. Mas ele, Smokey Jim Phillips, eternamente abandonado pela sorte, amava uma única mulher e a ela seria fiel a vida inteira.

Era verdade que já dormira com um bando de mulheres infelizes nas piores espeluncas, em florestas, em pátios de trem; mas nunca tinha amado nenhuma. Seu amor sempre fora só para ela.

Apaixonara-se no instante em que a vira no Café, naquele vestido de organdi suíço; e desde então nunca mais deixou de amá-la.

Ele a amara quando ficara doente, fosse caído em uma valeta atrás de um bar qualquer, fosse deitado como um trapo em um albergue, rodeado por homens com chagas abertas e dementes alcoólicos, que lutavam e se defendiam de ratos e insetos imaginários. Ele a amara nas noites em que fora surpreendido pela chuva gelada do inverno, apenas de chapéu e sapatos de couro fino, molhados e endurecidos como o aço. Ou ao ser levado para o hospital dos veteranos para tirar um dos pulmões; ou quando um cachorro rasgara-lhe metade da perna e ele fora parar no Exército da Salvação em São Francisco em uma véspera de Natal, com pessoas que nunca vira dando-lhe tapinhas nas costas e oferecendo-lhe um prato de peru defumado e cigarros.

Ele a amara todas aquelas noites em que ficara deitado na cama da missão, sobre o colchão fino doado por algum hospital desativado, olhando para as luzes verdes de néon no anúncio JESUS SALVA que piscavam o tempo todo, ouvindo os bêbados lá embaixo quebrarem garrafas e gritarem para que os tirassem do frio. Era no meio de tudo isso que ele fechava os olhos e entrava mais uma vez no Café para vê-la sorrir.

As imagens dela passavam diante dele... Ruth rindo de Idgie... Atrás do balcão com Toco nos braços... Afastando os cabelos da testa... Mostrando-se preocupada quando ele próprio aparecia machucado.

Smokey, não seria melhor usar outro cobertor esta noite? Dizem que vai esfriar muito. Smokey, preferia que você não sumisse assim de repente. A gente se preocupa quando você desaparece...

Ele nunca a tinha tocado, a não ser para cumprimentá-la. Nunca a abraçara ou beijara, mas tinha sido fiel a ela. Seria capaz de matar por ela. Era o tipo de mulher por quem um homem seria capaz de matar; só em pensar que alguém pudesse magoá-la ou feri-la já lhe virava o estômago.

Ele só roubara uma única coisa em sua vida. A fotografia de Ruth no dia em que o Café foi inaugurado. Ela estava diante da porta com a criança no colo, protegendo os olhos do sol com a outra mão. Essa fotografia já viajara por toda parte dentro de um envelope, preso com alfinete na camisa para que não se perdesse.

E mesmo depois de morta continuava viva em seu coração. Para ele, ela jamais morreria. Engraçado. Tantos anos, e ela jamais soube. Idgie, sim, sabia, mas nunca disse nada. Não era do tipo que fazia alguém sentir vergonha por estar apaixonado, mas sabia de tudo.

Ela fizera o impossível para encontrá-lo quando Ruth adoeceu, mas ele estava em algum lugar, sempre seguindo os trilhos. Quando retornou, Idgie levou-o até onde ela estava. Cada um sabia o que o outro estava sentindo.

Desse momento em diante, eles chorariam juntos a ausência dela. Não que tivessem conversado sobre isso. Pois os que mais sofrem são os que menos falam.

Ruth Jamison
1898-1946
Deus soube a hora de levá-la para junto dele

JORNAL DE BIRMINGHAM
QUINTA-FEIRA, 26 DE JANEIRO DE 1969
PÁGINA 38

HOMEM MORRE DE FRIO

O CORPO AINDA NÃO IDENTIFICADO de um homem branco de aproximadamente 75 anos foi encontrado ontem pela manhã ao lado dos trilhos da ferrovia, a um quilômetro ao sul da Parada do Apito. A vítima, que vestia apenas um macacão e jaqueta fina, aparentemente morreu de frio durante a noite. Não foi encontrado nenhum documento que pudesse identificar o corpo, além da fotografia de uma mulher. Supõe-se que se trate de algum transeunte.

O Semanário Weems
Parada do Apito, Boletim semanal do Alabama
9 de dezembro de 1956

O correio vai fechar

Depois que o Café e o salão de beleza fecharam, eu deveria saber que a minha vez chegaria. Recebi a notícia pelo correio. O posto será fechado e toda a correspondência será enviada ao posto de correio de Gate City. Esse dia será muito triste para mim. Mas ainda vou continuar com o jornal, portanto quem tiver alguma notícia basta trazer a minha casa ou avisar meu marido quando o encontrar por aí.

Desde que Essie Rue conseguiu o emprego de organista no rinque de patinação Dreamland, ao norte de Birmingham, tem pensado em se mudar com o marido, Billy, para lá. Espero que ela não faça isso... Depois que Julian e Opal se foram, só sobramos eu, Ninny Threadgoode e Biddie Louise Otis da velha turma.

Infelizmente, esta semana entraram na casa de Vesta Adcock e roubaram todas as suas miniaturas de pássaros da cristaleira, além de algum dinheiro que ela tinha na gaveta.

E não foi só isso. No dia de Natal fui ao cemitério colocar flores no túmulo de minha mãe e alguém roubou minha bolsa de dentro do carro. Os tempos mudaram. Não posso imaginar que tipo de gente seria capaz de fazer uma coisa dessas.

A propósito, existe algo mais triste que brinquedos em um túmulo?

... Dot Weems...

Casa de Repouso Rose Terrace
Old Montgomery Highway,
Birmingham, Alabama
12 de outubro de 1986

Evelyn levantou-se cedo e foi para a cozinha preparar seu presente à sra. Threadgoode. Aqueceu o prato pouco antes de sair para a casa de repouso, enrolou-o em papel-alumínio e guardou-o em uma bolsa térmica, de modo que chegasse quente e bem saboroso. Novamente, fez com que Ed dirigisse o mais depressa possível.

A senhora a esperava. Evelyn pediu-lhe que fechasse os olhos enquanto desembrulhava o prato e abria a tampa da garrafa de chá com menta gelado.

"Pronto. Pode olhar."

Ao ver o que tinha no prato, a sra. Threadgoode bateu palmas de alegria como uma criança no Natal. A sua frente havia uma perfeita porção de tomates verdes fritos e creme de milho, seis fatias de bacon, um punhado de feijõezinhos-de-lima ao lado e quatro biscoitos amanteigados grandes, leves como pluma.

Evelyn quase chorou ao ver a alegria da amiga. Ela disse à sra. Threadgoode que comesse enquanto estava quente, pediu licença para sair um pouco e foi procurar Geneene. Entregou-lhe um envelope com 100 dólares, e deu mais 25 para ela, e recomendou que a sra. Threadgoode comesse o que quisesse e tivesse tudo o que desejasse enquanto ela, Evelyn, estivesse fora.

"Dinheiro para mim, não, obrigada. A sra. Threadgoode é uma das que eu mais gosto aqui. Não se preocupe, sra. Couch. Tomarei conta dela para a senhora", disse Geneene.

Ao voltar, o prato da amiga estava vazio.

"Oh, Evelyn, não sei o que fiz para merecer que você me trate dessa maneira. Foi a melhor coisa que comi desde que o Café fechou."

"A senhora merece toda a atenção."

"Bem, não sei por quê. Você é tão gentil comigo, e aprecio muito isso. Você sabe o quanto. Agradeço a Deus todos os dias e peço a Ele que olhe por você."

"Eu sei disso."

Evelyn sentou-se ao lado dela, pegou-lhe a mão e, casualmente, disse que teria que sair por um tempo da cidade, mas voltaria com uma surpresa.

"Ah, adoro surpresas! Vai ser do tamanho de uma fôrma de pão?"

"Não sei. Se eu disser, deixará de ser surpresa."

"É, tem razão... Bem, vá depressa e volte logo, antes que eu morra de curiosidade. Será uma concha? Você vai para a Flórida? Opal e Julian mandaram-me uma concha de lá."

Evelyn balançou a cabeça.

"Não, não é uma concha. Agora pare de perguntar. Terá que esperar para saber."

Evelyn deu à sra. Threadgoode um papel e disse: "Este é o endereço e o telefone de onde estarei. Quero que me chame se precisar de mim, está bem?".

A sra. Threadgoode prometeu chamar e ficou de mão dada com Evelyn até a hora de ela partir. As duas foram juntas até a porta, onde Ed estava esperando.

"Como está passando, sra. Threadgoode?", perguntou ele.

"Estou muito bem, querido... Cheia de tomates verdes fritos e feijões-de-lima que a nossa menina trouxe para mim."

Evelyn despedia-se dela com um abraço quando passou uma senhora de peito empinado, de camisola e pele de raposa enrolada no pescoço, anunciando em voz alta: "Vocês vão ter que sair agora. Meu marido e eu compramos este lugar e todos terão que sair até as seis horas".

Ela seguiu pelo saguão, aterrorizando as velhinhas em Rose Terrace.

"É a sra. Vesta Adcock?", perguntou Evelyn.

A sra. Threadgoode assentiu: "Ela mesma. Eu não lhe falei? E a pobre coitada não tem onde cair morta".

Evelyn riu e acenou em despedida. A amiga acenou de volta e recomendou: "Volte logo... E não se esqueça de me mandar um postal, hein?".

Voo 763 da United Airlines
De Birmingham a Los Angeles
14 de outubro de 1986

SETE ANOS ANTES, Evelyn Couch fazia compras na avenida e passava pelo complexo da Rádio e TV Goldboro quando viu uma mulher gorda na tela de um dos aparelhos de televisão que lhe pareceu familiar. Tentou localizar de onde a conhecia ou de que programa era. A mulher lhe parecia muito próxima. De repente veio-lhe: *Meu Deus, aquela sou eu!* Ela via a si mesma no monitor da televisão. E ficou apavorada.

Foi a primeira vez que se deu conta de sua gordura. Acontecera gradualmente ao longo dos anos, e ali estava ela, exatamente como fora sua mãe.

Depois disso experimentou todas as dietas conhecidas, mas não conseguiu manter nenhuma. Tentou, inclusive, a dieta da última chance. Por duas vezes.

Ela se matriculou na academia uma vez, mas ficou tão cansada assim que vestiu aquele macacão apertado horrível, que foi para casa deitar.

Lera em um artigo da *Cosmopolitan* que dizia que agora os médicos conseguiam extrair a gordura de uma pessoa, e teria tentado isso também se não tivesse tanto pavor de médicos e hospitais.

Assim, ela comprava suas roupas em uma loja especializada em tamanhos grandes só para ter o prazer de ver que havia outras mulheres muito mais gordas que ela. Para comemorar esse fato, ia em seguida para a *Casa das Panquecas*, duas quadras adiante, e se dava um presente.

Só o que lhe interessava era a comida, e a única doçura em sua vida eram as balas, os bolos e as tortas.

Mas agora, depois de tantos meses ao lado da sra. Threadgoode, semanalmente, as coisas tinham mudado. Ninny Threadgoode a fizera sentir-se jovem. Passou a se ver como uma mulher com metade da vida pela frente. Sua amiga tinha certeza de que ela seria capaz de vender os cosméticos Mary Kay. Ninguém jamais acreditara ou confiara que ela fosse capaz de fazer alguma coisa; nem mesmo Evelyn. Quanto mais a sra. Threadgoode falava sobre isso e quanto mais ela pensava a respeito, menos Towanda se apossava de sua mente para agredir o mundo. E foi assim que Evelyn passou a se ver magrinha e feliz, diante do volante de um Cadillac cor-de-rosa.

E foi naquele domingo, na Igreja Batista Memorial Martin Luther King, que algo maravilhoso aconteceu: pela primeira vez em muitos meses, ela não pensava mais em dar fim à própria vida ou à de outros e percebeu que queria mesmo viver. Assim, ainda sob o efeito do que lhe acontecera na igreja, ela conseguiu extrair coragem de pedras e, com a ajuda de dois comprimidos de cinco miligramas de Valium, finalmente se dispôs a ir ao médico. Por fim, foi um homem charmoso e simpático que lhe fez um exame do qual ela não se lembrava muito bem, a não ser do fato de que ele não tinha encontrado nada sério. Seu estrogênio estava baixo, tal como suspeitara a sra. Threadgoode. E nessa mesma tarde ela tomou seu primeiro Premarin, 625 miligramas, e começou a se sentir muito melhor quase no mesmo instante.

Um mês depois, teve um orgasmo fortíssimo, que quase matou de susto o pobre Ed.

Passados mais dez dias, Ed inscreveu-se em um programa de exercícios na YMCA.

Em duas semanas, depois de ter recebido seu kit de beleza Mary Kay, ela estudou todo o *Manual da perfeita iniciante,* assinou o contrato como consultora de beleza e já frequentava as aulas de cuidados com a pele. Não demorou para que, em uma cerimônia especial, sua diretora de distrito da Mary Kay a presenteasse com um broche especial da "perfeita iniciante", o qual ela usava com muito orgulho. Um dia, chegou até a se esquecer de almoçar...

As coisas aconteciam depressa. Mas não tanto quanto Evelyn desejava. Por isso ela retirou cinco mil dólares de suas economias, fez as malas e agora estava em um avião a caminho de um spa na Califórnia; lendo o catálogo que lhe tinham enviado e se sentindo tão animada como se fosse seu primeiro dia de aula.

Um dia na vida de um hóspede do Spa

7h: *Uma hora de marcha acelerada, passeio pela cidade e passeio pela natureza.*
8h: *Café e um copo de suco de tomate sem sal.*
8h30: *Exercícios aeróbicos, feitos ao som da música "I'm so excited", das Pointer Sisters.*
9h: *Exercícios de alongamento e flexão, usando bolas, bastões e argolas.*
11h: *Brincadeira na água com bolas e argolas.*
12h: *Almoço... 250 calorias.*
13h: *Tempo livre para massagens de corpo e facial, com direito a escovas e buchas, e tratamento de óleo aquecido para as mãos e os pés.*
18h: *Jantar... 275 calorias.*
19h30: *Habilidades manuais... A sra. Jamie Higdon ensina pintura com natureza-morta (somente frutas artificiais).*

Somente sexta-feira: *A sra. Alexander Bagge ensina a fazer cestas e potes com massa de modelar (não comestíveis).*

Parada do Apito, Alabama
7 de novembro de 1967

Hank Roberts tinha completado vinte e sete anos e já possuía sua própria empresa de construção. Naquele dia, ele e seu companheiro, o cabeludo Travis, estavam começando um novo serviço. Uma imensa máquina de terraplenagem roncava e rugia, cavando um grande lote de terra ao lado da velha casa dos Threadgoode, na 1st Street. Eles estavam preparando o local para erguer um anexo de tijolos da igreja batista.

Travis, que já tinha fumado dois baseados pela manhã, andava pelo terreno revirando a terra com a ponta da bota e começou a murmurar para si mesmo:

"Ei, cara, veja só que merda! Isso é coisa pesada, grosseira, cara..."

Hank tinha parado para almoçar e Travis chamou-o: "Ei, cara, venha dar uma olhada nesta merda".

Hank foi até ele e examinou o local que tinha acabado de ser cavado. Estava repleto de cabeças de peixe, fileiras de pequenos dentes afiados, misturadas com caveiras de leitões e galinhas, que já tinham servido de alimento a pessoas há muito tempo esquecidas.

Hank, que era um rapaz do campo, estava acostumado com aquilo. Por isso, apenas comentou: "É... É isso aí".

Voltou para onde estava, abriu a marmita térmica e começou a comer um de seus quatro sanduíches. Travis, ainda espantado com a descoberta, continuou a andar por ali, revirando com a bota ossos, caveiras e dentes.

"Caramba! Deve estar cheio dessas coisas por aqui. O que será que eles faziam?"

"Como é que eu vou saber?"

"Que merda, cara, é muito bizarro."

Hank já estava se chateando com aquilo. "É só um monte de ossos de animais, saco! Pare de me chatear!"

Travis chutou outra coisa e parou rígido onde estava. Logo depois, disse em um tom de voz estranho: "Ei, Hank!".

"O quê?"

"Você já viu porco com olho de vidro?"

Hank foi olhar. "É", disse, "acho que agora me ferrei."

Café da Parada do Apito
Parada do Apito, Alabama
13 de dezembro de 1930

Ruth e Idgie tinham saído para ir à casa de Momma Threadgoode, que estava de cama. Sipsey viera para ficar com o bebê, como sempre fazia. Nessa noite, trouxera Artis consigo, um dos gêmeos de onze anos, o que tinha gengivas azuis, para que ele a acompanhasse na volta. Ele era um diabinho, mas ela não conseguia resistir a ele.

Eram oito horas, e Artis dormia na cama. Sipsey ouvia o rádio e comia um pedaço de pão frito com melaço.

"... *E agora, os fabricantes do Rinso Azul com sódio oferecem...*"

Lá fora, a única coisa que se ouvia era o ruído de folhas esmagadas pelas rodas de uma caminhonete preta com placa da Georgia, que passava nos fundos do Café com as luzes apagadas.

Minutos depois, Frank Bennett escancarou a porta completamente embriagado, atravessou a cozinha e entrou no quarto dos fundos. Apontou uma arma para Sipsey e foi até o berço. Ela se levantou para pegar a criança, mas ele a segurou pelo vestido e atirou-a para o outro lado.

Ela se pôs de pé novamente e, agarrando-lhe o braço, gritou: "Deixa essa criança aí! É filho da dona Ruth".

"Sai de perto de mim, sua preta." Frank deu uma coronhada em Sipsey, que desmaiou, e um fio de sangue começou a escorrer por sua orelha.

Artis acordou e deu um grito: "Vó!". Correu para ela, ao mesmo tempo que Frank Bennett pegava o bebê e se dirigia para a porta dos fundos.

Era noite de lua nova; e sua luz era suficiente para Frank enxergar o caminho até a caminhonete. Ele abriu a porta, pôs a criança — que até agora não fizera nenhum barulho — no banco da frente e já estava entrando na cabine quando, subitamente, ouviu um som vindo de trás... Era como se alguma coisa pesada tivesse atingido o tronco de uma árvore coberto por um pano grosso. Mas o que ele ouviu foi o som dos três quilos de uma frigideira de ferro batendo em seu crânio duro de irlandês, uma fração de segundo antes de sua cabeça se dividir em duas. Ele morreu antes de cair no chão, e Sipsey levou o bebê para dentro de casa.

"Ninguém vai pegar esta criança. Ah, *num* vai, não. Não enquanto eu estiver viva."

Frank Bennett não poderia ter imaginado que ela se levantaria daquele chão. Também não imaginaria que aquela negra pequena e magrela conseguia segurar duas frigideiras pesadas ao mesmo tempo desde os onze anos de idade. Ele pensou tudo errado.

Quando Sipsey passou por Artis, petrificado, ele viu os olhos dela arregalados. "Vai chamar o Big George. Eu acabei com aquele branco. Eu *matei ele*."

Artis, devagarinho, foi se aproximando do corpo de Bennett ao lado da caminhonete, inclinou-se para espiar e o que viu foi o olho de vidro brilhar à luz da lua.

Ele corria tão rápido ao lado dos trilhos que mal conseguia respirar e quase desmaiou antes de chegar em casa. Big George já dormia, mas Onzell ainda estava na cozinha.

Artis entrou como um furacão pela porta, segurando a perna dolorida. "Cadê o pai?"

"É melhor você *num* acordar ele, que ele vai fazer picadinho de você."

Mas ele já estava ao lado da cama, cutucando o pai.

"Pai! Pai! Levanta! Você tem que vir comigo!"

"Quê? O que que *tá* acontecendo, menino?"

"A vó precisa do *sinhô* lá no Café."

"A vó?"

"É! Agora! *Mandô* você ir agora mesmo."

Big George vestiu a calça. "É bom você *num tá* brincando, menino, ou então você vai *vê* o que vai te acontecer."

Onzell, que ouvira tudo da porta, correu para pegar a blusa e ir também, mas Big George pediu que ficasse.

"Ela *num tá* doente, *tá?*", ela perguntou.

"Não, acho que não. Você fica aqui."

Jasper saiu da cama, meio dormindo. "O que..."

"*Num* é nada, filho, volta pra cama... *Num* vai acordar o Willie Boy."

Quando estava longe de casa, Artis disse: "Pai, a vó matou um branco".

A lua se escondera nas nuvens, e Big George não podia ver a expressão no rosto do filho. "É você que vai morrer, menino, quando eu descobrir por que você tá fazendo tudo isso."

Sipsey estava no quintal quando eles chegaram. Big George se abaixou e sentiu o braço gelado de Frank, esticado fora do lençol com o qual Sipsey o cobrira. E ficou ali com a mão na cintura, olhando para o corpo e balançando a cabeça. "Hum, hum. Viu só o que a senhora fez, mãe?"

Mesmo que desaprovasse o acontecido, Big George precisava tomar uma decisão. No Alabama não existia defesa para um negro que matasse um branco, por isso não lhe ocorreu fazer outra coisa além do que ia fazer.

Ergueu o corpo de Frank e colocou-o no ombro. "*Vamo* lá, moço." Carregou-o por todo o pátio, até a cabana de madeira.

Deitando-o no chão empoeirado, disse: "Fica aqui que eu já volto, moço. E *num* se mexe daí. Vou ter que me livrar daquele carro."

Cerca de uma hora depois, quando Idgie e Ruth chegaram, a criança dormia tranquilamente no berço. Idgie levou Sipsey para casa em seu carro e disse-lhe o quanto estava preocupada por Momma Threadgoode estar tão doente; Sipsey nunca lhe contou que por pouco elas não tinham perdido o bebê.

Nessa noite, Artis foi para a cabana ver o corpo. Olhava nervoso e excitado, balançando para a frente e para trás sobre os calcanhares. Lá pelas quatro horas da madrugada, não resistiu mais: pegou sua faca e, em plena escuridão, atingiu o peito do homem. Uma, duas, três, quatro vezes, mais uma vez, outra e outra.

A aurora já despontava quando a porta da cabana se abriu. Artis levou um susto tão grande que urinou em si mesmo. Era seu pai. Ele tinha levado a caminhonete para o rio, para lá da Roda do Vagão, e voltara andando cerca de quinze quilômetros.

"*Vamo* ter que queimar as *roupa* dele", disse Big George, puxando o lençol.

Pai e filho ficaram parados, de boca aberta.

O sol acabara de atravessar as frestas da madeira. Artis olhou boquiaberto para Big George, com os olhos tão grandes quanto pratos, e disse: "Pai! Esse homem branco *num* tem cabeça!".

Big George balançou a dele novamente. "Hum, hum, hum..." Sua mãe tinha cortado a cabeça dele e enterrado em algum lugar.

Rapidamente assimilou o que tinha acontecido e decidiu: "Menino, me ajuda aqui a tirar essas *roupa* dele".

Artis nunca vira um homem branco pelado. Ele era todo branco e rosa, igualzinho aos leitões na panela, depois que toda a pele tinha sido arrancada.

Big George deu a ele o lençol e as roupas ensanguentadas, mandou o garoto enterrá-las no mato em um buraco bem fundo. Depois, que fosse para casa e não dissesse uma só palavra. A ninguém. Em lugar algum. Jamais.

Enquanto Artis cavava o buraco, não controlava o sorriso. Ele tinha um segredo. Um poderoso segredo que levaria por toda a vida. Alguma coisa que lhe daria poder quando estivesse fraco. Algo que só ele e o diabo sabiam. Ele pensava nisso e o prazer ia crescendo com o sorriso. Nunca mais seria obrigado a sentir coisas como o ódio, a mágoa, a humilhação, nunca mais. Ele era diferente. Ficaria de fora. Porque ele tinha esfaqueado um branco...

E, toda vez que um branco o ofendesse, ele poderia rir secretamente. *Eu já esfaqueei um de vocês...*

Às sete e meia, Big George tinha começado a abrir os leitões e já pusera a água para ferver no grande caldeirão de ferro — um pouco mais cedo que nos outros dias, mas não muito.

À tarde, quando Grady e dois detetives da Georgia foram interrogar seu pai sobre o desaparecimento de um branco, Artis quase desmaiou quando um deles se aproximou do caldeirão e espiou dentro. Ele tinha certeza de que o homem vira o braço de Frank Bennett emergindo e mergulhando entre outros pedaços de carne de porco no caldo fervendo. Mas, evidentemente, não vira nada, porque, dois dias depois, o homem da Georgia, o mais gordo, disse a Big George que aquela era a melhor carne que ele já comera na vida e quis saber qual era o segredo.

Big George sorriu. "Obrigado, moço, só posso dizer que o segredo *tá* no molho."

O SEMANÁRIO WEEMS
PARADA DO APITO, BOLETIM SEMANAL DO ALABAMA
10 DE NOVEMBRO DE 1967

CRÂNIO ENCONTRADO EM JARDIM

PARABÉNS A NOSSA NOVA GOVERNADORA, a sra. Lurleen Wallace, que teve uma vitória brilhante sobre o outro candidato. Ela estava adorável no dia da posse e prometeu pagar a seu marido, George, um dólar por ano para ser seu principal conselheiro... Boa sorte, Lurleen.

Quase tão emocionante quanto nossa nova governadora foi a descoberta, na manhã de quinta-feira, de um crânio humano no terreno baldio ao lado da velha casa dos Threadgoode.

Não se trata de um índio, segundo o delegado de Birmingham. Não é tão velho para tanto e tem um olho de vidro. Seja ele quem for, sua cabeça foi cortada. Suspeita-se de um crime. Pede-se a todos que perderam pessoas com olho de vidro que entrem em contato com o *Jornal de Birmingham*. Ou me telefonem que eu mesma farei isso. O olho era azul.

Meu cara-metade fez uma besteira no último sábado. Ele teve um ataque do coração e quase matou de susto sua pobre mulher. O médico disse que não foi muito sério, mas que ele tinha que parar de fumar. Agora ganhei um urso resmungão dentro de casa; mas estou cuidando bem dele, e o sr. Wilbur Weems está tomando café na cama desde a semana passada. Se alguém aí estiver disposto a me ajudar a distraí-lo, apareça, por favor... Mas não traga cigarros, porque ele vai tentar tirar de você. Eu sei, ele já roubou um maço dos meus. Acho que eu também vou ter que parar de fumar.

Vamos tirar umas férias quando Wilbur estiver melhor.

... Dot Weems...

Hotel De Luxe
Quartos para cavalheiros
8th Avenue North, Birmingham, Alabama
2 de julho de 1979

Um cavalheiro negro perguntou sobre outro cavalheiro negro, que estava sentado no saguão do hotel, rindo.

"Aquele negro é doido? Está rindo de quê? Não tem ninguém conversando com ele."

O negro, com o rosto marcado pela varíola, sentado atrás do balcão da recepção, respondeu: "Ah, ele não precisa de ninguém para conversar. É doido da cabeça há muito tempo".

"E o que ele está fazendo aqui?"

"Uma mulher o trouxe há uns dois anos."

"Quem paga as contas dele?"

"Ela paga."

"Hum..."

"Ela vem toda manhã para vesti-lo e à noite o põe para dormir."

"Que vidão!"

"Também acho."

Artis O. Peavey, o assunto da conversa, estava em um sofá Naugahyde vermelho, cujo estofado de algodão escapava pelos vários rasgos adquiridos ao longo dos anos. Seus olhos nublados pareciam fixados no relógio de parede circundado por um anel de néon cor-de-rosa. O único objeto na parede além disso era um pôster mostrando um atraente casal fumando cigarros Salem e ressaltando que o sabor era fresco como o ar da montanha na primavera.

Artis jogava a cabeça para trás e ria, mostrando as enormes gengivas azuis, onde antes tinham brilhado vários dentes de ouro.

Para o mundo, o sr. Peavey estava sentado no saguão de um hotelzinho decadente, sobre a toalha fornecida pelo gerente, uma vez que em geral a urina vazava da cueca de plástico que a mulher lhe vestia todas as manhãs. Entretanto, para o sr. Artis O. Peavey, o ano era ainda 1936... E nesse instante ele estava descendo a 8th Avenue North, vestindo um terno púrpura e sapatos de couro verde-limão de cinquenta dólares, os cabelos brilhantes como gelo negro esticados para trás com brilhantina. E de braço dado com ele, nessa noite de sábado, estava a srta. Betty Simmons, que, segundo as colunas sociais do *Noticiário da Cidade da Escória*, era a quintessência da sociedade de ébano de Birmingham.

No bonde da meia-noite, eles tinham acabado de passar pelo Masonic Hall e, sem dúvida alguma, seguiam para Ensley, ao salão de bailes Tuxedo Junction, onde Count Basie — ou seria Cab Calloway? — estaria se apresentando.

Não era de se admirar que Artis risse. E que Deus abençoasse a si mesmo por não permitir que ele se lembrasse dos tempos ruins, nos quais não havia diversão alguma em ser um negro num sábado à noite. Aquelas noites sofridas e distantes em Kilbey, levando socos, pontapés e facadas tanto de guardas quanto de prisioneiros; lá, era preciso dormir com um olho aberto e estar pronto para matar ou ser morto a qualquer momento. Em vez disso, a mente de Artis se fixara no teatro Frolic; escolhera seguir apenas as luzes das comédias e dos romances, vendo-se rodeado de beldades morenas, negras cor de canela de quadris tentadores e olhos brilhantes...

Ele socou o braço fosco do sofá cromado, que já fora lustroso, e riu outra vez. No filme que passava em sua cabeça, agora ele estava em Chicago, onde se tornara figura importante pelas inúmeras histórias contadas e recortadas sobre os artistas famosos que conhecera — Ethel "Momma Stringbean" Waters, as Inkspots, Lena, Louis... Ele conseguia esquecer os insultos e a maneira como sua masculinidade tinha sido eliminada da cabeça dos brancos. Mas, de alguma forma, esse mesmo repúdio o impulsionava a seguir em frente, fosse por vingança, fosse para provar que existia como homem.

Querer uma branca?

Eu nunca me amarrei em nenhuma mulher branca! O máximo de que consegui gostar foram as mestiças de pele parda.

Mas o que ele gostava, na verdade, era das bem negras e grandes... Quanto mais negra, mais doce a amora. Havia muito mais gente do que ele admitia que o chamava de papai. Ele sorria e dava de ombros, mas jamais se aborrecia; porque tinha um segredo.

Sim, a vida era boa; mulheres, conversas importantes, os Cavalheiros de Pítias, o Alto Potentado, direitos conquistados e estabelecidos em bases firmes, as mais finas colônias para homens, mulheres em camisolas de cetim macias cor de pêssego, vestidos de pedrarias caídos pelo chão, chapeuzinhos marrons e casacos com golas de pele marrom, púrpura ou verde, mulheres negras como a noite despedindo-se com um beijo, charutos que vinham de Cuba, um relógio de ouro no bolso do colete que tanto servia para ver as horas quanto para impressionar... Sacuda isso aí... Bons tempos aqueles no salão Black Shadow. Branqueie essa pele, aproxime-se mais da nossa cor. Se você é branco, tudo bem. Se é marrom, fique rodeando. Pardo? É boa gente. Mas, se for preto, para trás... Para trás!

Agora o filme mudava para os anos 1950. Ele estava parado em frente à loja de conveniência do Templo Maçônico, brincando com as moedas no bolso do paletó. O contato e o som das notas de papel não o atraíam; ele não era amaldiçoado pela propensão de arrebentar os ossos por causa das verdinhas. Ficava feliz com o bolso cheio de brilhantes tostões e centavos ganhos nos jogos de azar, conhecidos nas ruelas escuras como Pontos Galopantes, Sete-viram-onze, Olhos de Cobra. Mas, na maioria das vezes, os trocados eram um presente de gratidão de alguma parceira apaixonada.

Quando finalmente perdeu a atividade, aos oitenta anos, devido à degeneração natural e às avarias normais, deixou muitas damas desoladas na Cidade da Escória. Ele era uma dessas comodidades raras e preciosas: era o homem de uma mulher.

O filme passava mais depressa, e as visões e os sons chegavam mais rápido. *Mulheres de quase duzentos quilos, tremendo e gritando na igreja... E na cama... "Oh, Jesus, estou quase lá!" ... O sr. Artis O. Peavey fazendo votos de casamento com inúmeras mulheres... Sentado no Café Agate, conversando com seu amigo Baby Shephard: "Aquela mulher arruinou a minha vida". "Ouvi dizer que foi o marido dela." "Eu teria brigado por você, Odetta, mas, quando um homem tem um diferencial, não tem por que passar por tolo..." "Me dá um pé de porco e uma garrafa de cerveja..." "Eu tive o mundo numa garrafa e a rolha na minha mão..." "Você não é a única ostra no ensopado..." Blue Shadows e White Gardenias... Cigarreiras de plástico cor de âmbar... Os Jazz Demons do Professor Fess Whatley... Angustiado? Laxante Feen-a-Mint... Princesa Pee Wee Sam e Scram... Salão de Bailes Parque Fairyland... Hartley Toots morto em ônibus... Casei-me com ela sem o meu consentimento, digamos assim... "Essa mulher quer me dominar..." Ninguém se lembra de você quando está mal e na pior... Preste atenção... Não desça aqui... Ah, não, você vai deixar aqueles brancos danados... Mais irritados... Não, não, eu não sou como eles, chefe, esses caras só querem confusão... Sim, senhor... "Fora do meu ônibus!"*

Artis bateu o pé no chão três vezes e, num passe de mágica, o filme mudou. Ele era pequeno agora, e sua mãe cozinhava nos fundos do Café. *Não fique chateando sua mãe que ela te coloca pra fora daqui... Passarinho Sapeca e Willie Boy... E o meigo Jasper... E a avó Sipsey, molhando o pão de milho no mel... A dona Idgie e a dona Ruth... Elas tratam a gente como brancos... E Toco... E Smokey Solitário...*

Então, o velho, que até há pouco estava agitado, começa a sorrir e relaxar... Ele está agora nos fundos do Café, ajudando o pai com o churrasco... E sente-se feliz... Nós temos um segredo.

Seu pai lhe dá um pedaço de carne e um refrigerante Grapico, ele corre ao mato para comer, lá onde tudo é fresco e verde e as agulhas dos pinheiros no chão são tão macias...

O homem de rosto marcado cruzou o saguão do hotel e foi até o sorridente sr. Artis O. Peavey. Chamou-o, e ele estava quieto e silencioso. "O que há com o senhor?"

O homem deu um salto para trás. "Jesus Cristo! O negro está morto!" Voltou-se para o companheiro no balcão da recepção. "E não é só isso. Ele molhou todo o chão com urina!"

... Mas Artis estava lá na floresta, comendo seu churrasco.

Spa Elegância Eterna
Montecito, Califórnia
5 de dezembro de 1986

Evelyn estava há dois meses no spa e já tinha perdido quase dez quilos. Mas ganhara em outras áreas. Encontrou seu grupo, que há tanto tempo vinha procurando. Elas estavam ali, as doces comilonas: donas de casa gorduchas, divorciadas, professoras e bibliotecárias solteiras, todas em busca de uma nova vida como pessoas mais magras e saudáveis.

Ela não pensara que fosse tão divertido. Para Evelyn Couch e suas irmãs de balança, a coisa mais importante da vida era imaginar que deliciosa sobremesa de baixa caloria comeriam no jantar. Talvez uma torta mousse de abóbora de cinquenta e cinco calorias por porção? Ou um creme de frutas sem gordura, de apenas cinquenta calorias? Ou, quem sabe, à noite teriam o preferido por todas, o flã light, de oitenta calorias por porção?

Nunca ocorrera a Evelyn que seu coração daria saltos de alegria só por ser o dia de escovas e buchas, nem que seria sempre a primeira a chegar para a brincadeira na água.

Mas algo mais acontecera ali com o qual ela não teria sequer sonhado. Tornara-se uma pessoa popular, muito procurada. Quando chegavam ao spa, os novos hóspedes eram logo questionados: "Já conheceu aquela gracinha de senhora do Alabama? Espere até ver o sotaque adorável que ela tem, além de sua personalidade".

Evelyn nunca tinha pensado em si como uma pessoa divertida ou com um sotaque marcante, mas parecia que toda vez que dizia alguma coisa, o sucesso era geral. Evelyn apreciava muito sua fama recém-descoberta e a usava nas horas certas, como nos momentos em que todos se reuniam à noite, em volta da lareira. Suas amigas mais próximas eram três donas de casa de Thousand Oaks, uma chamada Dorothy e as outras duas, Stella. Formavam um clube particular de gordinhas e tinham prometido se encontrar uma vez por ano pelo resto da vida; e Evelyn sabia que o fariam.

Depois das aulas de alongamento e flexão, ela vestiu um agasalho de corrida azul-marinho e parou na recepção para pegar a correspondência. Ed tinha o cuidado de separar tudo o que fosse inútil, e de modo geral não havia nada importante. Mas nesse dia ela recebeu um envelope com o carimbo da Parada do Apito, Alabama. Abriu, perguntando-se quem poderia ter-lhe escrito de lá.

> Querida sra. Couch,
>
> Sinto lhe comunicar que no último domingo, por volta das 6h30, sua amiga, a sra. Cleo Threadgoode, despediu-se deste mundo. Ela deixou algumas coisas, as quais pediu que lhe entregasse. Meu marido e eu teremos muito prazer em levá-las a Birmingham, ou, se preferir, venha até aqui para buscá-las. Por favor, ligue para 555-7760. Estarei em casa o dia todo.
>
> Atenciosamente,
> Sra. Jonnie Hartman (vizinha).

Subitamente, Evelyn não se sentiu mais à vontade e quis voltar para casa.

Parada do Apito, Alabama
8 de abril de 1987

Evelyn esperou pelo primeiro dia ensolarado de primavera para telefonar à sra. Hartman. Não sabia por quê, mas não suportaria visitar pela primeira vez a Parada do Apito no ápice do inverno. Evelyn tocou a campainha, e uma simpática senhora de cabelos castanhos atendeu a porta.

"Ah, sra. Couch, queira entrar. Muito prazer em conhecê-la. A sra. Threadgoode falava muito na senhora. É como se eu já a conhecesse."

Levou Evelyn a uma cozinha imaculadamente limpa, onde havia uma mesa posta com duas xícaras de café e um bolo que tinha acabado de sair do forno.

"Senti muito ter-lhe escrito aquela carta, mas estou certa de que ela gostaria que eu o fizesse."

"Agradeço muito por ter me avisado. Eu não sabia que ela tinha saído de Rose Terrace."

"Eu sei. A sra. Otis, a amiga dela, morreu cerca de uma semana depois de a senhora ter viajado."

"Oh, não... Eu também não sabia... Por que será que ela não me disse?"

"Bem, eu a aconselhei a fazê-lo, mas ela disse que a senhora estava de férias e não deveria ser perturbada. Ela era assim mesmo, sempre cuidando de seus amigos..."

"Nós éramos vizinhas desde que o marido dela morreu. Mudamos para cá logo depois, portanto nos conhecíamos há uns trinta anos, e nunca a vi se queixar, nem uma única vez, da vida difícil que levava. Seu filho, Albert, era como uma criança. Todos os dias ela se levantava, fazia-lhe a barba, dava-lhe banho e passava talco. Depois vestia nele a cinta para a hérnia; tratava-o como um bebê, mesmo depois de adulto... Nunca vi uma criança mais amada que Albert Threadgoode. Que Deus a abençoe. Vou sentir muita falta dela, e sei que a senhora também."

"É, eu sinto muito, e foi horrível não poder estar presente. Talvez eu pudesse ter feito alguma coisa, ter chamado um médico, não sei..."

"Não, meu bem. Não havia nada a ser feito. Ela não estava doente. Ia à igreja conosco todos os domingos e estava sempre pronta nos esperando, sentada no terraço. Naquele domingo, quando passamos, não a vimos no terraço, o que achamos bastante estranho. Meu marido, Ray, bateu à porta e ninguém atendeu. Ele entrou e em seguida voltou sozinho. Perguntei a Ray onde estava a sra. Threadgoode, e ele disse: 'Querida, a sra. Threadgoode está morta'. Ray sentou-se no degrau do terraço e chorou. Ela morreu dormindo, totalmente em paz. Sabia que sua hora estava chegando, pois todas as vezes que conversávamos ela dizia. 'Ollie, Johnnie, se alguma coisa me acontecer, quero que Evelyn fique com estas coisas'. Ela pensava muito em você. Estava sempre a elogiando, esperando o dia em que chegaria aqui no seu Cadillac novo e a levaria para um passeio. Coitadinha, as únicas coisas que possuía eram o nome e alguns objetos. Por falar nisso, vou buscar o que ela lhe deixou."

A sra. Hartman trouxe um quadrinho de uma menina nua em um balanço com bolhas azuis ao fundo, uma caixa de sapatos e um pote Mason com o que pareciam cascalhos dentro.

Evelyn olhou o pote. "Que diabo será isso?"

A sra. Hartman riu. "São as pedras da vesícula. Só Deus sabe por que ela achou que gostaria de ficar com isso."

Evelyn abriu a caixa de sapatos. Lá dentro estavam a certidão de nascimento de Albert, o diploma de Cleo da Escola de Quiroprática de Palmer, em Davenport, Iowa, de 1927, e cerca de quinze santinhos de funerais. Havia também um envelope com fotos. A primeira era de um homem e um garotinho com roupa de marinheiro, sentados em uma meia-lua. A seguinte era a foto escolar de um menininho loiro, em 1939; atrás estava escrito: "Toco Threadgoode aos dez anos". Depois, um retrato da família Threadgoode, tirado em 1919; para Evelyn, eram todos velhos amigos. Reconheceu Buddy imediatamente pelo olhar vivo e o sorriso aberto. Lá estavam Essie Rue e os gêmeos, e Leona posando como uma rainha... E a pequena Idgie com seu galo de brinquedo. E mais atrás, com um longo avental branco, Sipsey posava com muita seriedade para a foto.

Logo embaixo, Evelyn pegou outra de uma jovem vestida de branco, no mesmo terraço, protegendo os olhos do sol e sorrindo docemente para a câmera. Era uma das criaturas mais bonitas que Evelyn já tinha visto. Mas não a reconheceu e perguntou à sra. Hartman quem era.

A velha senhora pôs os óculos, que trazia pendurados ao pescoço em uma correntinha. Olhou a foto durante um tempo, um pouco confusa. "Ah, já sei quem é. É uma amiga dela que morou aqui uns tempos. Era da Geórgia... Ruth... Não me lembro do sobrenome."

Meu Deus, pensou Evelyn. Era Ruth Jamison. A foto tinha sido tirada em seu primeiro verão na Parada do Apito. Evelyn olhou novamente. Nunca imaginara que Ruth fosse tão linda.

A fotografia seguinte era de uma mulher de cabelos muito claros com boné de caçador, sentada no colo de um Papai Noel, com "Boas Festas, 1956" escrito ao fundo.

A sra. Hartman pegou a foto e riu. "Essa é a louca da Idgie Threadgoode. Ela tinha um Café aqui perto."

"A senhora a conheceu?"

"Quem não conheceu! Ah, ela era a confusão em pessoa. Ninguém podia imaginar o que ela seria capaz de aprontar."

"Veja, sra. Hartman, esta é a sra. Threadgoode."

A foto tinha sido tirada na cidade, na loja de departamentos Loveman's, cerca de vinte anos atrás. Ninny Threadgoode já tinha cabelos brancos e era muito parecida com a que Evelyn conhecera.

A sra. Hartman pegou a foto. "Que Deus a tenha. Eu me lembro desse vestido. Era azul-marinho com bolinhas brancas. Acho que ela o usou durante uns trinta anos. Antes de morrer, pediu que todas as suas roupas fossem doadas a uma instituição. Na verdade, havia muito pouco para ser doado, apenas um velho casaco e alguns vestidos surrados. Eles levaram os móveis que havia, menos a cadeira de balanço do terraço. Essa eu não consegui doar. Ela ficava ali sentada dia e noite, vendo passar os trens. Não achei certo que pessoas estranhas ficassem com aquela cadeira. E a casa ela deixou para a nossa filha Terry."

Evelyn continuou olhando o que havia na caixa. "Veja, sra. Hartman, um velho cardápio do Café da Parada do Apito. Deve ser dos anos 1930. E veja só os preços! Um prato de carne por dez centavos... Serviam um jantar completo por trinta e cinco centavos! A torta custava um níquel."

"Que coisa maravilhosa! Hoje em dia uma refeição decente não custa menos que seis ou sete dólares, mesmo numa lanchonete, e ainda cobram por fora a bebida e a sobremesa."

Em seguida, pegou uma foto de Idgie com óculos de nariz postiço, ao lado de quatro rapazes em poses engraçadas, usando uns trajes malucos. Embaixo estava escrito: "Clube do Picles... Farra da Geladeira, 1942..." Havia ainda um cartão de Páscoa de Cleo, os postais que Evelyn mandara da Califórnia, um cardápio do vagão pullman da Ferrovia do Sul dos anos 1950, um batom usado, uma cópia mimeografada do Salmo 90 e uma pulseira de identificação de hospital, onde se lia:

"Sra. Cleo Threadgoode, oitenta e seis anos".

E mais embaixo, no fundo da caixa, havia um envelope endereçado à sra. Evelyn Couch.

"Veja, ela me escreveu uma carta." Abriu o bilhete e leu:

Evelyn,
Aqui estão algumas receitas originais de Sipsey que copiei. Elas me deram muito prazer, por isso pensei em passá-las a você, especialmente a de Tomates Verdes Fritos. Gosto muito de você, minha querida Evelyn. Seja feliz. Eu estou feliz.

Sua amiga,
Sra. Cleo Threadgoode

"Que Deus a abençoe", disse a sra. Hartman. "Ela quis que você ficasse com isso."

Evelyn sentiu tristeza ao dobrar com cuidado o papel e colocar tudo de volta na caixa. Pensava naquela pessoa que viveu e respirou na Terra durante oitenta e seis anos, e tudo o que restara dela cabia em uma caixa de sapatos cheia de papéis velhos.

Evelyn perguntou à sra. Hartman se podia mostrar-lhe onde ficava o Café.

"São alguns quarteirões seguindo a estrada. Ficarei feliz em levá-la até lá, se quiser, claro."

"Será ótimo se a senhora puder."

"Está bem. Antes, preciso apagar o feijão e colocar a carne do forno. Depois iremos."

Evelyn guardou o quadro e a caixa de sapatos no carro e, enquanto esperava, andou pelo jardim da sra. Threadgoode. Olhou em volta e começou a rir; ainda estava ali, engastalhada no alto do videiro prateado, a vassoura que a sra. Threadgoode tinha jogado nos gaios há cerca de um ano. E, pousados nos fios de telefone, os melros que ouviam suas conversas. Tudo era exatamente como a sra. Threadgoode tinha descrito, até os vasos de gerânios sob o arbusto de rosas, em frente à casa.

Quando a sra. Hartman chegou, elas entraram no carro e foram ao local onde antes existiu o Café, ao lado dos trilhos da estrada de ferro. Bem perto havia uma pequena casa de tijolos, também abandonada. Mas Evelyn conseguiu ler as letras desbotadas na janela: SALÃO DE BELEZA DA OPAL. Tudo era exatamente como imaginara.

A sra. Hartman mostrou-lhe onde ficava a loja de Poppa Threadgoode, substituída agora por uma Rexall Drugstore e um Clube dos Elks no andar superior.

Evelyn quis saber se era possível conhecer Troutville.

"Claro, meu bem, é só atravessar os trilhos."

Ao percorrerem a pequena ala dos negros, Evelyn se surpreendeu com o tamanho — apenas alguns barracos, um ao lado do outro. A sra. Hartman apontou um deles, com cadeiras verdes desbotadas no terraço, e disse que ali tinham morado Big George e Onzell, antes de se mudarem para Birmingham e morar com o filho Jasper.

Quando iam embora, Evelyn viu o mercadinho de Ocie ao lado do que restava de uma cabana de caça de madeira, que um dia fora pintada de azul. Na frente da loja percebia-se ainda velhos anúncios dos anos 1930, convidando a beber GINGER ALE BUFFALO ROCK... ENVELHECIDA UM MILHÃO DE MINUTOS OU MAIS...

Evelyn lembrou-se, então, de algo de sua infância.

"Sra. Hartman, será que aí teria soda de morango?"

"Pode apostar que sim."

"Teria algum problema entrarmos lá?"

"Claro que não, muitos brancos vêm aqui."

Evelyn parou o carro, e elas entraram no mercadinho. A sra. Hartman se aproximou de um velho de avental branco e suspensórios e gritou em seu ouvido: "Ocie, esta é a sra. Couch. Era amiga de Ninny Threadgoode!".

Ao ouvir o nome, os olhos de Ocie brilharam, e ele correu para abraçar Evelyn. Ela, que nunca tinha sido abraçada por um negro em sua vida, foi pega de surpresa. Ocie começou a falar sem parar, mas ela não entendia uma só palavra porque ele não tinha dentes.

A sra. Hartman gritou novamente: "Não, querido, não é a filha dela! É a sra. Couch, de Birmingham...".

Ocie continuou murmurando e rindo para ela.

A sra. Hartman procurou no balcão de refrigerantes e tirou uma soda de morango. "Veja! Aqui está."

Evelyn tentou pagar pelo refrigerante, mas Ocie não parava de dizer coisas ininteligíveis.

"Ele está dizendo para guardar o dinheiro, sra. Couch. Está lhe dando o refrigerante de presente."

Meio encabulada, Evelyn agradeceu a Ocie, que as acompanhou até o carro, sempre rindo e falando.

A sra. Hartman gritou-lhe: "Até logo!". E virou-se para Evelyn. "Ele é surdo como uma porta."

"Já percebi. Só não entendi por que ele me abraçou daquele jeito."

"Bem, acho que por ter ouvido o nome da sra. Threadgoode. Ele a conhecia desde que nasceu."

Elas atravessaram os trilhos, e a sra. Hartman disse: "Querida, se você entrar na próxima rua, eu lhe mostrarei onde era a velha casa dos Threadgoode".

Tão logo viraram a esquina, Evelyn viu: um grande sobrado branco de madeira, circundado por um terraço. Reconheceu-o das fotografias. Parou o carro, e elas desceram.

A maioria das janelas tinha os vidros quebrados e estava fechada com tábuas. A madeira do terraço estava podre. Não se podia entrar. A casa poderia desmoronar a qualquer momento. Elas deram a volta pelos fundos.

"Que pena abandonar esta casa assim...", lamentou-se Evelyn. "Aposto que era linda naquela época."

A sra. Hartman concordou: "Era a casa mais bonita da Parada do Apito. Mas agora que todos os Threadgoode se foram, acho que a qualquer hora irão demoli-la."

Quando chegaram ao quintal dos fundos, uma surpresa. A velha pérgula que fazia sombra atrás da casa estava coberta com milhares de pequenas rosas; os botões desabrochavam alheios ao fato de que todos ali já tinham partido há muito tempo.

Evelyn espiou pela janela quebrada e viu uma mesa com a pintura branca descascada. Quantos biscoitos teriam sido cortados sobre ela!

Ao deixar a sra. Hartman em sua casa, agradeceu-lhe por tudo.

"Oh, foi um prazer, quase ninguém mais vem aqui desde que os trens pararam de circular... É uma pena que tenhamos nos conhecido nessas circunstâncias, mas assim mesmo tive imensa alegria e, por favor, volte sempre que quiser."

Já era tarde, mas Evelyn decidiu olhar a velha casa mais uma vez. Já estava escurecendo quando ela passou pela rua; os faróis refletindo nas janelas deram-lhe a impressão de ver pessoas andando lá dentro... E foi então que ela jurou ter ouvido Essie Rue martelando o velho piano da sala...

Buffalo gals, won't you come out tonight, come out tonight.

Evelyn parou o carro e chorou como se seu coração fosse despedaçar. Por que as pessoas tinham que envelhecer e morrer?

O Semanário Weems
Parada do Apito, Boletim semanal do Alabama
25 de junho de 1969

É difícil dizer adeus

Estou muito triste por comunicar que esta será nossa última edição. Desde que meu cara-metade e eu passamos férias no sul do Alabama, ele tem insistido em morar lá. Encontramos uma casa perto da baía, e nos mudaremos dentro de algumas semanas. Agora o velho careca vai poder pescar noite e dia, se quiser. Sei que eu o estrago, mas, apesar de seu gênio insuportável, ainda é meu bom e velho companheiro. Não sei o que dizer sobre nossa partida, por isso não vou escrever muito. Tanto ele quanto eu nascemos aqui na Parada do Apito e fizemos muitos amigos. Mas a maioria já se foi para algum lugar. Aqui já não é mais a mesma coisa, e agora, com todas essas vias expressas que foram construídas, não se sabe mais onde acaba Birmingham e onde começa a Parada do Apito.

Olhando para trás parece que, desde que o Café fechou as portas, o coração da cidade parou de bater. É engraçado como um lugarzinho barulhento como aquele conseguia reunir tanta gente.

Pelo menos temos nossas lembranças, e eu ainda tenho o meu bem--amado junto a mim.

... Dot Weems...

P.S.: Se alguém passar por Fairhope, Alabama, venha nos visitar. Eu estarei sentada nos fundos da casa, limpando os peixes.

CEMITÉRIO DA PARADA DO APITO
PARADA DO APITO, ALABAMA
19 DE ABRIL DE 1988

NA SEGUNDA PÁSCOA DEPOIS DA MORTE DA SRA. THREADGOODE, Evelyn estava decidida a ir ao cemitério. Comprou um ramo de bonitos lírios brancos e foi dirigindo seu novo Cadillac cor-de-rosa, usando seu broche cravejado de quatorze quilates de abelhinha com olhos de esmeralda, outro prêmio conquistado.

Na parte da manhã, estivera reunida com seu grupo Mary Kay para um longo brunch, por isso já passava do meio da tarde. A maioria das visitas tinha ido embora, e o cemitério estava cheio de lindos arranjos de Páscoa, de todas as cores.

Evelyn teve que dar algumas voltas para encontrar os túmulos da família Threadgoode. O primeiro foi o de Ruth Jamison. Andou mais um pouco e encontrou duas grandes lápides de pedra, encimadas por um anjo:

WILLIAM JAMES   ALICE LEE CLOUD
THREADGOODE   THREADGOODE
1850-1929   1856-1932

NOSSOS AMADOS PAIS QUE NÃO NOS DEIXARAM, MAS QUE SE FORAM
ANTES PARA ONDE TODOS NOS ENCONTRAREMOS NOVAMENTE

Próximo delas estava:

JAMES LEE (BUDDY) THREADGOODE
1898-1919
UMA JUVENTUDE INTERROMPIDA ANTES DA HORA
QUE PERMANECE VIVA EM NOSSOS CORAÇÕES

Evelyn encontrou os túmulos de Edward, de Cleo e de Mildred, mas não via o de sua amiga e começou a entrar em pânico. Onde estava a sra. Threadgoode?

Finalmente, no corredor à direita, viu:

ALBERT THREADGOODE
1930-1978
NOSSO ANJO QUE VEIO A ESTA TERRA E QUE
POR FIM RETORNOU AOS BRAÇOS DE JESUS

Olhou ao lado do túmulo de Albert e lá estava:

SENHORA VIRGÍNIA (NINNY) THREADGOODE
1899-1986
VOLTOU PARA CASA

A lembrança e a meiguice da velha senhora preencheram o espaço por um instante. Evelyn se deu conta da falta que ela fazia. As lágrimas escorriam pelo rosto enquanto ela arrumava as flores, e em seguida começou a retirar o mato que crescera em volta do túmulo. Consolava-se com o pensamento de que uma coisa era certa: se o céu realmente existisse, a sra. Threadgoode estaria lá. Jamais haveria uma alma mais pura e intocada do que a dela na face da Terra... Evelyn duvidava que isso fosse possível.

É engraçado, pensou. Por ter conhecido a sra. Threadgoode, não tinha mais medo de envelhecer como antes, e a morte já não lhe parecia uma coisa tão distante. Era como se a sra. Threadgoode continuasse a esperando do outro lado da porta.

Evelyn começou a conversar em voz baixa com a amiga: "Desculpe por eu não ter vindo aqui antes, sra. Threadgoode. Não pode imaginar quanto tenho pensado na senhora e sentido necessidade de lhe falar. Fiquei muito triste de não vê-la antes de morrer. Nunca me passou pela cabeça que não nos encontraríamos novamente. Nem tive a oportunidade de lhe agradecer. Se não fossem aquelas coisas que a senhora me dizia todas as semanas, não sei o que teria sido de mim".

Ela fez uma pausa e continuou:

"Consegui ganhar aquele Cadillac para nós, sra. Threadgoode. Pensei que fosse me alegrar, mas, sabe, não tem nem a metade da importância que teria se a senhora estivesse ao meu lado. Muitas vezes tenho vontade de ir buscá-la no domingo para darmos um passeio ou comermos um sanduíche de carne no Ollie."

Ela deu a volta no túmulo e continuou a tirar os marinhos ao redor. "Fui convidada para trabalhar com o grupo de saúde mental do hospital da universidade... E acho que vou aceitar." Ela riu. "Eu disse a Ed que deveria trabalhar com uma doença que eu mesma tive."

"Ah, a senhora não vai acreditar, sra. Threadgoode, mas já sou avó. Duas vezes. Janice teve gêmeas. E a senhora se lembra da mãe de Ed, a Big Momma? Nós a levamos para Meadowlark Manor, onde ela se sente muito melhor, e isso me tranquiliza... Eu odiava ir a Rose Terrace depois que a senhora morreu. A última vez que estive lá, Geneene me disse que Vesta Adcock continua doida como sempre e ainda lamenta a saída do sr. Dunaway.

"Todos aqui sentem sua falta: Geneene, seus vizinhos, os Hartman... Fui à casa deles buscar as coisas que a senhora me deixou, e tenho usado sempre as receitas. Por falar nisso, já perdi vinte quilos desde a última vez que nos vimos. Ainda faltam cinco.

"Bem, deixe-me ver o que mais: o seu amigo Ocie morreu no mês passado, mas isso acho que a senhora já sabe. Ah, tem outra coisa que preciso lhe dizer. Lembra-se daquela fotografia sua, com vestido azul de bolinhas brancas, que a senhora tirou lá na Loveman's? Mandei emoldurá-la e coloquei-a sobre a mesinha da sala. E uma das minhas clientes a viu e disse: 'Evelyn, você é muito parecida com a sua mãe!' Não é incrível, sra. Threadgoode?"

Evelyn contou à amiga todas as novidades de que se lembrou e só saiu de lá quando sentiu, de coração, que a sra. Threadgoode sabia que ela estava realmente bem.

Ao andar de volta até o carro, estava sorrindo e feliz. Mas, ao passar pelo túmulo de Ruth, parou.

Havia algo ali que não estava antes. Sobre a lápide havia um vaso de adoráveis rosinhas cor-de-rosa, recém-colhidas. Ao lado, um envelope escrito à mão, em letras miúdas:

Para Ruth Jamison

Surpresa, Evelyn pegou o envelope. Dentro havia um cartão de Páscoa desgastado pelo tempo, com o desenho de uma menininha segurando um cesto de ovos coloridos. Ela abriu o cartão:

Para uma pessoa especial como você,
Tão gentil e atenciosa em tudo o que faz,
Tão pura, tão sincera,
Tão amada e verdadeira
Que tudo o que há em volta
Se liga a você.

E uma assinatura:

Nunca vou me esquecer.
Sua amiga,
A Encantadora de Abelhas.

Evelyn ficou com o cartão na mão e procurou ao redor; mas não havia ninguém.

Jornal de Birmingham
17 de março de 1988

Mulher idosa desaparecida

A sra. Vesta Adcock, de 83 anos, residente da casa de repouso Rose Terrace, aparentemente desapareceu do local ontem, depois de anunciar que precisava de ar fresco, e não retornou.

Foi vista pela última vez usando um robe felpudo cor-de-rosa com pele de raposa, chinelos de lã azul-escuro, provavelmente um gorro de malha e bolsa preta de contas.

Um motorista de ônibus lembrou-se de alguém que correspondia a essa descrição pegando o ônibus, ontem, perto da casa de repouso, e pedindo uma transferência de trajeto.

Se alguém vir uma senhora com essas características, por favor telefone à sra. Virginia Mae Schmitt, diretora da casa de repouso, no número 555-7607.

O filho dela, o sr. Earl Adcock Jr., de Nova Orleans, disse que sua mãe deve estar desorientada.

Jornal de Birmingham
20 de março de 1988

Senhora idosa encontrada em ninho de amor

A sra. Vesta Adcock, a mulher de 83 anos que desapareceu da casa de repouso Rose Terrace durante quatro dias, foi encontrada no Motel Bama, em East Lake. Seu companheiro, sr. Walter Dunaway, 80 anos, de Birmingham, sofreu um leve ataque cardíaco hoje e deu entrada no hospital universitário para observação.

Pediu-se à sra. Vesta Adcock que retornasse à casa de repouso, e ela se mostrava bastante decepcionada, porque, segundo disse, "Walter não é o homem que imaginei".

O estado de saúde do sr. Dunaway é satisfatório.

Highway 90
Marianna, Flórida
22 de maio de 1988

Bill, Marion Neal e sua filha Patsy, de oito anos, estavam viajando o dia todo quando passaram por um cartaz na estrada com os seguintes dizeres: OVOS FRESCOS, MEL, FRUTAS E VEGETAIS FRESCOS, BAGRE FRESCO E REFRIGERANTES.

Eles precisavam beber alguma coisa, então Bill fez o retorno. Saíram do carro e não viram ninguém; mas havia dois velhos de macacão, sentados sob um frondoso chorão, atrás do barraco de madeira. Um dos velhos se levantou e começou a andar na direção deles.

"Alô, amigos, em que posso servi-los?"

Ao ouvir a voz, Marion percebeu que não se tratava de um velho, mas sim de uma velha de cabelos muito brancos, a pele queimada e ressecada de sol.

"Queremos três Coca-Colas, por favor."

Patsy olhava os vidros de mel alinhados na prateleira.

Enquanto a mulher abria as garrafas, Patsy apontou um dos vidros e disse: "O que tem aí dentro?".

"É favo de mel, extraído diretamente da colmeia. Nunca viu isso antes?"

"Não, senhora", disse Patsy, fascinada.

"De onde são vocês?"

"De Birmingham", disse Marion.

"Eu também. Eu morava numa cidadezinha logo do outro lado. Acho que vocês nunca ouviram falar nela. Um pequeno lugarejo chamado Parada do Apito."

"É claro que sim", disse Bill. "Era onde ficavam os pátios da ferrovia. Tinha um lugar lá que vendia uma boa carne, se não me engano."

"É isso mesmo", respondeu a velha senhora, sorrindo.

Bill apontou o anúncio. "Não sabia que se pescava bagres por aqui."

"Pescamos, sim, mas hoje não tem."

Ela olhou para a garotinha loira para se certificar de que ela estava ouvindo. "Na semana passada eu peguei um, mas era tão grande que não consegui tirá-lo da água."

"*É mesmo?*", disse Patsy, admirada.

Os olhos azuis da mulher brilharam. "Foi, sim. Na verdade, o bagre era tão grande, mas tão grande, que tiramos uma fotografia dele e só ela pesava vinte quilos."

A garotinha pendeu a cabeça para um lado, tentando imaginar o tamanho. "Tem certeza?"

"Tenho, sim. Mas se você não acredita..." Ela se virou e chamou o velho lá fora. "Ei, Julian! Vá lá dentro e pegue a fotografia que tiramos do bagre na semana passada."

"Não posso fazer isso", respondeu ele, preguiçosamente. "É tão pesada que não vou conseguir carregá-la. Minhas costas vão doer..."

"Eu não disse?"

Bill deu risada e Marion pagou os refrigerantes. Já estavam saindo quando Patsy puxou a mãe pelo vestido. "Mamãe, vamos levar um vidro daquele mel?"

"Meu bem, temos muito mel em casa."

"Por favor, mamãe. Não tem nenhum com favo. Vamos levar?"

Marion pensou um pouco e consentiu. "Quanto custa o mel?"

"O mel? Vamos ver." A mulher começou a contar nos dedos. "Vocês podem não acreditar, mas tiraram a sorte grande. É que hoje... É absolutamente de graça."

Os olhos de Patsy se arregalaram.

"*É mesmo?*"

"É isso aí."

"Ah, não me sinto bem em não pagar", disse Marion. "Deixe-me ao menos lhe dar alguma coisa."

A mulher balançou a cabeça. "Não, é de graça. Vocês o ganharam. Mesmo que não saibam, a garotinha é a milésima freguesa do mês a entrar aqui dentro."

"Sou?"

"É. A milésima."

Marion sorriu para a mulher.

"Bem, se a senhora insiste... Patsy, como é mesmo que se diz?"

"Muito obrigada."

"Seja sempre bem-vinda. E ouça bem, Patsy, se algum dia passar por aqui, não se esqueça de me visitar, está bem?"

"Sim, senhora, eu virei."

Eles entraram no carro. Bill tocou a buzina e a menina acenou um adeus.

A velha ficou na estrada acenando, até o carro sumir de vista.

FIM

Receitas de Sipsey
Cortesia de Evelyn Couch

Biscoitos amanteigados

2 xícaras de farinha de trigo
2 colheres de chá de fermento em pó
2 colheres de chá de sal
¼ colher de chá de bicarbonato de sódio
½ xícara de gordura vegetal
1 xícara de leitelho

Misture os ingredientes secos. Acrescente a gordura vegetal e misture bem até obter uma massa homogênea. Adicione o leitelho e misture. Enrole em tirinhas e corte os biscoitos no tamanho desejado. Asse em fôrma untada a 230°C até ficar dourado.
Os preferidos de Passarinho Sapeca!

Pão de milho frito

¾ colher de chá de bicarbonato de sódio
1½ xícara de leitelho
2 xícaras de farinha de milho peneirada

1 colher de chá de sal
1 ovo
1 colher de sopa de gordura de bacon derretida

Dissolva o bicarbonato no leitelho. Misture a farinha de milho com o sal, o ovo e a manteiga. Acrescente a gordura de bacon, ainda quente. Despeje em uma frigideira de ferro untada e cozinhe a 190°C.

É bom demais!

Torta cremosa de coco

3 gemas
1/3 xícara de açúcar
1 pitada de sal
2½ colheres de sopa de amido de milho
1 colher de sopa de manteiga derretida
2 xícaras de leite quente
1 xícara de coco ralado
1 colher de chá de baunilha ou rum
1 pitada de noz-moscada
Massa de torta, já assada, em uma fôrma de 22 cm de diâmetro

Bata as gemas. Acrescente o açúcar, o sal, o amido de milho e a manteiga, gradualmente. Despeje o leite quente e misture. Cozinhe em banho-maria, mexendo sempre, até engrossar. Adicione o coco e deixe esfriar. Coloque a baunilha ou o rum e a noz-moscada, depois despeje sobre a massa já assada. Cubra com suspiro e asse de 15 a 20 minutos em forno a 150°C.

Uma delícia!

Torta de nozes-pecã

2 xícaras de nozes-pecã picadas

1 xícara de açúcar branco ou mascavo
1 xícara de xarope de milho
1 colher de sopa de farinha de trigo
1 colher de chá de baunilha
1 pitada de sal
3 ovos
2 colheres de sopa de manteiga
Massa de torta, sem assar, em uma fôrma de 22 cm de diâmetro

Espalhe sobre a massa as nozes picadas. Separadamente, junte o açúcar, o xarope de milho, a farinha de trigo, a baunilha e o sal e misture bem. Bata os ovos, um de cada vez, misturando bem cada um deles. Despeje tudo sobre a massa já coberta com as nozes e espalhe a manteiga. Asse por uma hora mais ou menos, a 175°C.

Uma tentação — a favorita de Toco!

Frango frito do Sul, da Sipsey

1 galeto de bom tamanho
Sal e pimenta
Leite
½ xícara de farinha de trigo peneirada

Corte o galeto em pedaços para servir. Esfregue-os bem com sal e pimenta. Reserve-os por um tempo. Depois, deixe os pedaços mergulhados no leite durante meia hora. Ponha a farinha, um pouco de sal e pimenta e o galeto em um saco, feche-o e sacuda até que todos os pedaços estejam empanados. Frite em gordura bem quente até dourar. Deixe os pedaços maiores mais tempo na frigideira.

Adeus, franguinho!

Frango com bolinho cozido

2 xícaras de farinha de trigo
3 colheres de chá de bicarbonato de sódio
1 colher de chá de sal
2/3 xícara de leite
1/3 xícara de gordura vegetal
1 panela de frango ensopado

Misture a farinha, o bicarbonato e o sal. Depois, acrescente o leite e a gordura vegetal. Despeje essa massa em colheradas no frango ensopado fervendo e deixe cozinhar por 15 minutos, virando sempre os bolinhos.
Tão leves que saem voando!

Presunto frito com molho RED-EYE

Corte o presunto em fatias grossas. Frite lentamente em uma frigideira até dourar de ambos os lados. Polvilhe cada lado com um pouquinho de açúcar enquanto estiver fritando. Retire o presunto da frigideira e o mantenha aquecido. Depois, acrescente cerca de ½ xícara de água fria ou 1 xícara de café na frigideira. Deixe ferver até o molho avermelhar. Despeje sobre o presunto.
Bom apetite!

Canjica

2 colheres de sopa de manteiga
1 colher de chá de sal
5 xícaras de água fervendo
1 xícara de canjica

Ponha a manteiga e o sal na água fervendo. Lentamente vá acrescentando a canjica. Tampe e cozinhe em fogo brando por 30 a 40 minutos, sempre mexendo.
Mantém você regulada!

Bagre frito

1½ kg de bagre, limpo e sem escamas
½ xícara de farinha de trigo peneirada
Sal e pimenta a gosto
½ xícara de farinha de milho
3 colheres de sopa de gordura de bacon ou gordura vegetal

Esfregue o bagre com um pano úmido. Misture a farinha de trigo, o sal, a pimenta e a farinha de milho. Passe o sr. Bagre nessa mistura e frite na gordura quente do bacon ou na gordura vegetal até dourar de um lado. Depois vire e doure o outro. Tempo total de cozimento: de 8 a 10 minutos.

Que Deus proteja os bagres!

Molho branco

Use gordura quente de galinha ou de pedaços de porco. Para cada 3 colheres de sopa de gordura, misture 3 colheres de sopa de farinha de trigo e mexa bem. Cozinhe, mexendo sempre, até corar. Aos poucos, acrescente 1½ a 2 xícaras de leite quente. Deixe engrossar, mexendo sempre.

Vai bem com tudo!

Costeleta de porco com molho

4 fatias de bacon
4 costeletas de porco grandes
⅓ xícara de farinha de trigo
Sal e pimenta
1½ xícaras de leite

Frite o bacon, depois passe as costeletas de porco na farinha, com sal e pimenta. Reserve o que sobrar dessa farinha. Frite as costeletas na gordura do bacon até dourar ambos os lados. Diminua o fogo, tampe e cozinhe até que a carne esteja macia e completamente cozida — cerca de 30 minutos. Misture a farinha restante na gordura e cozinhe até dourar. Despeje o leite sobre as costeletas de porco e mexa até que o molho engrosse.

Big George comia oito pedaços de uma vez!

Vagem

1 osso de presunto cozido
1½ kg de vagem
1 colher de chá de açúcar mascavo ou granulado
Um pouco de pimenta vermelha em flocos
Sal a gosto

Ponha o osso de presunto na panela e acrescente água até cobrir. Deixe ferver. Separe o feijão da vagem ou corte-a no tamanho desejado. Adicione à panela junto do açúcar e da pimenta em flocos. Cozinhe em fogo médio durante 1 hora.

Uma delícia... E divertido de comer!

Feijão-fradinho da Sipsey

1¼ xícara de feijão-fradinho
4 xícaras de água
1 cebola picada
1 pedaço de carne de porco curada ou 8 pedaços de bacon
Um pouco de pimenta vermelha

Junte todos os ingredientes em uma panela e cozinhe lentamente até o feijão-fradinho ficar macio — cerca de 3 horas.

É ainda melhor no dia seguinte!

Creme de milho

6 espigas de milho
2 colheres de sopa de manteiga
1 xícara com metade leite, metade água
Sal e pimenta

Debulhe o milho, depois raspe a espiga com uma faca para tirar o que restou. Cozinhe na manteiga em fogo baixo e, aos poucos, acrescente o leite com água, o sal e a pimenta a gosto. Mexa por 10 minutos até ficar cozido.

Faz bem para a saúde!

Feijão-de-lima e feijão-manteiga

250g de feijões frescos
Sal e pimenta a gosto
1 pedaço de carne de porco curada ou 6 pedaços de bacon

Coloque o feijão e a carne na panela e adicione água até cobrir os feijões. Deixe ferver até amolecer os grãos. Acrescente o sal e a pimenta a gosto.

Saídos direto do jardim da vitória!

Batata-doce caramelada

1/3 xícara de manteiga
2/3 xícara de açúcar mascavo
6 batatas-doces médias cozidas, descascadas e cortadas em fatias
½ colher de chá de sal
1/3 xícara de água
2 pitadas de canela

Em uma frigideira de ferro, aqueça a manteiga e o açúcar mascavo até derreterem bem. Ponha as fatias de batata-doce, vire-as de um lado e de outro nessa calda e deixe dourar. Acrescente o sal, a água e a canela e tampe, deixando cozinhar lentamente até as batatas ficarem macias.

Não há doce mais doce que o doce de batata-doce!

Quiabo frito

Lave muito bem os quiabos e retire os talos. Corte-os em pedacinhos no sentido do comprimento. Passe em farinha de milho e frite em gordura de bacon até ficar bem crocante. Seque em papel, polvilhe sal e pimenta e sirva quente.

Melhor que pipoca!

Folhas de couve e nabo

Lave as folhas muito bem, separando as raízes e os talos. Cozinhe um osso de presunto, gordura de porco ou mesmo bacon. Acrescente a verdura, com uma pitada de pimenta, sal e açúcar a gosto. Tampe bem e cozinhe até que tudo esteja tenro. Escorra e coloque em uma travessa. Sirva o líquido restante separado, como molho para mergulhar seu pãozinho de milho.

Cura até ansiedade!

Tomates verdes fritos

1 tomate verde médio (por pessoa)
Sal
Pimenta
Farinha de milho branca
Gordura de bacon

Corte o tomate em rodelas grossas, tempere com sal e pimenta e depois empane com a farinha de milho. Em uma frigideira grande, frite bacon suficiente para cobrir toda a base da frigideira e doure as rodelas do tomate levemente de ambos os lados.

Você vai pensar que morreu e está no céu!

TOMATES VERDES FRITOS COM MOLHO BRANCO

3 colheres de sopa de gordura de bacon
4 tomates verdes firmes, cortados em fatias largas
Ovos batidos
Migalhas de pão seco
Farinha
Leite
Sal
Pimenta

Aqueça a gordura de bacon em uma frigideira. Passe as fatias de tomate nos ovos, depois nas migalhas de pão. Frite-as na gordura de bacon até dourarem de ambos os lados. Reserve os tomates. Para cada colher de sopa de gordura que houver na frigideira, acrescente 1 colher de sopa de farinha e misture bem; depois, adicione 1 xícara de leite morno e deixe engrossar, mexendo constantemente. Acrescente sal e pimenta a gosto. Despeje sobre os tomates e sirva.

Não existe nada melhor!

Agradecimentos

Quero agradecer a algumas pessoas, cujo estímulo e apoio me foram valiosos no processo de elaboração deste livro: em primeiro lugar, e em especial, a minha agente, Wendy Weil, que nunca perdeu a fé; a meu editor, Sam Vaughan, pela atenção e pelo carinho que me dedicou e que me manteve rindo mesmo nas revisões; e a Martha Levin, minha primeira amiga na Random House. Agradeço a Gloria Safier, Liz Hock, Margaret Cafarelli, Anne Howard Baily, Julie Florence, Jammes "Daddy" Hatcher, dr. John Nixon, Gerry Hannah, Jay Sawyer e Frank Self. E também a DeThomas/Bobo & Associates, que me aguentaram nos tempos difíceis. Muito obrigada a Barnaby e Mary Conrad e ao Encontro de Escritores de Santa Barbara, a Jo Roy e à Biblioteca Pública de Birmingham, a Jeff Norell, ao Birmingham Southern College, a Ann Harvey e John Loque, à Editora Oxmoor. Agradeço também a minha datilógrafa e braço direito, Lisa McDonald, e a sua filha, Jessaiah, por ter assistido quietinha ao *Vila Sésamo* enquanto sua mãe e eu trabalhávamos. E meu especial obrigada a toda aquela gente boa do Alabama, do passado e do presente. Meu coração. Meu lar.

Este livro, composto nas fontes Fairfield e Barra,
foi impresso em papel polen, na Corprint.
São Paulo, outubro de 2022.